COMMON MASTER PRESS+

-2-

DUNE MESSIAH

救世主

法蘭克·赫伯特—著 蘇益群—譯

FRANK HERBERT

1

死囚牢房與伊克斯人布拉索的談話

問：是什麼促使你用這種取向研究摩阿迪巴的歷史？

答：我為什麼要回答你的問題？

問：因為我會把你的話保存下來。

答：啊哈！對歷史學家來說，這絕對有吸引力！

問：這麼說，你願意合作了？

答：為什麼不呢？但你永遠不會明白是什麼啟發了我對歷史的分析。永遠不會。你們這些祭司有太多利害關係了……

問：不妨試試。

答：試試？好吧，話說回來……為什麼不呢？我是被眾人對這顆行星的淺薄看法給吸引了。它會引起注意，是因為它的俗稱：「沙丘」。請注意，不是厄拉科斯，是沙丘。史學界會迷上沙丘星，是因為它的沙漠，因為它是弗瑞曼人的出生地。從前的歷史研究都專攻當地習俗。這些習俗源自水資源匱乏，以及弗瑞曼人穿著蒸餾服所過的半游牧生活。那種衣服能回收身體散發的絕大部分溼氣。

問：這些難道不是事實嗎？

答：是表面事實，但忽略了表面之下的東西。這就等於……試圖理解我出生的行星，伊克斯，卻不去探究這個名字的由來——它是我們的恆星的第九顆行星[1]。不……不，不能簡單地把沙丘看成風暴行星，光是談巨大的沙蟲所造成的威脅是不夠的。

問：但對住在厄拉欽恩的人來說，這些是最關鍵的！

答：關鍵？當然。但那創造出視角單一的星球，正如沙丘只生產一種作物，而這顆星球正是香料——美藍極唯一的、獨家的產地。

問：是的。我們就來聽聽你對神聖香料的闡述。

答：神聖？香料和所有神聖的東西一樣，用一隻手給予，另一隻手收回。香料能延長壽命，讓能人預知未來，但也會使人染上悲慘的癮，標誌就是那雙像你一樣的眼睛——全部變成藍色，沒有一點眼白。你的眼睛、你的視覺器官，成了沒有對比的一體，看上去只有一片藍。

問：把你帶進這間牢房的，正是這些異端邪說！

答：把我帶進間牢房的，是你們這些祭司。你也和所有祭司一樣，很早就學會了把真理稱為異端邪說。

問：你之所以在這裡，是因為你竟敢說保羅．亞崔迪喪失了人性中某些必要的東西，才得以成為摩阿迪巴。

答：更何況我還說了他在哈肯能戰爭中失去父親，還有鄧肯．艾德侯犧牲自己的性命才讓保羅和潔西嘉女士逃了出去。

問：我們留意到你的嘲諷了。

答：嘲諷！這個罪名當然比異端邪說更厲害。可你要知道，我不是真的不相信任何事。我不過是觀察者、評論者。我在保羅身上看到真正的高貴，在他帶著懷孕的母親逃亡沙漠時就看到了。當然了，她既是一大筆資產，也是負擔。

問：你們這些歷史學家的缺點，就是從來不懂適可而止。你在聖摩阿迪巴身上看到了高貴，卻非要附上冷嘲熱諷的補充說明。難怪貝尼．潔瑟睿德也出面指控你。

答：你們這些祭司做得很好，把貝尼．潔瑟睿德女修會拉來當擋箭牌。但她們之所以能留存至今，同樣是因為掩飾了自己的所作所為。但有一個事實是她們掩蓋不住的：潔西嘉女士是受過貝尼．潔瑟睿德訓練的高手。你知道她用女修會的方法訓練了自己的兒子。我的罪就在於把這當成一個現象來研究，並詳細講解了她們的心靈異術和基因程式設計。你們不希望大家注意到，摩阿迪巴首先是女修會想要握在自己手中的救世主，是她們的奎薩茲．哈德拉赫，然後才是你們的先知。

問：如果之前我對你的死刑判決還有一絲猶豫，現在也被你消除了。

答：我只能死一次。

問：一次就夠了。

答：當心，別讓我成了烈士。我不認為摩阿迪巴會……告訴我，摩阿迪巴知道你們在這些地牢

1 伊克斯原文Ix，拼法同羅馬數字的ix，即九。——編注

幹了什麼事嗎？

問：我們不會拿這些瑣事去煩聖家族。

答：（大笑）保羅．亞崔迪辛辛苦苦爬上弗瑞曼人的神壇，到頭來竟然落得如此下場！學會控制和駕馭沙蟲，為的就是這個？我真不該回答你的問題。

問：我還是會信守諾言，把你的話保存下來。

答：真的嗎？那你仔細聽好了，你這個墮落的弗瑞曼人，眼中除了自己沒有其他神明的祭司！你不懂的事太多了。正是弗瑞曼人的宗教儀式，讓保羅首次服用了大劑量的美藍極，讓他從此能看到未來。是弗瑞曼人的宗教儀式，讓同樣的美藍極喚醒了潔西嘉女士子宮中尚未出世的厄莉婭。嬰兒厄莉婭，一出生就擁有全套認知，擁有母親的所有記憶和知識。你知道對她來說，這意味著什麼嗎？比強姦更加可怕。

問：如果沒有神聖香料，摩阿迪巴就不可能成為弗瑞曼人的領袖。沒有神聖經歷，厄莉婭也不可能成為厄莉婭。

答：如果沒有弗瑞曼人盲目的殘暴，你也不可能成為祭司。哈，我懂你們弗瑞曼人了。你們把摩阿迪巴看成自己人，因為他和荃妮結合，並且接受了弗瑞曼習俗。可他首先是亞崔迪家族的人，還受過貝尼．潔瑟睿德的訓練。你們對他所受的調教一無所知。你們自以為他帶來了新組織、新使命。他也向你們許諾，要把這顆荒漠星球變成碧波蕩漾的樂園。他用這樣的夢想迷惑你們，奪去了你們的純真！

問：你的異端邪說改變不了沙丘生態正在飛快轉化的事實。

答：我的異端邪說是要挖出變革的根源，研究那會有什麼後果。在厄拉欽恩平原上發生的那場戰爭或許可以讓世人知道，弗瑞曼人能夠擊敗薩督卡軍團。可除此之外，還說明了什麼？柯瑞諾家族的星際帝國變成了摩阿迪巴統治下的弗瑞曼帝國，此外帝國還變成了什麼？你們的聖戰只花了十二年，但帶給了我們多麼深刻的教訓。現在帝國的臣民都看清了摩阿迪巴和伊若琅公主結婚只是在做樣子。

問：你膽敢指責摩阿迪巴做假！

答：即使你殺了我，那也不是邪說。公主只是他的皇家配偶，不是伴侶。荃妮，他的弗瑞曼小情人，才是他的伴侶。這無人不知。伊若琅只不過是他登上皇位的鑰匙，僅此而已。

問：難怪所有陰謀反叛摩阿迪巴的人都拿你的歷史分析作為開戰的理由！

答：我說服不了你，這一點我清楚。但謀逆的理由比我的歷史分析還要重大。摩阿迪巴發動的十二年聖戰創造了理由。正是這場戰爭把古老的權力集團聯合起來，激起了對摩阿迪巴的反叛。

2

如此豐富的傳說將保羅－摩阿迪巴這個晶算師及他妹妹厄莉婭團團裹住，讓人難以透過這些紗幕看清後方的真實人物。但畢竟，世界上確實有一個男人叫保羅．亞崔迪，一個女人叫厄莉婭。兩人的肉身受制於空間和時間。這對兄妹雖因預知力而得以超越時空的一般極限，但仍出身於人類世系，經歷過真實的事件，在真實的宇宙中留下真實的痕跡。要理解兩人，就必須謹記，兩人的劫難也是所有人類的劫難。這本書不是寫給摩阿迪巴或他妹妹，而是寫給兩人的後代——我們所有的人。

——《摩阿迪巴語錄索引》獻詞，複製自《摩阿迪巴靈性崇拜塔布拉紀念館》影本

．．．

摩阿迪巴帝國統治時期的歷史學家，數量超越了人類歷史上任何時期。多數人提出一個特定的觀點：妒忌和褊狹。但也談到此一人物的獨特影響：在許多迥異的世界喚起了人們的激昂情緒。

自然，這個人物的身上有歷史的元素：理想，以及理想化。這個名叫保羅．亞崔迪的人出身古老大氏族，從貝尼．潔瑟睿德母親潔西嘉女士那裡接受過深厚的普拉那－並度訓練，對肌肉和神經具有超凡的控制力。不僅如此，他還是一位晶算師，智能非凡，運算力遠遠超過古人所用、現在已

是宗教違禁品的機械電腦。

最重要的是，摩阿迪巴是貝尼・潔瑟睿德育種計畫尋覓了幾千代的奎薩茲・哈德拉赫。

奎薩茲・哈德拉赫，這個可以「同時處於多重時空」的人，這個先知，這個貝尼・潔瑟睿德期望透過他控制人類命運的人——成了摩阿迪巴皇帝，並且和手下敗將帕迪沙皇帝的女兒政治聯姻。

想想這其中的自相矛盾，這一刻隱含的失敗。你一定讀過別的史書，知道表面上的事實：摩阿迪巴手下凶悍的弗瑞曼人確實推翻了帕迪沙皇帝沙德姆四世，摧毀了薩督卡軍團、大氏族聯軍、哈肯能部隊，以及蘭茲拉德用錢買來的傭兵。他迫使宇航公會屈服，一手將親生妹妹厄莉婭送上貝尼・潔瑟睿德原以為屬於自己的宗教寶座。

這些他全做到了，還不止於此。

摩阿迪巴的祁紮銳傳教士在宇宙點燃宗教戰火，此次聖戰的主要戰事只延續了十二個標準年，但這段時間已足以使他的宗教殖民主義統治大半人類世界。

他之所以能做到這一切，是因為他得到了厄拉科斯星，這顆更常被稱為沙丘的行星。他因而壟斷了帝國境內的無上貨幣：古老的香料，美藍極，能賜予生命的毒藥。

理想的歷史還有另一個組成要素：一種可以解開時間的精神性化學物質。沒有美藍極，貝尼・潔瑟睿德的聖母不可能肆意監看、控制人類；沒有美藍極，宇航的領航員不可能飛越太空；沒有美藍極，數以十億計成癮的帝國公民會死於藥物戒斷。

沒有美藍極，保羅－摩阿迪巴不可能預知未來。

我們知道，掌握無上權力的那一刻孕育了失敗。原因很簡單：精確而全面的預知是致命的。

另一類史書認為，摩阿迪巴敗於顯而易見的陰謀——宇航公會、貝尼・潔瑟睿德，以及墮落、善於喬裝成別人的忒萊素科學家。還有一些史學家指出，擊敗摩阿迪巴的是家族內奸。他們用沙丘塔羅牌干擾了摩阿迪巴的預知力。其中一些人還信誓旦旦指出摩阿迪巴是如何被迫接受某個甦亡人的效力。這種甦亡人是復活的死者，專門訓練來消滅摩阿迪巴。但他們終究會知道，這個甦亡人就是鄧肯・艾德侯，亞崔迪家族的親信副手，為拯救少年保羅獻出了生命。

他們勾勒出頌詞作家柯巴一手主導的祁紮銳陰謀，引導我們一步步分析柯巴的計畫，從而將摩阿迪巴塑造成受難的殉道者，並將一切歸咎於他的弗瑞曼情人荃妮。

可是，這一切，能解釋與他有關的歷史事實嗎？不能。唯有了解預知力的危險本質，才能真正理解摩阿迪巴那無與倫比、看穿未來的力量為何會失敗。

我們希望，其他歷史學家將從這則啟示中獲益。

——《歷史解析：摩阿迪巴》，伊克斯的布拉索著

3

眾神與凡人無異，兩者都會在偶然間悄悄融入另一方。

——《摩阿迪巴語錄》

•••

以本質而言，他想要設計的陰謀相當凶殘。忒萊素幻臉人司凱特利一次又一次同情痛悔。一手推動摩阿迪巴的死亡和悲劇，我會悔不當初。他對自己說。

他小心翼翼在同謀面前隱藏自己的憐憫，但內心這些感受告訴他，他更容易認同受害者，而非謀殺者。這是忒萊素人的性格。

司凱特利站在那裡發呆，和別人保持一段距離。關於精神毒藥，眾人已如火如荼討論了一段時間，激烈又不失文雅，出身各大學院的高手在討論與自身教義有關的事務時無不如此。

「就算你覺得已經刺穿他了，也終究會發現，他其實毫髮無損！」

說這話的是貝尼．潔瑟睿德的老聖母凱亞斯．海倫．莫哈亞，瓦拉赫九號行星上接待他們的女主人。她披著黑色長袍，骨瘦如柴，看起來就像乾癟的巫婆，正坐在司凱特利左側的懸浮椅上，長袍的兜帽甩在背後，露出一頭銀髮和蒼老粗糙的臉。骷髏似的臉上，一雙眼睛在深陷的眼窩中盯著外界。

眾人說的是米拉哈薩語，輔音聽起來像打響指，母音則前後相連。這種語言是表達細微感情的工具。宇航領航員艾德瑞克的回答則是冷冷的一聲嗯——一種得體的輕蔑。

司凱特利望向這位宇航的代表。艾德瑞克正飄浮在幾步外的氣槽中，裡面橙色氣體瀰漫。氣槽放在貝尼・潔瑟睿德專為這次會談所建造的圓頂屋正中央。領航員身形修長，有著魚鰭狀的腳和長著蹼的巨掌，像奇異海洋中的一頭魚。氣槽的排氣口散發出淡淡的橙色霧氣，充滿了香料的氣息——美藍極。

「沿著這條路走下去，我們都會死於愚蠢！」

說話的是在場的第四人、這場陰謀的潛在成員，伊若琅公主，他們的敵人之妻（但不是伴侶，司凱特利提醒自己）。她站在艾德瑞克氣槽的一角，是位高䠷的金髮美人，身穿莊重華貴的藍鯨皮袍，頭戴與之成套的帽子，黃金領扣在她耳畔璀璨生輝。她的舉止帶著貴族的驕矜，但不動聲色的表情透露了她受過貝尼・潔瑟睿德的訓練。

司凱特利不再琢磨這些人的修辭和表情的細微變化，轉而研究起這棟圓頂屋的位置。圓頂屋四周都是山丘，積雪已開始融化，疥癬般斑駁不一。小小的藍白色太陽高掛天頂，灑下濕漉漉的藍色碎影。

為什麼選在這個地方？司凱特利尋思。貝尼・潔瑟睿德很少隨興行事。就以圓頂屋的開闊設計來說吧，傳統的封閉空間可能會使領航員因幽閉而感到緊張。從降生之初，這些人就只適應浩瀚太空中遠離星球地表的生活。

然而，專為艾德瑞克建造這麼一個地方，也一針見血地指出他的脆弱。

司凱特利想，這裡有什麼東西，是特地為我而設的？

「你不想說點什麼嗎，司凱特利？」聖母詢問道。

「妳想把我拉入這場愚蠢的戰爭？」司凱特利問，「好吧，我們面對的人可能會成為救世主。對這樣的人，不能正面攻擊，否則我們會被殉道者擊敗。」

他們全都緊盯著他。

「你以為，我們就只有這個危機？」聖母氣喘吁吁地質問道。

司凱特利聳聳肩。他為這次會議挑選了一張平淡無奇的圓臉，肥厚的嘴唇，和善的五官，腫脹的身軀。對同謀者有些認識之後，他發現自己的選擇非常明智——也許是出於直覺吧。在這個團體中，只有他能在體型和容貌的寬闊光譜中任意操縱自己的外形。他是人類變色龍，一個幻臉人，現在這個模樣會讓人誤以為一眼就能識破他的深淺。

「是嗎？」聖母催問道。

「我喜歡沉默。」司凱特利說，「我們就算有什麼不滿，也最好不要對彼此叫囂。」

聖母縮了回去。司凱特利發現她在重新評估自己。兩人都受過高深的普拉那—並度控制訓練，對肌肉和神經的控制力世所罕見。但司凱特利還是個幻臉人，擁有其他人根本不具備的肌肉和神經鍵結。除此之外，他還有一種特殊特質：共情，這讓他得以模擬對方的心理，就像披上那人的外形一樣。

司凱特利給了她足夠長的時間重新評斷自己，然後開口道：「毒藥！」說出這個單詞的時候，他的音調平板，表明他清楚其中的神祕意涵。

領航員身體一動，飄浮在伊若琅正上方、氣槽一角的閃亮揚聲球裡傳出他的聲音。「我們說的是精神的毒藥，不是肉體的毒藥。」

司凱特利笑了。米拉哈薩語的笑聲很能折磨對手，而此時的司凱特利已經沒有顧忌。

伊若琅露出讚賞的微笑，但聖母的眼角有一絲惱怒。

「住嘴！」莫哈亞斥喝道。

司凱特利的笑聲停了，但大家都盯著他看，艾德瑞克忿忿地一言不發，聖母的不滿中帶著警惕，伊若琅笑得開心，但有些困惑。

「我們的朋友艾德瑞克這是在暗示，」司凱特利說，「兩位貝尼．潔瑟睿德女巫雖然精通門內種種異能，但還沒有見識過真正的騙術。」

莫哈亞轉頭瞭望貝尼．潔瑟睿德母星的嚴寒山丘。她開始意識到問題的關鍵了，司凱特利心想，這很好。不過，伊若琅是另一個問題。

「你到底是不是站在我們這一邊，司凱特利？」艾德瑞克問，那雙齧齒動物般的小眼睛直直盯著他。

「問題不在我的忠誠。」司凱特利一邊說，一邊繼續看著伊若琅，「您還在舉棋不定，公主。您冒了巨大風險，飛越了這麼長的秒差距[2]，就是為此而來，是吧？」

她點點頭。

「您是來和人魚重彈老調，或是跟肥胖的忒萊素幻臉人鬥嘴的嗎？」司凱特利問。

她離艾德瑞克的氣槽遠了點，嫌惡地搖搖頭。她不喜歡那股濃重的美藍極味。艾德瑞克趁機朝嘴裡扔了一粒美藍極。司凱特利留意到，他不但吃美藍極，吸美藍極，無疑也會喝美藍極。這可以理解，香料能提升領航員的預知力，使他們得以駕駛宇航的巨型運輸艦以超光速在宇宙中穿梭。在香料激發的意識中，他能看到星艦的未來航線，避免可能的危險。現在，艾德瑞克嗅到了另一種危險，但他的預知力卻無法告訴他危險來自何處。

「我到這裡來，或許錯了。」伊若琅說。

聖母轉過身，瞪大了眼睛，然後閉上，姿態有如好奇的爬行動物。

司凱特利的目光從伊若琅轉向那只氣槽，向公主示意望向那裡。她會看出來的，司凱特利想，會看出艾德瑞克有多令人反感：眼神冒失，畸形的手與腳在氣體中緩緩游動，四周還繚繞著橙紅的煙霧。她會揣測他的性偏好，會想著和這樣一個怪物交配有多詭異。就連為艾德瑞克再造太空失重狀態的力場產生器也揭示了他與她不是同類。

「公主殿下，」司凱特利說，「正是因為這位艾德瑞克，您的丈夫才無法在預象中看到某些事，包括正在發生的這件……據說。」

「據說。」伊若琅說。

聖母閉著眼睛點點頭。「即使是擁有預知力的人，也並不怎麼了解這種能力。」她說。

「身為宇航的正式領航員，我有預知力。」艾德瑞克說。

2 秒差距：宇宙天體距離的單位，一秒差距等於三・二六光年。——譯注聖母再次睜開眼睛。這一次，她的目光射向了幻臉人，帶著貝尼．潔瑟睿德特有的炯炯眼神。她在仔細權衡。

「不，聖母，」司凱特利低語道，「我不像我的外表那樣簡單。」

「我們不了解這種第二視覺。」伊若琅說，「但是有一點，艾德瑞克說我丈夫無法看見、知道或者預測那些發生在領航員影響範圍內的事件。但範圍到底有多大？」

「我們這個宇宙中有些人、有些事物，我只有透過他們造成的影響才能知道。」艾德瑞克說，魚嘴抿成了一條細線，「我知道他們一直在這裡、那裡，或者某個地方。就像水下生物在游動時帶起層層漣漪，預知者也會攪動時間的波濤。妳丈夫看見的，我也能看見。但我永遠看不見他本人，也看不見那些他真心相待、志同道合的人。高手總能把自己人藏起來。」

「但伊若琅不是你的人。」司凱特利說著，看了看站在旁邊的公主。

「我們都知道這場陰謀為什麼非得有我在場才能籌畫。」艾德瑞克說。

伊若琅的語調像在描述一部功能卓越的機器：「你當然有你的用處。」

她現在明白他是什麼東西了，司凱特利想，很好！

「未來還未定型。」司凱特利說，「記住這一點，公主殿下。」

伊若琅瞟了一眼幻臉人。

「保羅真心相待、志同道合的人，」她說，「當然是那些弗瑞曼戰士，披著摩阿迪巴戰袍的人。我見過他為他們昭告預言的情景，聽過他們向摩阿迪巴歡呼的聲音，他們的摩阿迪巴。」

她終於明白了，司凱特利想，她是在這裡受審，判決還未下，那可能保全她，也可能摧毀她。

她看出我們為她設下的圈套了。

司凱特利和聖母對視了一瞬。他突然產生一種奇異的感受：她和他一樣，也看出了伊若琅此刻的心思。自然，貝尼．潔瑟睿德已經向公主做了簡報，給她灌足了迷湯。但在關鍵時刻，貝尼．潔瑟睿德的人仍必須相信自己的訓練和直覺。

「公主殿下，我知道您最想從皇帝那裡得到什麼。」艾德瑞克說。

「誰會不知道？」伊若琅答道。

「您想做皇朝的國母。」艾德瑞克說，彷彿沒聽見她的話，「除非您加入我們，否則不可能做到。相信我的預言吧。皇帝因為政治的緣故娶了您，可您永遠無法上他的床。」

「這麼說來，預言者也是偷窺狂。」伊若琅譏諷道。

「皇帝的心更向著他的弗瑞曼情人，而不是您！」艾德瑞克厲聲道。

「而她並沒有給他生出繼承人。」伊若琅說。

「理智是激情的第一個犧牲品。」司凱特利喃喃自語。他察覺了伊若琅的怒火，看出自己的誘導起了作用。

「她沒有給他生出繼承人，」伊若琅說，竭力保持鎮靜，「那是因為我在給她祕密使用避孕藥。這下你滿意了吧？」

「這種事，皇帝發現了可不太好。」艾德瑞克微笑道。

「我已經準備好說詞了。」伊若琅說，「他或許有真言感應力，但有些謊言比真相更令人信服。」

「您必須做出選擇，公主殿下。」司凱特利說，「但要明白怎麼做才能保護自己。」

「保羅對我是公平的。」她說，「我在他的議會裡有席次。」

「您當了他十二年的皇后。」艾德瑞克問，「他是否向您表示過一絲一毫的溫柔？」

伊若琅搖搖頭。

「他利用那夥弗瑞曼暴徒罷黜了您的父親，為登上皇帝寶座而娶了您，可他永遠不會讓您成為真止的皇后。」艾德瑞克說。

「艾德瑞克想在您身上打感情牌，公主殿下。」司凱特利說，「真有意思。」

她向幻臉人掃了一眼，看見他臉上大膽的笑容，於是揚眉表示回應。現在她完全明白了，而司凱特利看出了這一點。如果她任由艾德瑞克擺布這場會議，那麼他們的密謀，以及這些時刻，或許都能逃過保羅的靈眼。不過，如果她暫且不做出承諾……

「公主殿下，」司凱特利說，「艾德瑞克對我們的密謀似乎有很多意見，您覺得呢？」

「我早已表示，」艾德瑞克說，「我將尊重會議做出的最佳裁斷。」

「哪種裁斷是最佳裁斷，由誰來決定？」司凱特利問。

「難道你希望公主不加入我們，離開這裡？」艾德瑞克問。

「他只是希望她的承諾確實發自內心。」聖母喝道，「我們之間不應該相互欺騙。」

司凱特利看出伊若琅已經放鬆下來，雙手插進袍袖，認真考慮著。她現在一定在想艾德瑞克拋出的誘餌：創建皇朝！她還會想，密謀者會設計什麼陰謀來保護自己免遭她倒打一記。她有太多事需要琢磨。

「司凱特利，」片刻之後，伊若琅說，「據說你們忒萊素人有一種奇特的榮譽體制——必須給獵物留一條逃生之路。」

「只要他們能找到。」司凱特利表示同意。

「我是你們的獵物嗎？」伊若琅問。

司凱特利爆出一陣大笑。

聖母哼了一聲。

「公主殿下，」艾德瑞克說，聲音很輕，充滿誘惑，「不用怕，您已經是我們的人。難道您不是在為您的貝尼．潔瑟睿德上級監視皇室的一舉一動嗎？」

「保羅知道我會將情報傳給我的老師。」她說。

「難道您不會提供資料，讓反對派用來討伐您的皇帝？」艾德瑞克問。

他沒有用「我們的」皇帝，司凱特利注意到，用的是「您的」皇帝。以伊若琅接受的貝尼．潔瑟睿德訓練，絕不會忽略這個細節。

「問題出在某種力量，以及如何運用力量。」司凱特利說著，慢慢靠近領航員的氣槽，「我們忒萊素人相信，宇宙的萬事萬物中，只有永不滿足的物欲，才是唯一真正可靠的能量。而能量會學習。請聽我的忠告，公主殿下，能量會學習。而這，我們稱之為力量。」

「你們還是沒有說服我，證明我們能夠擊敗皇帝。」伊若琅說。

「我們甚至沒有說服自己。」司凱特利說。

「無論我們轉向何方，」伊若琅說，「總躲不過他的力量。他是奎薩茲．哈德拉赫，同時處於多重時空的人。他是馬赫迪[3]，對祁紮銳的祭司來說，他每一個心血來潮的念頭都必須遵從。他是晶算師，大腦處理資訊的能力遠遠超過最優秀的古代電腦。他還是弗瑞曼軍團的摩阿迪巴，可以命令他們血洗星球。他能預知未來，還有我們貝尼．潔瑟睿德渴望的基因模式……」

「這些我們都知道，」聖母插話說，「而且我們還知道更不妙的事：他的妹妹厄莉婭也有這種基因模式。但他們也是人，兩個都是。因此，他們也有弱點。」

「可這些弱點在哪裡？」幻臉人問，「我們能在他的宗教聖戰軍團中找到嗎？皇帝的祁紮銳難道會反叛他嗎？或是大氏族的那些當權者？蘭茲拉德聯合會除了出一張嘴，還能做什麼？」

「我認為是鉅貿聯會。」艾德瑞克說，在氣槽裡轉了個身，「鉅貿聯會是做生意的，永遠追求利潤。」

「也可能是皇帝的母親，」司凱特利說，「潔西嘉女士。她留在卡樂丹星球，但和兒子的聯繫十分頻繁。」

「那個不忠的賤人。」莫哈亞說，聲調平板，「我真想剁掉我這雙訓練過她的手。」

「我們的陰謀需要一個施力的槓桿。」司凱特利說。

「但我們並不僅僅是陰謀家。」聖母反駁道。

「啊，是的。」司凱特利表示同意，「我們精力充沛，聞一知百，是希望的曙光，人類的救星。」他用演說的語調來表達話中的信念。對忒萊素人來說，這或許是最極端的譏諷了。

似乎只有聖母聽出了玄機。「為什麼？」她問，問題直指司凱特利。幻臉人還沒來得及回答，艾德瑞克就清了清喉嚨，說道：「我們別扯這些哲學廢話了。所有問題都可以歸結成一個問題：為何會有萬物？而所有的宗教、商業和政治的問題也都會引出同一個問題：誰擁有權力？結盟、聯合、組成，都是在追逐海市蜃樓，除非是為權力而來。其餘全是胡扯，想得最透的人都明白這一點。」

司凱特利朝聖母聳聳肩，這是他和聖母的暗號。艾德瑞克已經代他回答了她的問題。這個自以為是的傻瓜是他們最大的弱點。為了確信聖母能理解自己的意思，司凱特利說道：「好好聽聽導師的教誨吧。人要虛心。」

聖母緩緩點頭。

「公主殿下，」艾德瑞克說，「選擇吧。妳已經被選出來，成為命運的工具，最優良的工具……」

「把你的讚美留給那些好擺布的人吧。」伊若琅說，「你先前提到了一個幽靈、一個重返世間的人，說我們可以用來毒害皇帝。請再說明一下。」

「讓亞崔迪去自己打自己。」艾德瑞克得意洋洋地說。

「不要打啞謎了！」伊若琅厲聲道，「這個幽靈是誰？」

「一個不同尋常的幽靈。」艾德瑞克說，「有肉體，還有名字。肉體……是赫赫有名的劍士鄧肯・艾德侯。至於名字……」

「艾德侯死了。」伊若琅說，「保羅經常當著我的面哀悼他。他親眼看見艾德侯被我父親的薩督卡殺死。」

「雖說他們吃了敗仗，」艾德瑞克說，「但您父親的薩督卡並不是笨蛋。讓我們設想一下，一個聰明的薩督卡指揮官在戰場上認出了這位劍術大師的屍體。然後會怎樣？這具肉體是可以利用、可

3 馬赫迪：指「被真主引上正道的人」，伊斯蘭教中的救世主。——編注

以訓練的……只要動作夠快。」

「一個忒萊素的甦亡人。」伊若琅喃喃道，看了一眼身旁的司凱特利。

司凱特利察覺到伊若琅的眼光，他開始用起自己的幻術：外形不斷變化，肌肉也在移動調整，不久，伊若琅面前出現了一個瘦削的男人。臉龐依舊有些圓，但膚色更深，五官微微有些扁平。顴骨高聳，眼睛深陷，眼皮還帶著明顯的蒙古褶，一頭桀驁不馴的黑髮。

「就是這個模樣的甦亡人。」艾德瑞克指著司凱特利說。「也許並不是什麼甦亡人，只不過是另一個幻臉人？」伊若琅問。

「不是幻臉人，」艾德瑞克說，「幻臉人禁不起長時間的監視。不。我們假設那名聰明的薩督卡指揮官把艾德侯的屍體保存在再生箱裡。為什麼不呢？這具屍體的肉身和神經屬於史上最優秀的劍客、亞崔迪家的幕僚、軍事天才，同時還完全可能重生，成為薩督卡軍團的教官。扔掉這具訓練有素、戰力卓越的屍體，是莫大的浪費。」

「這件事，我沒聽到任何風聲。過去我一直是父親的親信。」伊若琅說。

「哦，但您父親輸了，而且幾小時內，您就被賣給了新皇帝。」艾德瑞克說。

「這件事完成了嗎？」她質道。

艾德瑞克帶著令人厭惡的沾沾自喜，說：「我們設想這個聰明的薩督卡知道時間不多。他迅速把這具保存好的艾德侯肉身送到忒萊素人手裡。我們再進一步設想，指揮官和他的戰士不久便陣亡了，沒有來得及把這個消息告訴您父親，反正他也沒機會用到了。事實就是，一具肉身被送到忒萊素人那裡。不用說，運送的途徑只有一個，就是巨型運輸艦。我們宇航的人自然知道運送的每一件貨物。得知這個消息後，豈有不把這具甦亡人買下來對付皇帝的道理？」

「這麼說，你完成了。」伊若琅說。司凱特利又恢復了先前胖乎乎的臉，說道：「正如這位嘮嘮叨叨的朋友所指出的，我們確實做到了。」

「你們是怎樣訓練艾德侯的？」伊若琅問。

「艾德侯？」艾德瑞克問，一邊看著那個忒萊素人，「你認識艾德侯嗎，司凱特利？」

「我賣給你們的，是一個叫海特的生物。」司凱特利說。

「噢，對了……是叫海特。」艾德瑞克說，「為什麼把他賣給我們？」

「因為我們曾經繁殖過自己的奎薩茲．哈德拉赫。」司凱特利說。

聖母蒼老的頭顱一震，抬頭盯著他，「你沒告訴我們這件事！」她指責道。

「您沒問。」司凱特利說。

「你們怎麼壓制自己的奎薩茲．哈德拉赫？」伊若琅問。

「一個以畢生創造獨特自我的生物，寧可死去，也不願跟那個自我對立。」司凱特利說。

「我不懂。」艾德瑞克豁出去說道。

「他殺了自己。」聖母喝道。

「妳很清楚我的意思，聖母。」司凱特利警告道，使用的語調暗示了另一層意思：妳無法生育，過去做不到，也不可能做得到。

忒萊素人等著對方逐漸理解自己明目張膽的強調。她絕不會誤解他的意思。開始一定很憤怒，隨後就會意識到，忒萊素人不可能用這種方式羞辱她，因為他本身的繁殖就離不開女修會。但他的話卻頗為侮慢，完全不像忒萊素人。

艾德瑞克想緩和此刻的尷尬，用米拉哈薩語的安撫語態道：「司凱特利，你說過，你之所以出售海特，是因為你們知道我們會怎麼使用他，那正中你們的下懷。」

「艾德瑞克，沒有我的允許，請別再開口。」司凱特利說。領航員剛想爭辯，聖母厲聲說：「閉嘴，艾德瑞克！」

艾德瑞克在氣槽裡向後一縮，惱怒異常。

「我們自己一時的情緒，無助於解決大家共同的問題。」司凱特利說，「那只會蒙蔽我們的理智。只有一種情緒是重要的，就是讓我們聚在一起的那種最基本的恐懼。」

「我們理解。」伊若琅說，瞥了聖母一眼。

「你必須看清，我們的防護是非常有限的。」司凱特利說，「除非看清一切，否則神兆不會偶然降下。」

「你很狡猾，司凱特利。」伊若琅說。

狡猾到什麼程度，她就不必猜了。司凱特利想，此事一了，我們將把奎薩茲·哈德拉赫握在手中。其他人卻什麼也得不到。

「你們的那位奎薩茲·哈德拉赫，血脈從何而來？」聖母問。

「我們混合了各種純正的要素，」司凱特利說，「純粹的善和純粹的惡。一個以製造痛苦和恐怖為樂的惡人，能告訴我們很多事。」

「老男爵哈肯能，我們皇帝的外祖父，是忒萊素人的作品嗎？」伊若琅問。

「不是，」司凱特利說，「但大自然常常會創造出同樣可怕的作品。我們只在可以研究他們的環境下，才會創造他們。」

「你們不能這樣忽略我！」艾德瑞克抗議道，「是誰將這場會面隱藏起來，不讓他——」

「那好吧。」司凱特利說，「既然你高明到能把我們藏起來，就請發表一下你的高見。」

「我希望我們能好好討論，怎麼把海特交給皇帝。」艾德瑞克堅持說，「我認為海特反映了亞崔迪人在出生的母星養成的古老道德觀。海特使皇帝更容易加強自己的道德本性，看清生活和宗教中的各種積極、消極因素。」

司凱特利笑了，向同伴投去寬厚的一瞥。他們的表現正如自己的期望。老聖母像一把長柄大鐮刀，任意發洩情緒。伊若琅受過精心訓練，但她的任務已經失敗，成了殘缺的貝尼・潔瑟睿德作品。艾德瑞克則是魔術師的手，也只能當魔術師的手——用於掩飾，也用於分散觀眾的注意。此時此刻，艾德瑞克正因別人的忽視而陰沉著臉，一言不發。

「不知我是不是聽懂了你們的意思，這個海特是用來毒害保羅意識的毒藥？」伊若琅問。

「差不多。」司凱特利說。

「那些祁紮銳怎麼辦？」伊若琅問。

「只要稍稍轉移重點，製造情感落空，就能將他們的妒忌轉化成仇恨。」

「鉅貿聯會呢？」伊若琅問。

「他們會追著利潤跑，哪方有利，他們就支持哪一方。」司凱特利說。

「其他有勢力的組織呢？」

「以政府的名義控制他們。」司凱特利說，「至於那些勢力較弱的組織，我們可以用道德和進步的名義整合他們。我們的對手會死在自己的糾葛中。」

「厄莉婭也會？」

「海特是用途很多的甦亡人。」司凱特利說，「皇帝的妹妹已經到了情竇初開的年紀，會為了迷人的男子而心煩意亂。她將拜倒在他的男性魅力和晶算師能力下。」

莫哈亞驚訝地睜大老眼：「這個甦亡人是晶算師？這招太危險了。」

「晶算師必須擁有正確無誤的資料。」伊若琅說，「如果保羅要求我們的禮物說明自己的意圖，會發生什麼事？」

「海特會如實相告，」司凱特利說，「正如其他的晶算師。」

「原來這就是你為保羅留下的逃生門。」伊若琅說。

「一個晶算師！」莫哈亞喃喃地說。

司凱特利瞄了一眼老聖母，看出古老的仇恨影響了她的心緒。巴特勒聖戰以來，「人工智慧機器」已經從宇宙的大部分地方清光。人們始終不信任電腦。這種古老的情緒也影響了世人對「人類電腦」的態度。

「我不喜歡你笑的樣子。」莫哈亞突然說道。她瞪著司凱特利，用的是米拉哈薩語的實話語態。

司凱特利也用實話語態說：「我不在乎妳喜不喜歡，但我們必須攜手合作。這一點，我們都心知肚明。」他看了一眼宇航公會的人：「是嗎，艾德瑞克？」

「你給我上了痛苦的一課。」艾德瑞克說，「我猜你希望我直接講我不會反對我的同謀一起做出的決定。」

「你們瞧，他還是很聰明的。」司凱特利說。

「但還有一些事。」艾德瑞克吼道，「亞崔迪家族壟斷了香料。如果沒有香料，我就不能預知未來，貝尼・潔瑟睿德的人也會失去真言感應力。我們雖然儲備了一些，但非常有限。美藍極是強勢貨幣。」

「我們的文明遠遠不止一枚貨幣。」司凱特利說，「供需法則註定會失敗。」

「你想偷走香料的祕密。」莫哈亞喘著氣說，「但他的整顆星球都有瘋狂的弗瑞曼人守衛著！」

「弗瑞曼人是文明的、受過教育的，同時又是無知的。」司凱特利說，「他們不是瘋子。他們接受的教育是信仰，而不是知識。信仰可以操縱，只有知識才是危險的。」

「這樣還需要我出力去創建新皇朝嗎？」伊若琅問。

大家都聽出了她話中的承諾，但只有艾德瑞克朝她笑了笑。

「多少需要，」司凱特利說，「多少需要。」

「這意味著亞崔迪統治勢力的終結。」艾德瑞克說。

「即使沒有預知力量，也可以做出這種預言。」司凱特利說，「用弗瑞曼人的話來說，這是玫基土阿美洛。」

「『鹽寫成的話』。」伊若琅翻譯道。

她說話的時候，司凱特利終於發現貝尼・潔瑟睿德為他安排了什麼：一個美麗、冰雪聰明的女人，但永遠不可能屬於他。噢，好吧，他想，或許我能複製一個和她一模一樣的。

4

任何文明都必須和一種無意識的勢力搏鬥，這種勢力能阻礙、背叛或者摧毀文明希望達到的任何目的。

——忒萊素信條（未經證實）

•••

保羅坐在床邊，脫下自己的沙地靴。潤滑劑發出難聞的酸臭。潤滑劑的作用是潤滑以鞋跟為動力來源的泵，使之驅動蒸餾服。已經很晚了。他夜間散步的時間越來越長，這讓愛他的人非常擔憂。他承認，這樣散步很危險。但這類危險他能預先察覺，也能立即解決。夜晚，一個人悄悄漫步在厄拉欽恩的大街上，是多麼愜意而難以抗拒啊。

他把靴子扔到房間裡唯一的燈球下方，急切地扯開蒸餾服的密封條。神啊，他太累了！儘管他因疲勞而肌肉僵硬，但腦子仍然非常活躍。每一天，平民的日常俗務總讓他妒忌不已。皇帝無法享受堡壘外那無以名狀的火熱生活——可是……悄悄在大街上走走，真是一種特權！與吵吵嚷嚷的托缽朝聖者擦肩而過，聽弗瑞曼人咒罵店主：「你那雙溼淋淋的手！」

想到這裡，保羅不禁笑了，從蒸餾服裡鑽了出來。

他赤身裸體，卻對自己的世界有股異常的感應。沙丘是自相矛盾的世界：一個被四面圍攻的世界，卻又是權力的中心。他想，權力不可避免地會受到四面圍攻。他低頭凝視綠色地毯，感受腳下那種粗糙的質地。

街上的沙子深及腳踝，大盾壁擋住了鋪天蓋地的狂風，但成千上萬雙腳踏上去，仍然攪起了令人窒息的灰塵，堵塞了蒸餾服的過濾器。直到現在，他依然能聞到灰塵的味道，儘管他的堡壘大門就有鼓風機，一刻不停地吹掃著。這種味道令人想起荒蕪的沙漠。

那些日子……那些危險。

和那些日子相比，獨自散步的危險很小。可是，穿上蒸餾服，就像把整座沙漠都穿到了身上。蒸餾服，還有那些用於回收身體散逸水分的裝置，引導著他的思維，使思維發生了微妙的變化。蒸餾服還限制了他的行動，他的舉手投足都必須符合沙漠模式。他變成了化外之民弗瑞曼人。不只是變裝，蒸餾服還使他成為自己城市中的陌生人。穿上蒸餾服，他便放棄了安全感，改用古老的暴力手段。朝聖者和市民從他身邊走過時都低眉順眼。他們不敢招惹這些化外之民。如果在市民的腦海裡，沙漠真有一張臉的話，那就是掩藏在蒸餾服口鼻過濾器下的弗瑞曼臉。

事實上，他只有一個小風險：過去穴地時代的舊人可能透過他的步伐、體味及眼神認出他。即便如此，碰到敵人的機會仍少之又少。

門簾「唰」的一響掀開了，屋內射入一片亮光，打斷了他的沉思。荃妮端著白金托盤走了進來，上面放著咖啡用具。兩顆跟在她身後的燈球迅速就好定位：一顆在床頭，一顆懸在她身側方便她做事。

荃妮靈巧地移動著，絲毫不見老態——沉著、輕盈，彎下身子準備咖啡的姿勢使他想起了兩人初識的時光。她仍有精靈的神態，歲月幾乎沒有留下任何痕跡，除非仔細查看她那沒有眼白的眼角，才會注意到那裡有一絲細紋，沙漠中的弗瑞曼人稱之為「沙痕」。

她捏住夏甲翡翠製成的杯柄，揭開咖啡壺蓋，一縷熱騰騰的蒸汽頓時飄出。他聞出咖啡還未煮好。果然，她蓋上了蓋子。那只純銀咖啡壺的形狀是一個懷孕的女人。他想起來了，這是一件珈尼瑪，一次決鬥的戰利品。詹米斯，咖啡壺前任主人的名字……詹米斯。詹米斯的死亡竟以此種奇特的方式變得不朽。如果早知道逃不過死亡，詹米斯還會隨身帶著這只特殊的咖啡壺嗎？

荃妮取出杯子。藍色陶杯像僕人一樣蹲在大型咖啡壺的下方，一共有三只，兩人各一只，另一只給這套咖啡用具的所有前主人。

「再一下就好了。」她說。

她看著他。保羅不知道自己在她眼裡是什麼樣子，還是那個奇異、精瘦，和弗瑞曼人相比水分多到臃腫的異鄉客嗎？他還像昔日部落裡那個「烏蘇爾」嗎？在他們亡命沙漠的時候，正是那個烏蘇爾，帶領她踏上弗瑞曼人的精神合一。

保羅凝視著自己的身體：肌肉硬實，身材修長……只是多了幾條傷疤。雖然當了十二年皇帝，但體態仍基本保持原樣。他抬起頭，從鏡子裡看了看自己的臉……藍中帶藍的弗瑞曼人眼睛，香料上癮的標誌；筆直的亞崔迪鼻子，看上去的確是那位死於鬥牛場、為人民獻上精彩表演的祖父的嫡傳孫子。

保羅回憶起那位老人講過的話：「統治者對他的子民負有永遠的責任。你是領袖，需要付出無私的愛，雖然那有時只會讓你的子民覺得好笑。」

人民仍然帶著深厚的感情懷念這位老人。

而我又為亞崔迪這個姓氏做了什麼？保羅問自己，我把狼放進了羊群。

一時間，死亡和暴力的畫面閃過他的腦海。

「該上床了！」荃妮用嚴格的口吻要求道。保羅知道，這種語氣足以令帝國子民震驚。

他聽話行事，雙手枕在腦後，望著荃妮宜人的親暱動作，懶洋洋躺著。

他突然想到，這個房間的擺設頗為滑稽。普通百姓絕想像不出皇帝的寢室是這個樣子。荃妮身後的架子上放著一排顏色各異的玻璃罐，燈球孜孜不倦的黃光在上面投下飄忽的影子。保羅默默想著玻璃罐裡的東西：沙漠藥典記載的乾藥、油膏、焚香以及各類紀念品……泰布穴地的一撮沙子、長子的一綹頭髮……孩子早已夭折……十二年了……在那場將保羅推上皇位的戰爭中無辜送命。

香料咖啡的濃郁味道瀰漫了整個房間。保羅深深吸了口氣，目光從正在煮咖啡的荃妮身上移到托盤邊一只黃碗上。碗裡盛著堅果。毒物探測器照例從桌下爬上來，對著食物搖晃著昆蟲似的手臂。探測器令他氣惱。在沙漠的那些日子，他們從不需要探測器！

「咖啡準備好了。」荃妮說，「你餓了嗎？」

一陣香料運輸機的轟鳴聲淹沒了他的氣惱。這些航艦正從厄拉欽恩出發，朝太空駛去。

荃妮察覺到他的不悅，斟上兩杯咖啡，放了一杯在他手邊，在床邊坐下，拉出他的腳，開始為他按摩。他剛剛穿著蒸餾服走路，腳上肌肉已變得僵硬。她輕聲說：「我們談談伊若琅想要孩子的事吧。」口氣是坦然的漫不經心。

保羅猛地睜大眼睛，盯著荃妮。「從瓦拉赫回來還不到兩天，伊若琅就已經找過妳了？」

「她心灰意冷。我們還沒聊過她的心情。」她說。

保羅勉力振作，警覺起來，在刺目的燈光下細細打量荃妮。這是母親不惜違反誓言傳授給自己的貝尼．潔瑟睿德技法，他實在不願意用在荃妮身上。他之所以離不開她，一個重要原因就是幾乎不必在她身上使用任何令人緊張的能力。荃妮保留了弗瑞曼人的作風，只會提出務實的問題。她最關心的是那些影響自己男人地位的事實：他在議會中的權力、軍團對他的忠誠、盟友的能力，等等。她能背誦名錄及交叉索引的細節，也能滔滔不絕說出每個敵人的主要弱點、敵方可能的軍隊部署、軍事指揮官的戰鬥計畫，還有基礎工業的機具及產能。

現在為什麼問起伊若琅的事？

「我讓你不安了。」荃妮說，「那不是我的本意。」

「妳的本意是什麼？」

荃妮羞赧地笑了，迎著他的目光：「如果你生氣了，親愛的，不要憋著。」

保羅把身體靠回床頭板。「我該不該打發她走？」他問，「她現在沒什麼用處了，而且，她回女修會母星這件事，我有不好的預感。」

「不要打發她走。」荃妮繼續按摩他的雙腿，實是求是地說道：「你說過很多次，她是聯繫敵人的橋梁，可以通過她的活動推斷他們的陰謀。」

「那妳為什麼提到她想要孩子？」

「為了令敵人不安。如果你讓她懷孕，伊若琅在敵人中的地位就搖搖欲墜了。」

從那雙在自己腳上按摩的手，他感受到這些話帶給她的痛苦。他清了清喉嚨，緩緩說道：「荃妮，親愛的，我發過誓，絕不讓她上我的床。一個孩子會給她帶來太多權力。妳想讓她取代妳嗎？」

「我沒有名分。」

「不是這樣的，親愛的希哈婭，我的沙漠之春。妳怎麼突然關心起伊若琅來了？」

「我關心的是你，不是她！如果她懷了亞崔迪的子嗣，她的朋友就會懷疑她的忠誠。我們的敵人越不信任她，她對他們的用處就越小。」

「她的孩子可能意味著妳的末日。」保羅說，「妳知道他們在密謀什麼。」他用雙臂緊緊摟住她。

「可你應該有一個繼承人！」她哽咽著說。

「哦。」他說。

也就是說，荃妮不能給他生孩子，必須讓別人來生。那麼，這個人為什麼不能是伊若琅呢？荃妮此刻就是這樣想的。而這件事必須通過做愛才能完成，因為帝國明令禁止人工繁殖後代。荃妮的決定完全是弗瑞曼式的。

保羅再次在燈光下細看她的臉。這是一張比自己的臉更加熟悉的臉。他曾經溫柔而深情地凝視這張睡夢中帶著甜美、害怕、惱怒和悲哀的臉。

他閉上眼，荃妮少女時的模樣又一次浮現眼前：春季蒙著面紗的臉、吟唱時的臉、在他身畔醒來的臉——如此完美，每一眼都令他癡迷。在他的記憶中，她微笑著……剛開始很羞澀，然後流露出緊張，彷彿想立即逃開。

保羅嘴巴發乾。此時此刻，他鼻端聞到殘敗的未來傳來的煙硝。一個聲音，來自預象的聲音在命令他脫離……脫離……脫離。長久以來，他那有預知力的靈眼一刻不停地監視永恆，捕捉外星談話的任何片段，聽取每塊岩石、每個人的動靜。從他意外得知可怕使命的第一天起，他就一直在窺探自己的未來，希望找到平靜安寧。

自然，方法是有的。他感受到了，卻不知道那是什麼——未來給他的嚴格指示就是：脫離、脫離、脫離。

保羅睜開眼睛，看著荃妮堅決的臉。她已經停下按摩，靜靜坐在那裡——最純正的弗瑞曼人姿態。她的一切仍舊那麼熟悉，頭上裹著在私人房間裡常用的藍色產子方巾。可此時，她戴上了果斷的面具，用一種古老又令他感到陌生的方式在思考。千百年來，弗瑞曼女人一直共有男人，並不總是和睦，卻也能找到方法相安無事。弗瑞曼人的這種神祕習俗，此刻正在荃妮身上顯現。

「妳會給我一個我想要的繼承人。」他說。

「你看到了？」她問，明顯讓他知道，她指的是預知。

已經很多次了，保羅不知道如何才能確切解釋預知的事。沒有任何標誌的時間線像織物一樣在他面前不停起伏飄蕩。他嘆了口氣，想起從河裡掬起一捧水的感覺：水晃蕩著，慢慢流走。記憶淹沒了他的臉。先兆太多了，形成的壓力讓未來越來越晦澀不明，在這種情況下，他要如何沉浸在未來中？

「就是說，你沒有看到。」荃妮說。

他幾乎再也看不到未來了，除非冒險竭盡全力。除了悲哀，未來還能給他們展示什麼？保羅問自己。他感到自己置身在荒涼的中間地帶，只有他的情感漂浮著、晃蕩著，失控、焦躁不安地向外流瀉。

荃妮蓋好他的腿，說：「要給亞崔迪氏族一個後代。這不是你把機會留給哪個女人的問題。」

他母親也會這麼說，保羅想。他懷疑潔西嘉女士是否暗中和荃妮通信。他母親只會從亞崔迪氏族的立場思考。貝尼．潔瑟睿德將此種模式深植在她腦中，制約了她，即使她現在已和女修會勢不兩立，仍擺脫不了。

「今天伊若琅來的時候，妳聽見我們談話了。」他責問道。

「我聽見了。」她說，眼睛並不看他。

保羅凝神回想他和伊若琅見面的情景。他走進家庭會客室，發現荃妮的織機上有件未織完的長袍。室內有股酸敗的沙蟲味，一種難聞的臭味，幾乎蓋住了美藍極隱約的肉桂味。有人撞落了香料精萃，任由它融入香料地毯中，溶解了地毯，留下一灘凝結的油漬。他想叫人清理一下，就在這時，赫若——史帝加的妻子，也是荃妮最親近的密友，走進來說伊若琅來了。

他不得不在這令人作嘔的臭味中接見伊若琅。正應了弗瑞曼人的迷信：臭味前腳到，災厄後腳來。

伊若琅進來時，赫若退了下去。

「歡迎回來。」保羅說。

伊若琅拉攏身上的灰色鯨皮長袍，一隻手撫著頭髮，對他溫和的語調感到疑惑。她顯然已準備好迎接一堆氣話，此刻得想出另一番說詞。

「妳是來向我回報，女修會已經拋棄最後一絲道德顧慮。」他說。

「那麼荒唐，豈不是太危險了嗎？」她問。

「荒唐和危險，這樣的組合有問題。」他說。他受過貝尼・潔瑟睿德察覺變節的訓練，因而發現她按捺住畏縮的衝動。這洩漏了她內心的恐懼，此外，他還看出她並不喜歡他們分派給她的任務。

「他們期待從妳這位皇室公主身上得到的東西也未免太多了。」他說。

伊若琅動也不動。保羅知道，她正像老虎鉗一般緊緊控制自己。她背負了沉重的負擔，他想。保羅不明白，為什麼預象沒有讓他看到這幅可能的未來。

漸漸地，伊若琅放鬆了下來。她已經做好決定——讓恐懼壓倒自己是沒有意義的，現在退縮也為時已晚。

「你始終任由這裡的氣候保持這種蠻荒的模式。」她揉著長袍下的手臂，「太乾燥了，還有沙暴。你就不打算讓這裡下下雨嗎？」

「妳來這裡，不是打算談氣候的吧。」保羅說。他琢磨著她的一語雙關。難道伊若琅想告訴他什麼難以啟齒的事？她的訓練不允許她宣之於口的事？似乎是這樣。他感到自己彷彿突然被捲入浪濤，現在必須努力划回某片堅實的地面。

「我必須要一個孩子。」她說。

他緩緩搖頭。

「我必須要！」她厲聲說，「如果有必要，我會給孩子另外找個父親。我會出軌，看你敢不敢揭發我。」

「妳可以出軌。」他說，「但不能有孩子。」

「你怎麼阻止我？」

他再和氣不過地笑了笑：「真要那樣的話，我會將妳送上絞臺。」

她震驚了。一片寂靜中，保羅發現荎妮正躲在厚厚的布幔後偷聽，裡面是兩人的私人臥室。

「我是你妻子。」伊若琅低聲說。

「我們不要玩這種愚蠢的遊戲了。」他說，「妳不過是在扮演妻子的角色。我們都清楚誰是我的妻子。」

「我只是一個方便的工具，僅此而已。」她說，聲音充滿痛苦。

「我無意讓妳受苦。」他說。

「你為了皇位而選擇了我。」

「不是我，」他說，「是命運選擇了妳，妳父親選擇了妳，貝尼·潔瑟睿德選擇了妳，宇航選擇了妳。這一次，他們又選擇了妳。他們這次選妳做什麼，伊若琅？」

「我為什麼不能有你的孩子？」

「因為妳不是被選來承擔這樣的角色。」

「我有權生育皇室繼承人！我父親曾經是——」

「妳父親曾經是，而且仍然是頭野獸。妳我都知道，他幾乎完全失去了他本應治理和保護的人性。」

「他受到的憎恨，還不如你多吧？」她怒視著他。

「這是個好問題。」他同意道，嘴角露出一絲冷笑。

「你說你無意讓我受苦，可……」

「所以我同意妳去找個情人。但聽清楚了：找個情人，但不能把麻煩的私生子帶進我的皇室。

我不會承認這樣的孩子。我不會嫉妒妳和任何男人同床，只要妳夠謹慎……而且不生孩子。在這種情況下，我要是鑽牛角尖，也未免太傻了。但不要濫用我慷慨給妳的自由。至於皇位，我要嚴格控制血統，不容貝尼・潔瑟睿德染指，宇航也是。我在厄拉欽恩平原上擊潰妳父親的薩督卡軍團後，就贏得了這項特權。」

「後果你自負。」伊若琅說，一轉身，快步離開房間。保羅把自己的思緒從回憶中拉出來，放到坐在床邊的荃妮身上。他很清楚自己對伊若琅的矛盾感情，也理解荃妮弗瑞曼式的決定。換一種情形，荃妮和伊若琅甚至有可能成為朋友。

「你怎麼決定的？」荃妮問。

「不要孩子。」他說。

荃妮用食指和右手拇指做了一個晶刃匕的手勢。

「事情可能真會發展到那一步。」他同意道。

「你不認為一個孩子能解決伊若琅的所有問題？」她問。

「傻瓜才那樣想。」

「我可不是傻瓜，親愛的。」

他惱怒起來：「我沒說妳是！但我們不是在討論該死的浪漫小說。走廊那頭是一個真正的公主，在帝國宮廷長大，見識過各種卑鄙骯髒的皇室仇殺。對她來說，陰謀就像寫她那些愚蠢的史書一樣稀鬆平常！」

「那些書寫得並不愚蠢，親愛的。」

「可能吧。」他的惱怒漸漸消退，握住她的手，「對不起。但那個女人的陰謀環環相扣。只要滿足了她一個野心，她就會得寸進尺。」

荃妮溫柔地問：「我是不是一直很多嘴？」

「是的，當然是。」他看著她，「妳真正想對我說的是什麼？」

她在他身旁躺下，手撫著他的脖子。「他們已經決定好要怎麼擊倒你。」她說，「伊若琅的身上散發密謀的惡臭。」

保羅撥弄著她的頭髮。

荃妮撈起咖啡杯中的渣滓。

可怕的使命一掠而過，像靈魂裡捲起的氣旋，呼嘯著穿過他的軀殼。他的身體感受到的事情比意識知道的還要多。

「荃妮，親愛的。」他呢喃道，「妳知道我為了結束這場聖戰……為了擺脫祁紮銳套到我頭上的該死光環，會付出什麼代價嗎？」

她顫抖著說：「你必須下令。」

「哦，不。即使我現在死了，我的名字仍然能領導他們。每當我想到自己的亞崔迪姓氏和這場殘酷的屠殺聯繫在一起……」

「但你是皇帝，你已經——」

「我是傀儡。當人被推上神壇，這個所謂的神，就控制不住局勢了。」他痛苦地自嘲道，並察覺一個做夢也想像不到的未來皇朝正在回眸凝視自己。他感到自己被驅逐出去，哀號著，從命運的鎖鏈上掉落——留下的只有他的名字。「我中選了。」他說，「也許在一出生……在我還無法發表意見的時候，就中選了。」

「那就甩掉它。」她說。

他緊緊摟住她的肩膀：「遲早會的，親愛的。再給我一點時間。」

他眼裡噙滿淚水。

「我們應該回到泰布穴地。」荃妮說，「這個石頭帳篷裡的明爭暗鬥太多了。」他點點頭。下頷在她那光滑的頭巾上摩娑著。她身上那股宜人的香料味盈滿鼻端。

穴地。他全神想著這個古老的契科布薩詞彙：危急時刻的避難所。荃妮的提議使他不由得遙想遼闊的沙漠，敵人來襲時，從遠方就能一覽無遺。

「部落的人盼望他們的摩阿迪巴回去。」荃妮說，她轉過頭看著他，「你是屬於我們的。」

「我屬於預象。」他低聲說。

他想到聖戰，想到穿越秒差距的基因組合，以及向他透露可能可以終結這一切的預象。他應該為此付出代價嗎？戰火平息之後，所有的仇恨都會煙消雲散，從一塊餘燼到另一塊餘燼。但……噢！多麼可怕的代價！

我從沒想過要當神，他想。我只想要像露珠一樣在朝曦中蒸發。我想逃離那些天使和魔鬼——獨自一人，被世人遺忘。

「我們會回泰布穴地嗎？」荃妮又問了一句。

「會的。」他喃喃道。他想：我必須付出代價。

荃妮深深嘆了口氣，重新依偎著他。

我猶豫太久了，他想，並看到自己是如何被愛和聖戰困住。一個人的生命，無論多受愛戴，又怎麼抵得上聖戰將奪走的千千萬萬生命？個體的悲哀又怎能和大眾的痛苦相提並論？

「親愛的？」荃妮問。

他一手掩住她的唇。

我要聽從本心，他想。趁我還有力量，我一定要衝出去，飛到連鳥也不可能發現我的地方。而他知道，這只是空想。聖戰將仍然追隨他的鬼魂。

他想著，當人民指責他的殘暴愚蠢時，他該如何回答？誰會理解他？

我只想朝後一看，說：「看那裡！那只是個空殼。看啊，我消失了！再也沒有任何人類的枷鎖或羅網能困住我。我放棄我的宗教！這榮耀的一刻是我的！我自由了！」

多麼空洞的話！

「昨天有人在大盾壁下發現一條巨大的沙蟲。」荃妮說，「據說有一百多公尺長。這麼大的沙蟲很少會跑到這個地區。我想，是水趕走了牠們。有人說，牠來這裡，是為了召喚摩阿迪巴回到他的沙漠故鄉。」她推了推他的胸脯，「不要嘲笑我！」

「我沒有笑。」

弗瑞曼人對神話的執迷總是讓保羅驚奇。就在這時，他覺得胸口一緊，命脈上有某種東西一震：是阿達卜記憶，自發的強勢回憶。他回憶起自己在卡樂丹星球的童年房間……石室中的漆黑夜晚……預象！那是他最早預知未來的時刻。他感到自己的意識又潛入那片預象，穿過迷濛的記憶

（預象中的預象），看到了一排弗瑞曼人。他們的長袍沾滿沙塵，列隊穿過高聳的岩溝，抬著一具長長的、用衣物裹住的東西。

保羅聽見自己在預象裡說：「那大多是美好的……而妳是其中最美好的……」

阿達卜記憶釋放了他。

「你好安靜。」荃妮低聲說，「怎麼回事？」

保羅聳聳肩，坐了起來，臉轉向一邊。

「我到沙漠邊緣去，所以你生氣了。」荃妮說。

他搖搖頭，不說話。

「我去那裡，是想要一個孩子。」荃妮說。

保羅無法開口。童年預象的原始力量吞沒了他。那個可怕的使命！那一刻，他的一生彷彿變成了一根樹枝，因鳥兒振翅飛起而不停晃動著……鳥兒代表機會，代表自由意志。

我抵擋不住預知的誘惑，他想。

他意識到，屈服於這種誘惑，就等於將自己固定在生命中的某條軌道上。他尋思，也許預知並不足在描述未來，而是在創造未來？或許他讓自己的生命陷在某種暗藏的網羅中，用自己的早年覺醒困住自己，最後成為未來這隻蜘蛛的獵物。現在，這隻蜘蛛正張開駭人的嘴，朝他步步進逼。

一句貝尼．潔瑟睿德格言閃過他的腦海：「運用原始力量，只會使你永遠受制於更大的力量。」

「我知道那會令你生氣。」荃妮說著，碰了碰他的手臂，「沒錯，部族已經恢復古老儀式，還有血祭，不過我沒有參與。」

保羅深深吸了口氣，但氣息不穩。預象的洪流消散了，成為一片深不見底卻風平浪靜的汪洋，下面湧動著他無法企及的吸力。

「求求你。」荃妮懇求道，「我要一個孩子，我們的孩子。那很可怕嗎？」他輕撫她的手臂，然後推開，爬下床，熄滅了燈球，走到靠陽臺的窗戶旁，拉開簾幔。除了氣味，沙漠還未入侵這裡。一道沒有窗戶的牆在他前方聳向夜空。月光斜斜照進封閉的庭園、紅杉、闊葉和潮濕的葉片上。在暗處中，在樹葉、一簇簇瑩白花朵間，他看到一池魚塘映出點點繁星。那瞬間，他以弗瑞曼人的眼睛望著這座庭園，看出這樣浪費水所隱含的怪異、可怕及危險。

他想到那些水販。他慷慨分配用水，毀了這些人的生計。他們恨他。他摧毀了過去。還有一些人，甚至那些從前必須拚死才能買到珍貴用水的人，也因為舊有生活方式改變而恨他。摩阿迪巴改造星球地景的命令一下，生態模式變了，人們的反抗也升高了。他懷疑自己是不是過於專橫獨斷，居然認為可以改造整顆星球——萬物都要以他指定的方式長在他指定的地方嗎？即使他成功了，這顆星球以外的宇宙不會害怕類似的改革嗎？

他猛地拉上簾幔，關上通風機，轉身對著黑暗中的荃妮，感到她正在那裡等著他，水環叮噹作響，像朝聖者的布施鈴。他順著聲音摸索過去，碰到了她伸出的手臂。

「親愛的，」她低聲說，「我讓你心煩了？」

她的手臂擁住他，同時擁住他的預象。

「和妳沒有關係，」他說，「噢……不是妳。」

5

屏蔽場的問世，以及雷射槍那對攻擊者和防守者來說都非常致命的易爆性，使武器科技成為決定一切的因素。在這裡，我們無需討論原子彈的特殊角色。在我的帝國，任何大氏族所擁有的原子彈都足以摧毀五十個或者更多氏族的母星。這的確令情勢緊張。但我們全體都制定了計畫，預防毀滅性的復仇。宇航和蘭茲拉德握有絕招，制止了這種武力。不，我憂慮的是把人類培養成特殊武器。某些政權正在開發這個沒有任何限制的領域。

——摩阿迪巴在軍事學院的演講，《史帝加回憶錄》

• • •

老人站在門口，那雙藍中帶藍的眼睛正盯著外面。眼神帶有本地人的猜疑，所有沙漠居民都是這樣看陌生人的。他滿臉白鬚，下方露出唇邊的一抹滄桑壓痕。他沒有穿蒸餾服，但更值得側目的是，他明知屋內的濕氣正經由敞開的大門湧向屋外，卻渾不在意。

司凱特利鞠了一躬，做了個同謀者互致問候的手勢。

在老人身後，三弦琴正如泣如訴演奏無調性、不和諧的塞木塔音樂。但老人的舉止絲毫不遲鈍，不像服用過迷幻藥，說明沉溺於塞木塔的另有其人。儘管如此，在這種地方看到這類墮落逸樂，司凱特利仍感到不可思議。

「請接受來自遠方的問候。」司凱特利微笑著說。他專門為這次見面選擇了一張扁平臉，他心想，老人可能認得這張臉。沙丘星上有些老弗瑞曼人認識鄧肯·艾德侯。

他對選臉向來樂此不彼，但現在他覺得自己或許弄巧成拙了，但他不敢貿然在這裡換臉。他緊張地來回掃視大街。老人難道不願意邀自己進門？

「你認識我兒子嗎？」老人問。

至少老人的態度鬆動了。司凱特利做了恰當的答覆，同時警覺地注意著周圍的可疑動靜。他不喜歡站在這裡。這是一條死巷，房子恰好在盡頭。這地區的房屋都專為聖戰老兵修建，越過泰瑪格一直延伸到帝國盆地，構成厄拉欽恩的一處郊區。巷子周圍的灰褐色熔岩牆十分單調，僅有的變化是陽光投在那些緊閉大門上的濃重陰影，門上亂七八糟地寫著汙言穢語。在這扇門旁邊，有人用粉筆聲明某個叫貝雷斯的人給厄拉欽恩人帶來了一種令男人失去雄風的惡疾。

「你有同伴嗎？」老人問。

「就我一人。」司凱特利說。

老人清了清喉嚨，仍然猶豫不決，令人惱怒。

司凱特利提醒自己要有耐心。用這種方式與人聯繫原本就很危險。也許老人有自己的理由。儘管如此，這個時段卻選得很恰當。蒼白的太陽幾乎當頭照下。在這個一天中最炎熱的時刻，人們都關在屋子裡睡覺。

難道是那些新鄰居使老人不安？司凱特利心想。他知道緊鄰著老人的那間房被分給了奧辛，這人曾是令人聞風喪膽的弗瑞曼敢死隊隊長，他身旁還有個侏儒彼加茲，正等著喚醒某人。

司凱特利再次把目光轉向老人，留意到他左肩下的袖子空蕩蕩的，且身上沒穿蒸餾服。他身上有股不怒而威，在聖戰中可不是一般的士兵。

「我可以知道訪客的姓名嗎？」老人問。

司凱特利默默鬆了口氣，對方終於接受他了。「我叫紮爾。」他說出這次任務用的名字。

「我叫法魯克，」老人說，「在聖戰中擔任霸夏，統領第九軍團，你明白這代表什麼嗎？」

司凱特利聽出話裡的威嚇。他說：「代表你出生在泰布穴地，效忠於史帝加。」

法魯克放鬆下來，讓開一步：「歡迎來到我的屋子。」

司凱特利走過他身側，進入幽暗的中庭。地上鋪著藍色瓷磚，牆上的水晶裝飾閃閃發光。中庭後方是加蓋的庭院，乳白色光越過半透明的過濾玻璃灑落，銀白如一號月亮的月光。嘎吱一聲，臨街的房門在他身後關上了。

「我們是高貴的民族，」法魯克一邊說，一邊領著司凱特利朝後院走，「不是被驅逐出境的人。我們不是住在溝谷的村莊裡……像這種地方！我們在哈巴亞山脊上方的大盾壁裡有個體面的穴地，只要一條沙蟲就可以把我們帶到沙漠中心的坎登。」

「而不像現在這樣。」司凱特利同意道。他明白法魯克為何加入他們的陰謀集團了。這個弗瑞曼人懷念過去，還有過去的生活方式。

他們到了後院。

司凱特利心知肚明，法魯克在竭力壓抑對訪客的厭惡。弗瑞曼人從來不信任雙眼徹底染上伊巴德藍的人，認為他們是外來者，總是東張西望，打量他們不應該看到的東西。

他們進去的時候，塞木塔音樂停了，取而代之的是巴利斯九弦琴，演奏的是一首納瑞吉星球的流行樂曲。

司凱特利的眼睛漸漸適應了光線，看到右側的拱門邊有個年輕人正盤腿坐在長榻上，雙眼空洞。他以盲人的異樣流暢撥動琴弦，在司凱特利盯著他看的時候唱起歌來，歌聲高亢、悅耳。

風吹走了陸地，
吹走了天穹，
以及所有的人！
這風是何方弟兄？
樹林挺立不屈，
在人們暢飲之處暢飲泉湧。
我見識了太多的世界，
太多的弟兄，
太多的樹林，
太多的風。

司凱特利注意到這些歌詞都是改寫過的。法魯克領著他離開唱歌的年輕人，走到對面的拱門下，指了指地磚上的幾只坐墊。地磚拼出海洋生物的圖形。

「其中一只坐墊是摩阿迪巴在穴地用過的。」法魯克指著一只又圓又黑的墊子，「坐吧。」

「不勝榮幸。」司凱特利說著，一屁股坐在那只黑墊子上，面帶微笑。法魯克展現了智慧。這個智者口中說著忠誠，同時卻聽著暗含反意的歌曲、另有玄機的言詞。沒人能否認那個暴君擁有可怕的力量。

法魯克的話穿插在歌聲間，絲毫未打亂韻律：「我兒子的音樂會防礙你嗎？」

司凱特利把墊子轉過來對著他，倚著冰涼的石柱說：「我喜歡音樂。」

「我兒子在攻打納瑞吉時失去了雙眼。」法魯克說，「他在那裡養傷，本來應該就留在那裡。那裡的女人不會爬上瞎子的床，不過，我在納瑞吉星球還是有一個可能永遠見不到面的孫子，真是令人百思不得其解。你知道納瑞吉星球嗎，紮爾？」

「年輕時和幻臉人同伴一起去過。」

「那你是幻臉人了。」法魯克說，「我還在想你的長相是怎麼回事。你的臉讓我想起這裡的一個朋友。」

「鄧肯・艾德侯？」

「是的，就是那個人。皇帝手下的劍士。」

「他被殺死了，據說。」

「有這種說法。」法魯克同意道，「你真的是個男人嗎？我聽過幻臉人的一些傳說……」他聳聳肩。

「我們是結代夏，」司凱特利說，「可以隨意變換性別。就目前而言，我是男人。」

法魯克若有所思地抿著嘴：「來點飲料醒醒神？水還是冰果汁？」

「好好談談話就可以了。」司凱特利說。

「主隨客便。」法魯克說著，在坐墊上坐下，面朝司凱特利。

「祝福阿布·德爾，時光永恆之路的父神。」司凱特利說，一邊想著：好了！我已經直接告訴他，我是宇航派來的人，並喬裝成領航員。

「祝福阿布·德爾。」法魯克說，按照儀式，兩手交疊放在胸前。那是一雙蒼老而青筋暴綻的手。

「物體從遠處看，只能看出大體原理。」司凱特利說，暗示他想討論皇帝的堡壘。

「黑暗而邪惡的東西從任何距離看都是邪惡的。」法魯克說，暗示他晚點再談。

為什麼？司凱特利不解，但仍然不動聲色：「你兒子的眼睛是怎麼瞎的？」

「納瑞吉的守軍用了一種燃岩彈。」法魯克說，「我兒子靠得太近。該死的原子武器！燃岩彈也應該列入違禁品。」

「這是法律的灰色地帶。」司凱特利贊同道。同時又想：納瑞吉星球上的燃岩彈！我們從未聽說過。老人為什麼在這個時候提到燃岩彈？

「我提過向你的主人買一雙忒萊素眼睛給他，」法魯克說，「但軍團裡有種傳言，說忒萊素的眼睛會控制使用者。我兒子告訴我，那種眼睛是金屬的，而他卻是血肉之軀，這樣的結合是有罪的。」

「東西的運作原理必須符合原始目的。」司凱特利說，試圖把話題轉到自己想套出的訊息上。

法魯克抿了抿嘴，但還是點了點頭。「你要什麼，就明明白白說出來吧。」他說，「我們必須相信你們這些領航員的話。」

「你去過皇家堡壘嗎？」司凱特利問。

「打贏莫里特爾之戰辦慶功宴時去過。那些石屋都很冷，儘管有最好的伊克斯太空暖爐。先前我們住在厄莉婭神殿的露臺上。你知道，他在那裡有樹林，有從許多星球弄來的樹。我們這些霸夏統領都穿上最好的綠色長袍，桌子也是一人一張，吃啊喝啊。我看到了很讓人厭惡的事：一排傷兵走了過來，拄著拐杖，走路一拐一拐。我們的摩阿迪巴恐怕不知道他到底毀掉了多少人。」

「你很排斥這樣的宴會？」司凱特利問。他知道弗瑞曼人痛飲香料啤酒後的狂歡會。

「那和穴地的靈魂交融不一樣。」法魯克說，「這裡沒有『精神合一』。戰士拿女奴取樂，男人炫耀自己的打鬥故事和傷口。」

「這麼說，你進過那一大堆石頭屋。」司凱特利說。

「摩阿迪巴到露臺上接見了我們。」法魯克說，「『祝大家幸運。』他說。沙漠裡的問候語，卻出現在那個地方！」

「你知道他的私人寢室在哪裡嗎？」司凱特利問。

「最深的地方。」法魯克說，「據說他和荃妮仍然過著游牧生活，不過都是在要塞的高牆內。公開接見是在大殿，他有專門的接待大殿和正式的議事廳，一整面側翼住的全是他的私人衛兵。還有舉行儀式的地方和一個通訊中心。據說城堡下面很深的地方還有一間房子，裡面養著一隻發育不良的沙蟲，周圍是可以毒死沙蟲的水渠。他就在那裡預測未來。」

半虛半實，司凱特利想。

「他走到哪裡，政府機關就在哪裡。」法魯克抱怨道，「職員和隨從，還有隨從的隨從。他只信任史帝加那樣的人，他從前的親信。」

「不包括你。」司凱特利說。

「我想他已經忘了還有我這個人。」法魯克說。

「他是如何進出堡壘的？」司凱特利問。

「他有撲翼機的小停機坪，從內牆凸出來。」法魯克說，「據說摩阿迪巴不許別人駕機在那裡著陸。要用特殊方法，一個小小的失誤就會撞牆，摔在他那該死的花園裡。」司凱特利點點頭。這最有可能是真的。控制皇宮的空中通道，確實保障了一定的安全。亞崔迪家族都是優秀的飛行員。

「他用人來傳送他的密波情報。」法魯克說，「他糟蹋人，在人體內植入密波翻譯器。這樣一來，他們發出的聲音就變成了皇帝本人的命令。不應該在人的聲音裡藏著另一個人的音信。」

司凱特利聳聳肩。在這個時代，所有大人物都使用密波資訊，因為誰都說不清資訊的發送者和接收者之間有什麼障礙。密波無從破解，因為本質是自然人聲，只是型態稍有扭曲，這中間便可加入無比複雜的擾頻。

「連他的稅務官也這樣通訊。」法魯克抱怨說，「我們那時候，密波資訊只會植入低等動物。」

但稅收資訊確實應該保密，司凱特利想，因人民發現執政者聚斂了多少財富而垮臺的政權可不只一個。

「弗瑞曼士兵對摩阿迪巴的聖戰有什麼看法？」司凱特利問，「他們是否反對把皇帝變成神？」

「多數人甚至想都沒想過這件事。」法魯克說，「大多數人對聖戰的看法和我從前一樣，認為聖戰帶來奇異的經歷、冒險和財富。我住的這種破房子——」法魯克朝後院做了個手勢，「就花掉了價值六十里達的香料，整整九十駝！這麼大一筆錢，我以前想都不敢想。」他連連搖頭。

他們穿過後院，盲眼青年正用巴利斯琴彈奏情歌。

九十駝，司凱特利想，毫無疑問，這是一大筆錢。在許多星球上，買法魯克的小屋子所花的錢都足夠買下宮殿了。但一切都是相對的，「駝」也不例外。比如說，法魯克知道香料的這種重量單位是怎麼來的嗎？他想過一頭駱駝曾經只能載一駝半香料嗎？不太可能。法魯克說不定從沒聽說過駱駝，也沒有聽過地球的黃金時代。

法魯克繼續說話，節奏和兒子彈奏的巴利斯旋律奇異地吻合：「我有一把晶刃匕、十升水的水環、我父親傳下來的一支長矛、一套咖啡用具，還有一只紅色玻璃瓶，比我的穴地記憶還古老。我們的香料中有我一份，但分不到錢。我有財富，卻不知道財富是什麼。我有兩個老婆，一個長相平平卻很愛我，一個愚蠢固執，有天使的長相和身材。我曾經是弗瑞曼耐巴，沙蟲馭者，沙漠和怪獸的主人。」

庭院另一側，青年手下的旋律節奏加快了。

「許多事我一清二楚，想都不用想。」法魯克說，「我知道沙地深處有水，是被小創造者封在那裡的。我還知道我們的祖先會向沙胡羅獻祭處女，但被列特—凱恩斯禁止了。有一次我還在一條沙蟲嘴裡見過珠寶。我的靈魂有四道門，每道門我都非常熟悉。」

他靜了下來，沉思著。

「然後，那個亞崔迪人和他的女巫母親來了。」司凱特利說。

「那個亞崔迪人來了，」法魯克同意道，「那個在我們的穴地被稱作『烏蘇爾』的人，我們私下都這樣叫他。我們的摩阿迪巴，摩阿迪巴！他發動聖戰的時候，我和一些人都問過：『我們為什麼要去打仗？那裡和我們毫不相干。』可其他人去了——年輕人、朋友、童年玩伴。他們回來的時候談到了巫術，還有這個亞崔迪救世主的神力。他和我們的敵人哈肯能作戰，曾承諾要給我們一座天堂的列特—凱恩斯也庇護他。據說這個亞崔迪是來這裡改變我們的世界、我們的宇宙。他是那個能使金花在夜晚綻放的人。」

法魯克抬起雙手，看著自己的手掌：「人們指著一號月亮說：『他的靈魂在那裡。』於是他就成了摩阿迪巴。我真不懂這一切。」

他放下手，目光穿過庭院，看著自己的兒子：「我腦子裡沒有任何想法，我的想法只在心裡，在肚子裡，在腰間。」

音樂的節奏再度加快。

「你知道我為什麼參加聖戰嗎？」老人的眼睛死死盯著司凱特利，「我聽說有種名叫海洋的東西。如果你一直住在我們的沙丘間，會很難相信世上竟然有海洋。我們沒有海洋，沙丘上的人也從來不知道海洋。我們有捕風器，我們收集水，因為列特—凱恩斯承諾會有翻天覆地的變化——摩阿迪巴揮揮手，就會改變一切。我可以想像井渠，水在渠道上流遍大地，所以我也能幻想河流。但海洋是什麼？」

法魯克看著後院那半透明的天棚，似乎想探究遠方的宇宙。「海洋。」他說，聲音很低，「我沒辦法想像海洋是什麼樣。沒錯，我認識的人看見了這個奇觀，但我認為他們在撒謊。我必須親自去看看，所以我報了名。」

年輕人彈出最後一個高音，然後又換了一首新曲子。節奏怪異，起伏不定。

法魯克沒有作聲，司凱特利還以為老人沒聽到他的話。琴音在他們身邊繚繞，忽升忽降，像潮汐漲落，聽得司凱特利隨著旋律喘息起來。

「你找到海洋了？」司凱特利問。

「那是在日落的時候。」法魯克停了一會兒說，「從前的畫家也許可以畫出那樣的日落。畫裡有紅色，和我這個瓶子一樣的顏色。還有金色……藍色。是那個我們叫英菲爾的星球，我帶著軍團在那裡打了勝仗。我們走出山間的隘口，空氣裡有濃重的溼氣，我簡直沒辦法呼吸。就在那裡，在我腳下，我看到了朋友說過的東西：水，看不到邊際的水。我們全往下衝。我踏人水裡，喝了起來。水很苦，喝了很不舒服。但我永遠沒辦法忘記那種奇觀。」

司凱特利發現自己也和老人一樣，對大海肅然起敬。

「我把自己浸入海水。」法魯克一邊說，一邊低頭看著地磚上的水中生物圖案，「沉下去時是一個人，浮起來時……變成了另外一個人。我覺得自己記起了並不存在的過去，我用這雙可以接受一切……世上一切的眼光看著周圍。我看見水中有一具屍體——一個被我們殺死的反抗軍。附近的水面上漂浮著一段木頭，是一截燒斷的大樹。現在我閉上眼睛也能看見那段木頭，一端被火燒得焦黑。水裡還漂浮著一片衣服，只能算一塊黃色破布……破裂了，很髒。看著這些東西，我明白了它們為什麼來到這裡——為了讓我看見。」

法魯克慢慢轉過身，看著司凱特利的眼睛。「你知道，宇宙是無窮無盡的。」他說。

這人嘮嘮叨叨的，想得卻很深，司凱特利想。他說：「我看出來了，那次經歷深深影響了你。」

「你是忒萊素人，」法魯克說，「你看過許多大海。我只看見過那一個大海，但關於海，我卻知道一些你不知道的東西。」

司凱特利突然感到一陣怪異的不安。

「混沌之母生於大海。」法魯克說，「當我濕淋淋地從水裡出來的時候，發現祁紮銳塔弗威德[4]站在旁邊。他沒有走進大海，他站在沙灘上……潮濕的沙灘。我有些手下也和他一樣，害怕大海。他看著我，那種眼神，他知道我明白了一些他永遠不會明白的東西。我變成了海洋生物，這讓他害怕。大海癒合了聖戰帶給我的傷口，他看到了這一點。」

司凱特利發現音樂在老人敘述的過程中停下來了。讓他不安的是，自己竟然不知道琴音是什麼時候停止的。

法魯克說：「每道門都有衛兵把守，根本沒辦法混入堡壘。」好像這句話跟他剛才的回憶有關似的。

「那正是堡壘的弱點。」司凱特利說。

法魯克抬起頭，望著他。

「有一種方法可以混入。」司凱特利說明道，「大多數人都相信堡壘是銅牆鐵壁——但願皇帝也這麼相信，而這一點對我們有利。」他擦擦嘴唇，感受著自己挑選的這張臉有若干異於常人之處。樂師的沉默讓他不安。這是否意味著法魯克的兒子已送完信號？過去一直有人這麼做：用樂音來壓

4 祁紮銳教團成員可稱為祁紮銳，後面加上姓名以便區分。——譯注

縮、傳送訊息。司凱特利自己的神經系統已壓印了這些訊息，到了某個恰當時機，嵌入他腎上腺皮質的密波解碼器就會啟動。訊息一傳輸完成，他就成了一個容器，攜帶著自己一無所知的內容。資訊會在他體內翻湧：厄拉科斯上密謀集團的每個基層組織、每個名字、每次聯絡的暗語——一切重要資訊。

有了這些資訊，他們就能鼓動厄拉科斯，捕獲一隻沙蟲，在摩阿迪巴令所不及之處培植美藍極。他們可以打破香料壟斷，擊敗摩阿迪巴。有了這些資訊，他們可以做許多的事。

「那個女人在我們這裡。」法魯克說，「你現在想見她嗎？」

「我已經見過她了，」司凱特利說，「而且仔細研究過她。她在哪裡？」

法魯克「啪」地打了個響指。

青年拿起琴，撥動琴弦，塞木塔音樂頓時輕輕響起。一名裹著藍色長袍的年輕女子從樂師身後的門緩緩走出，彷彿被音樂牽動一般。在迷藥的作用下，她那雙全藍的伊巴德眼呆滯無神。這是一個弗瑞曼人，對香料上癮，同時又染上外星的毒品。她深深陷入塞木塔音樂中，如癡如醉，不知自己身在何處。

「奧辛的女兒。」法魯克說，「我兒子給她用了迷藥。他眼睛瞎了，擔心自己沒辦法贏得本族女子。但你看到了，他的勝利毫無意義。塞木塔音樂奪走了他希望得到的東西。」

「她父親不知道嗎？」司凱特利問。

「連她自己也不知道。」法魯克說，「我兒子給了她一套虛假的記憶，讓她不由自主來我們家。她以為自己愛上了我兒子，她家裡的人也是這樣想的。他們非常不滿，因為我兒子不是完整的男人。

不過，他們當然不會干涉。」

音樂嫋嫋，漸漸停了下來。

樂師做了個手勢，年輕女子走到他身側坐下，俯首傾聽他的喃喃細語。

「你對她有什麼打算？」法魯克問。

司凱特利又一次仔細查看著後院。「屋子裡還有別的人嗎？」他問。

「所有人都在這裡了。」法魯克說，「你還沒有告訴我，你打算對這女人怎麼樣。我兒子很想知道。」

司凱特利右臂一伸，似乎準備回答他的問題。突然，一只閃亮的針從他的袍袖射出，刺入法魯克的脖頸。沒有叫喊，身體姿勢沒有絲毫改變。不出一分鐘，法魯克就會死去，卻被針上的毒藥定住身形，動彈不得。

司凱特利慢慢站起來，朝瞎眼樂師走去。飛鏢射進他的身體時，他還在和那個年輕女人呢喃細語。

司凱特利抓住年輕女人的手臂，輕輕扶起她，沒等她發現，迅速變了一副面容。她站直身子，愣愣望著他。

「怎麼回事，法魯克？」她問。

「我兒子累了，需要休息。」司凱特利說，「來，我們到後面去。」

「我們談得很開心。」她說，「我已經說服他去買忒萊素人的眼睛，變成一個健全的男人。」

「這我不是說了很多遍了？」司凱特利說，一邊催促她朝屋後走。

他驕傲地發現自己的聲音和那張臉是如此契合。這正是那個老弗瑞曼人的聲音，而那人現在無疑已經死了。

司凱特利嘆了口氣。至少過程很仁慈，他對自己說，而且，那兩個犧牲品也一定知道自己在冒什麼險。至於這個女人，倒是應該給她一個機會。

6

創建之初，所有帝國都不乏雄圖壯志。但建成之後，初衷卻喪失殆盡，取而代之的是一些茫然的儀式。

——伊若琅公主《摩阿迪巴語錄》

• • •

厄莉婭明白，這次會議又將不歡而散。她感覺到了，不滿的情緒正在升高、蓄勢——伊若琅完全忽視荃妮，史帝加緊張地翻動文件，保羅則陰沉著臉，瞪著祁紮銳柯巴。

她坐在金質會議桌末端的一張椅子上，這樣就可以透過露臺窗戶看到下午那一抹灰暗的陽光。

她進來時柯巴正在發言，只聽他對保羅說道：「陛下，我的意思是，現在的神祇已經不像從前那麼多了。」

厄莉婭頭向後一仰，笑出了聲，長袍上的黑色兜帽隨之掉了下來，露出下面的臉龐：藍中透藍的香料眼，和她母親一樣的鵝蛋臉，濃密的紅銅色頭髮，小巧的鼻子，寬厚的嘴。

柯巴的面頰漲成了橙紅，像極了他身上長袍的顏色。他怒視著厄莉婭。這個矮小、光禿的男人正怒氣沖沖。

「妳知道大家是怎麼議論妳兄長的嗎？」他質問道。

「我知道大家是怎麼說你們祁紮銳的。」厄莉婭反駁道，「你們不是神，而是神的耳目。」

柯巴望向保羅，尋求支持：「我們奉摩阿迪巴之命行事，他應該要知道關於人民的真相，而他的人民也應該知道關於他的真相。」

「耳目。」厄莉婭說。

柯巴抿著嘴，一言不發。

保羅看著自己的妹妹，不懂她為何要激怒柯巴。他忽然發現厄莉婭已經長成女人，美麗，且閃爍著青春的熾烈純真。奇怪，自己竟然直到這一刻才發現她長大了。她已經十五歲——就快十六了。一個沒有當過母親的聖母，保持童貞的女祭司，迷信的群眾既畏且敬的——尖刀聖厄莉婭。

「現在不是你妹妹坑鬧的時間和場合。」伊若琅說。

保羅不理她，只對柯巴點點頭：「廣場上擠滿了朝聖者。出去領著他們祈禱吧。」

「但他們希望您去，陛下。」柯巴說。

「你戴上頭巾，」保羅說，「這麼遠，他們看不出來。」

伊若琅竭力壓下被忽略的惱怒，看著柯巴奉命走出去。她突然陷入不安：艾德瑞克或許沒將她藏好，讓厄莉婭得知了她的活動。對這個妹妹，我們究竟了解多少？她尋思。

荃妮雙手緊握，擱在膝蓋上，朝桌子對面的舅父史帝加瞄了一眼，他現在是保羅的國務大臣。她心想，這個弗瑞曼老耐巴懷念過沙漠穴地的簡單生活嗎？她發現史帝加的黑髮已兩鬢灰白，但濃眉下的雙眼依然炯炯有神，那是野外生活養成的鷹眼，鬍子上也還留著集水管的壓痕，這是長年穿著蒸餾服的結果。

荃妮那一眼讓史帝加有些不自在，他環視議事廳，最後盯著露臺的窗戶。柯巴正站在外面，張開雙臂祝禱。一縷下午的陽光照到他身後的落地窗玻璃上，投下一圈紅色光暈。那一刻，他發現那位宮廷祁紮銳彷彿成了火輪上的受難者。柯巴放下手臂，幻影也隨之消失。但史帝加驚魂未定。他的思緒轉向那些等候在接待大殿裡哀告奉承的祈求者，以及圍在摩阿迪巴皇冠四周的可恨慶典，既惱怒又失望。

史帝加想，跟皇帝開會的人，都想在皇帝身上找到紕漏和破綻。他覺得這可能是種褻瀆，卻還是想要這麼做。

柯巴回來了，遠處人群的吵嚷聲也隨之傳入議事廳，直到露臺的門在他身後關上，室內才又恢復安靜。

保羅的目光尾隨著那位祁紮銳。柯巴在保羅左側就座，深色的臉龐鎮靜沉著，眼睛因熾烈的信仰而熠熠發光。那一刻的宗教能量令他欲罷不能。

「他們的心靈被喚醒了。」他說。

「感謝主。」厄莉婭說。

柯巴的嘴唇發白。

保羅再一次打量自己的妹妹，揣測她的動機。他提醒自己，她一貫以天真來掩蓋狡詐。她和自己一樣，都是貝尼．潔瑟睿德育種計畫的產物。奎薩茲．哈德拉赫的基因在她身上創造了什麼？家人間總有些神祕的差異。當母親在美藍極的毒素中死裡逃生時，她還是子宮裡的胎兒。母親和她未出生的女兒同時成為聖母，儘管如此，兩人卻不盡相同。

厄莉婭對那次經歷的說法是，在某個可怕的瞬間，她的意識突然覺醒了，當母親正與無數人的生命合為一體時，她的記憶也吸收了這些人。

「我變成了我母親，以及許許多多人。」她說過，「我還沒成形，也還沒出生，卻在那裡、那一刻，變成了老婦人。」

厄莉婭感應到保羅正在思索她的事，朝他笑了笑。他的表情一緩，問自己，對柯巴這種人，除了調侃之外，還能怎樣？殺人不眨眼的敢死隊員搖身一變成了祭司，還有比這更可笑的事情嗎？

史帝加拍拍手上的文件，「如果陛下允許的話，還有些緊迫的事務需要討論。」

「圖比勒星的協議？」保羅問。

「我們還不知道圖比勒星的位置，宇航就堅持要我們先在協議上簽字。」史帝加說，「他們爭取到蘭茲拉德某些成員的支持。」

「你們施加了什麼壓力？」伊若琅問。

「皇帝陛下特為此大業安排的壓力。」史帝加說。他的回答生硬而正式，內藏對皇后的不以為然。

「我的陛下、夫婿。」伊若琅邊說邊轉身朝向保羅，迫使他正視自己。

她的毛病，保羅想，就是當著荃妮的面強調自己的名分。此時此刻，他和史帝加一樣煩伊若琅，但憐憫使他心軟。伊若琅終究不過是貝尼．潔瑟睿德手中的卒子。

「什麼事？」保羅說。

伊若琅盯著他：「如果您扣押他們的美藍極……」

荃妮搖搖頭表示反對。

「我們必須非常謹慎。」保羅說，「圖比勒星仍是大氏族落敗後的庇護所。對我們的敵人來說，象徵著最終的樂園，最後一座安全的星球，要是被揭發，會變得很脆弱。」

「他們既然能藏人，也就能藏別的東西。」史帝加聲音低沉地說，「或許是軍隊，或是剛培植出的美極藍……」

「但你不能把人逼到無處可退，」厄莉婭說，「如果你還想和他們和平共處的話。」她很懊惱，知道自己被捲入一場她早已預知的爭論。

「也就是說，我們把十年時間浪費在談判上，一無所獲。」伊若琅說。

「我哥哥的行動從來不會一無所獲。」厄莉婭說。

伊若琅拿起一份文件，緊緊抓住，直到關節都變白了。保羅看出她正在控制情緒：洞察內心，深呼吸。他幾乎能聽見她在心中不停念誦禱詞。片刻後，她問道：「我們得到了什麼結果？」

「我們打亂宇航的陣腳。」荃妮說。

「我們希望盡量避免和敵人正面攤牌。」厄莉婭說，「我們並不想要消滅他們。亞崔迪戰旗下的大屠殺已經夠多了。」

她也感受到了，保羅想。奇怪，他與妹妹都無法自制地覺得自己應該對這個喧嚷、盲目崇拜的宇宙負起責任，這個宇宙已經對宗教入迷，既安詳又瘋狂。他想，我們是否應該保護人類免於自我毀滅？他們時時刻刻都在做毫無意義的事：空虛的生活，空虛的言詞。他們向我要求得太多。他感到喉頭一陣緊縮。他將失去多少珍貴的時刻？哪些兒子？什麼夢想？他的預象向他揭露了他要付出的代價，那值得嗎？在那個遙遠的未來，有誰會對未來的人們說「沒有摩阿迪巴就不會有你們」？

「不給他們美藍極，解決不了任何事。」荃妮說，「當宇航的領航員失去洞察時空的能力，當貝尼．潔瑟睿德的女修分不清真偽，當一些人提前死去，當資訊交流中斷，受譴責的會是誰？」

「他們不會走到那一步的。」伊若琅說。

「不會？」荃妮問，「為什麼不？有誰會怪罪宇航？很明顯，大家都會認為他們也無能為力。」

「我們會就這樣簽訂協議。」保羅說。

「陛下，」史帝加說，盯著雙手，「我們還有一個問題。」

「嗯？」保羅注視著這個弗瑞曼老人。

「您有某種……能力。」史帝加說，「能不能不管宇航公會，查出另一方的位置？」

能力！保羅想，史帝加無法直接說出口的是：「你有預知力。你不能在你看到的預象中循線找出圖比勒星嗎？」

保羅看著純金的桌面。同樣的問題總是不停出現：如何讓別人明白那難以言傳的預象是有局限的？他要提到那些片段、提到所有勢力的命數嗎？普通人從未體驗過香料帶來的脫胎換骨，無法預見未來，又如何想像意識清明，卻不知自己所處的時空、無法運算眼前影像，且對一切都毫無感覺？

他望向厄莉婭，發現她在注意伊若琅。厄莉婭覺察到他的目光，瞥了他一眼，朝伊若琅的方向點點頭。哦，對了，席間的任何回答，伊若琅都會設法向貝尼．潔瑟睿德匯報。她們從不放過奎薩茲．哈德拉赫的任何解釋。

儘管如此，還是應該給史帝加一個答案。自然，伊若琅也會得到這個答案。

「不知情的人，都把預知力想像成遵循某種自然法則。」保羅雙手指尖相搭，說道：「但這就像是在說天堂會開口跟我們說話一樣，是不正確的說法。解讀未來的能力，是人類的一種調和的舉動。換句話說，在當前的波動中，預知是種自然的結果。要知道，從表面上看，預知會偽裝成自然的樣子。只要你有預設的目的和意圖，就無法運用這種力量。被波濤捲走的碎片能說出自己的去向嗎？在預兆中，沒有原因，也沒有結果。原因變成了傳送、匯集的地方，各種潮流都在這裡交會。接受預知，你會全心全意厭惡思維能力，理性意識也會因而排斥思維能力，而在排斥的過程中，思維能力變成了預知過程的一部分，並敗下陣來。」

「您做不到？」史帝加問。

「如果我用預知力搜尋圖比勒星，」保羅直接對伊若琅說，「可能反而掩蔽了這顆行星。」

「這是混沌！」伊若琅反駁道，「沒有任何……任何……一致性。」

「我說過，它不遵循任何自然法則。」保羅說。

「這麼說，你的力量是有局限的，看到的有限，能做的也有限？」伊若琅問。保羅還沒來得及回答，厄莉婭就說：「親愛的伊若琅，預視力沒有局限。至於不一致？宇宙不一定非得保持一致。」

「但他說……」

「妳非要我哥哥解釋無局限的局限性，這怎麼可能呢？這超出思維能力的範圍了。」

厄莉婭還真卑鄙，保羅想。她是在捉弄伊若琅。伊若琅的頭腦縝密，而這完全有賴精準的局限所帶來的秩序。他將目光轉向柯巴，此人以虔誠冥想的姿態坐在椅子上——以靈魂聆聽著。祁紮銳會怎樣利用這番對話？造成更多宗教神蹟？喚起更大的敬畏？毫無疑問。

「那麼，您打算就按這樣簽訂這份協議？」史帝加問。

保羅笑了。幸好有史帝加這句話，預兆的問題總算告一段落。史帝加的目標是取得勝利，而不是發現真理。和平、公正，加上健全的貨幣制度，這些都穩定了史帝加的世界。他要的是實實在在、看得見摸得著的東西——比如協議上的簽名。

「我會簽的。」保羅說。

史帝加又拿出一個資料夾：「這是來自伊克斯戰區司令官的最新消息，裡面談到了當地正在鼓動制憲。」這位弗瑞曼老人瞥了一眼荃妮，荃妮聳聳肩。

兩眼緊閉，雙手放在額前啟動記憶術的伊若琅在此時睜開了雙眼，打量著保羅。

「伊克斯聯邦已經歸順了。」史帝加說，「但他們的談判官質疑帝國的稅額，他們……」

「他們想合法限制帝國的意志。」保羅說，「是誰想要控制我，蘭茲拉德還是鉅貿聯會？」

史帝加從資料夾裡取出一張便箋。「我們的密探從鉅貿聯會少數黨幹部會議中拿到的備忘錄。」他用呆板的聲音念著這封密信：「『必須阻止皇帝走上獨裁專政。我們必須說出這個亞崔迪人的真相，將他假借蘭茲拉德法規、宗教制裁和官僚效能之名玩弄的權謀公諸於世。』」他將便箋放回資料夾。

「憲法。」荃妮喃喃道。

保羅瞟向她，又看看史帝加。聖戰開始動搖了，保羅心想，可惜來得太晚，我已經捲進去。他心中一凜，想起自己早年見到的聖戰預象，想起當時體驗到的恐怖和厭惡。時至今日，他看到了更加可怕的預象，且與真實的暴力朝夕相處。他無數次看到他的弗瑞曼人渾身神祕的力量，在宗教戰爭中肅清眼前的一切。當然，聖戰是一時的，和永恆相比，不過短暫的一瞬，但帶來的恐怖使過去的一切都相形見絀。

而且全是以我的名義，保羅想。

「也許應該給他們一部形式上的憲法。」荃妮提議，「但不是真正的憲法。」

「欺騙也是一種治理之術。」伊若琅贊同。

「權力是有限的，那些將希望寄託在憲法上的人終究會發現這一點。」保羅說。

柯巴從恭敬的坐姿中挺直身子：「陛下？」

「說吧。」保羅想，來了！這人可能會在私底下認同大家想像中的法治。

「我們可以從宗教憲法著手。」柯巴說，「讓忠誠的人可以……」

「不！」保羅厲聲說，「我們要在議會中制訂一條命令。妳在記錄嗎，伊若琅？」

「是的，陛下。」伊若琅說。她的聲音冷漠僵硬，顯然非常不喜歡這份被迫接下的枯燥工作。

「憲法會淪為極端的專制，」保羅說，「那是有組織的權力，規模凌駕一切。憲法是動員起來的社會權力，沒有善惡觀念。它可以摧毀社會的各個階層，抹殺所有尊嚴和個體。它沒有穩定的平衡點，沒有限制。而我是有限制的。為了給我的人民提供絕對的保護，我禁止憲法。這是議會的法令。年、月、日，等等。」

「伊克斯聯邦提出的稅額問題怎麼處理？」史帝加問。

保羅的目光從柯巴惱怒漲紅的臉上移開，說：「你已經有想法了，史帝加？」

「我們必須控制稅款。」

「我在圖比勒協議上簽了名，宇航要付出代價。」保羅說，「這個代價就是伊克斯聯邦的稅款。沒有宇航提供運輸，伊克斯聯邦不可能進行貿易。這筆錢，他們會付的。」

「好極了，陛下。」史帝加拿起另一個資料夾，清了清喉嚨，「這是祁紮銳對薩魯斯．塞康達斯星的報告。伊若琅的父親一直在指揮他的軍團進行登陸演習。」

伊若琅原本一直在研究自己的左掌心，聞言脖頸上的血管一跳。

「伊若琅，」保羅問，「妳還堅持妳父親手下那唯一的軍團只不過是擺設？」

「他能用一支軍團做什麼？」她問，眼睛瞇起瞪著他。

「讓自己送命。」荃妮說。

保羅點點頭：「而且要歸咎於我。」

「我認識一些聖戰指揮官。」厄莉婭說，「聽到這個消息，他們一定會立即採取行動。」

「但那不過是他的警隊！」伊若琅反駁道。

「那麼他們就沒有必要做登陸演習。」保羅說，「我建議妳在下一張給妳父親的便條中明白、直接地轉達我的意見，說他的處境岌岌可危。」

她垂首斂眉。「是，陛下。我希望這件事到此結束，我父親不該成為烈士。」

「嗯，」保羅說，「沒有我的命令，我妹妹不會把消息透露給那些指揮官。」

「攻擊我父親有很大風險，不只是軍事上的風險。」伊若琅說，「人們已經開始懷念他統治下的皇朝了。」

「妳該收斂點。」荃妮說，語調中有一股弗瑞曼人的殺氣。

「夠了！」保羅命令道。

他斟酌著伊若琅的話，想著人民對往日的懷念。是啊，她道出了幾分真相，再一次證明了自己的價值。

「貝尼・潔瑟睿德送來了正式請求。」史帝加邊說邊遞上另一個資料夾，「她們希望商討一下如何保存您的血脈。」

荃妮斜睨著那份文件，彷彿裡面暗藏著致命詭計。

「用過去的藉口敷衍她們。」保羅說。

「我們非得這樣嗎？」伊若琅請求道。

「也許……討論這個問題的時機到了。」荃妮說。

保羅堅決地搖搖頭。她們不知道，他現在還不打算付出這種代價。

但荃妮不放棄。「我到我的出生地泰布穴地的祈禱牆祈禱過，」她說，「也去看過醫生。我還跪在沙漠裡，把我的想法傳給沙地深處的沙胡羅。然而，」她聳聳肩，「沒有任何用處。」

科學和迷信，兩者都辜負了她，保羅想，我是不是也辜負了她？畢竟我沒有告訴她，為亞崔迪氏族生下子嗣會引發什麼動亂。他抬起頭，發現厄莉婭眼裡流露出憐憫。妹妹的這種表情使他反感。她是否同樣看到了那可怕的未來？

「陛下應該知道，沒有繼承人對帝國來說有多麼危險。」伊若琅說，聲音帶著貝尼・潔瑟睿德的圓滑和說服力，「這些事原本就不容易討論，但還是必須公開。皇帝不僅僅是個男人，也是這個帝國的領導者。如果他死後沒有繼承人，人民會大亂。您熱愛您的子民，不能讓他們受這種苦。」

保羅離開長桌，踱到露臺窗戶前。微風慢慢吹散了城市那邊升起的嫋嫋炊煙。天空成了銀藍色。灰撲撲的夜幕從大盾壁上降下，光線變得柔和。他凝視著南方的峭壁，正是那道天險保護著北方的領地免受風沙侵襲。他想，為何自己的心靈找不到這樣的屏障？

會議成員坐在他身後，靜靜等著。他們知道，他離震怒只差一步。

保羅只覺得時間在他身上來回衝撞。他力持鎮定，只有平衡各方，才能構建一個全新的未來。脫離……脫離……脫離，他想，如果我帶上荃妮，收拾行李，和她一起離開，到圖比勒星找個地方躲起來，會怎麼樣？但他的名字仍會留下來，聖戰將找到一個新的、更可怕的軸心，他也會因此遭到譴責。他感到一陣突如其來的恐懼，唯恐在追求新目標時失去最寶貴的東西，唯恐宇宙因為自己最輕微的一道聲音而墜毀，不斷往後退，直到他再也無從抓回碎片。

下方，廣場成了一大群信徒朝聖的舞臺。他們綠白相間，在厄拉欽恩衛兵的後面走來走去，像一條亂竄的蛇。保羅想起來了，自己的覲見廳此刻一定也擠滿了陳情的人。朝聖！這種餐風露宿的活動成了帝國一項讓人不舒服的財源。朝聖者的宗教腳印遍及太空，他們不斷湧來，湧來，湧來。

我是怎麼發起這場運動的？他問自己。

當然，發起這場運動的是宗教自己。它一直潛伏在人類的遺傳基因裡，掙扎了許多世紀才盼到這場短暫的爆發。

在內心深處的宗教本能驅使下，人們來了，來尋求復活。朝聖在這裡結束——「厄拉科斯，重生之地，死亡之地」。

那個卑鄙的老弗瑞曼人說，他要這些朝聖者身上的水。

朝聖者真正要的又是什麼？保羅尋思。他們說，他們要前往聖地。但他們必須知道，宇宙中根本不存在什麼伊甸園，靈魂也找不到圖比勒星那樣的庇護所。他們稱厄拉科斯為未知之地，認為所有謎團都能在這裡找到答案。這裡是連接今生和來世的紐帶。最可怕的是，人們離開這裡時，一個個都心滿意足。

他們在這裡找到了什麼？保羅問自己。

陷入宗教狂喜的朝聖者在大街小巷狂呼亂吼，像怪異的鳥群。事實上，弗瑞曼人管他們叫「遷徙鳥」，稱少數死在這裡的朝聖者為「長著翅膀的靈魂」。

保羅嘆了口氣，心想，軍團每征服一顆新行星，都相當於開闢了一個全新的朝聖者發源地，這些人對「摩阿迪巴帶來的寧靜」充滿感激。

任何地方都有寧靜，保羅想，任何地方……除了摩阿迪巴的心。

他感到自身的一部分深深沉入無邊無際的嚴寒和灰暗之中。他的預視力竄改了全人類心中的宇宙圖像，他破壞了宇宙的和平，以聖戰取代安寧。他擊敗了人類的宇宙，洞悉了宇宙，也預知了宇宙。但他心知肚明，這個宇宙仍會躲過他。

他腳下這座他所統治的行星如今已從沙漠變成綠洲，富含水脈，生機和任何人類一樣勃發。它回身一搏，開始反抗，漸漸擺脫了他的掌握……

一隻手悄悄伸了過來。他低頭俯視，發現荃妮望向他，眼裡充滿關切。那雙眼含著深情，她低聲說：「求求你，親愛的，別和自己的靈魂對抗。」她的手散發汩汩暖流，使他振作起來。

「希哈婭。」他輕輕說。

「我們一定要盡快回沙漠去。」她悄聲說。

他捏了捏她的手，又鬆開，回到長桌旁，沒有坐下。

荃妮在自己的位子上坐下。

伊若琅盯著史帝加面前的文件，嘴唇抿成一線。

「伊若琅提議由她來擔任帝國繼承人的母親。」保羅說，他看了看荃妮，又看看伊若琅，伊若琅避開他的目光。「我們都知道，她對我並無愛意。」

伊若琅一動不動。

「我知道，這符合政治考量。」保羅說，「但我關注的是人類的利益。我想，如果皇后不用聽命於貝尼．潔瑟睿德，提出這種要求也不是為了獲得個人權力，我可能會有不同反應。但在目前這種情況下，我不得不拒絕她的提議。」

伊若琅顫抖著，深深吸了口氣。

保羅坐下來想，他從未見過她如此失控。他靠近她，說：「伊若琅，我真的非常遺憾。」

她下巴一抬，眼裡冒出怒火。「我不需要你的憐憫！」她咬牙切齒道，然後轉向史帝加，「還有急事要討論嗎？」

史帝加沒有看她，只望著保羅說：「還有一件事，陛下。宇航公會再次提議要在厄拉科斯星上設立正式的大使館。」

「是那種深太空使館嗎？」柯巴問，聲音充滿憎恨。

「想必是。」史帝加說。

「這事請務必審慎考量，陛下。」柯巴提醒道，「讓領航員真的踏上厄拉科斯，耐巴委員會是不可能喜歡的。他們厭惡領航員踏過的每一寸土地。」

「他們住在氣槽裡，不會接觸地面。」保羅無意掩飾話中的惱怒。

「耐巴說不定會自力救濟，陛下。」柯巴說。

保羅怒視著他。

「他們畢竟是弗瑞曼人啊，陛下。」柯巴堅執道，「我們記得很清楚，鎮壓我們的人都是宇航帶來的。還有，為了不讓他們把我們的祕密洩漏給敵人，我們被迫忍受他們的敲詐，他們榨乾了我們每一個……」

「夠了！」保羅厲聲說，「你以為我忘了嗎？」

柯巴開始結結巴巴，彷彿突然意識到自己話說得太重了：「陛下，請原諒。我沒有暗示您不是弗瑞曼人，我沒有……」

「他們會派領航員過來。」保羅說，「領航員如果看到了危險，是不會來的。」

突如其來的恐懼使伊若琅口乾舌燥，她說：「你已經……看見有領航員要來這裡？」

「我自然還沒看見什麼領航員。」保羅嘲弄地模仿她的腔調，「但我能看見人到過哪裡、正要去哪裡。就讓他們派領航員來吧，或許我有用得著他的地方。」

「就這樣定了。」史帝加說。

伊若琅用手遮住嘴角的微笑，心想：那麼，是真的。我們的皇帝看不見領航員。他們彼此看不見對方。密謀沒有暴露。

7

好戲再次開場。

——保羅－摩阿迪巴皇帝登基時的宣告

• • •

厄莉婭透過窺視窗觀察下面的覲見廳，宇航一行人出現了。

正午的銀白烈陽從天窗射到地板上。綠色、藍色和淡黃色的地磚排成一條長滿水生植物的河流，上面星星點點閃爍著奇異的顏色，代表各類鳥兒及動物。

公會的人跨過一幅瓷磚圖案，那樣子有如獵人在陌生的叢林裡追蹤獵物。他們身著灰色、黑色和橙紅的長袍，構成一幅動人的設計。來人以看似隨意實則精心的隊形圍著一座透明氣槽，領航員大使就飄浮在箱內的橙紅氣體中。氣槽被兩個身穿灰色長袍的侍從拉著，在懸浮力場上滑行，像一艘被拖入港口的矩形船。

她的正下方，保羅端坐在高臺的獅子王座上，頭戴嶄新的正式皇冠，上面有魚和拳頭的圖案。他全身罩在鑲滿珠寶的金色長袍下，四周圍繞著微微發光的護體屏蔽場。兩隊侍衛分列高臺兩側，一路延伸到臺階下。史帝加站在保羅右側兩級臺階下，穿著白長袍，繫著黃腰帶。

同胞兄妹的感應告訴厄莉婭，此刻保羅和她一樣激動，但她懷疑除了自己之外有誰能看出來。他一直盯著一名身穿橙紅長袍的侍從，這人走在大使一行人的右前方，似乎是先發護衛，一雙空洞的金屬眼睛直直瞪著前方，鬈曲的黑髮下是張扁平的臉，橙紅長袍遮不住剽悍的體型，每個動作都在呼喊一個熟悉的名字。

鄧肯．艾德侯。

不可能是鄧肯．艾德侯，但確實是鄧肯．艾德侯。

厄莉婭不會認錯，理赫匿解密術能看破解一切偽裝，而她在母親子宮中便吸入了關於這個男人的記憶。她知道保羅看著他時，眼中帶著無盡的過去、感激，以及青春的光芒。

那正是鄧肯。

厄莉婭渾身顫抖。答案只有一個：這是忒萊素甦亡人，一種以死者肉身改造而成的東西。那具肉身救過保羅的命。唯有再生箱才能培育出甦亡人。

甦亡人昂首闊步，帶著劍客名家的機敏。大使的氣槽在離高臺約十步處停下，甦亡人也隨之立定不動。

深入厄莉婭骨髓的貝尼．潔瑟睿德修練告訴她，保羅相當焦慮不安。他不再望著那個從他的過去中走出來的男人——眼睛別開了，但仍用全副身心留意，並繃緊肌肉，對宇航公會的大使點點頭，說：「他們說，你的名字叫艾德瑞克。歡迎來到我們的皇宮，希望這次會見能增進我們彼此的了解。」

領航員在橙紅氣體中擺出虛弱的斜倚姿勢，朝嘴裡塞了顆香料膠囊，然後迎向保羅的目光。在氣槽一角繞行的小型傳感器發出一聲咳嗽，然後是一串粗啞而呆板的聲音：「承蒙陛下接見，鄙人無限惶恐。謹在此遞交到任國書，並呈上一份薄禮。」

一名副官向史帝加呈上一張卷軸。他皺著眉頭仔細研讀，朝保羅點點頭。史帝加和保羅的目光同時轉向那個耐心站在高臺下的甦亡人。

「事實上，皇帝陛下認識這件禮物。」艾德瑞克說。

「我們很高興能收到你的國書。」保羅說，「這份禮物是？」

艾德瑞克在氣槽裡轉了個身，看著甦亡人道：「這男人名叫海特。根據我們的調查，他的經歷非常奇特。他是在厄拉科斯星被殺死的……頭部受到重創，許多個月後才癒合。有人將他賣給忒萊素，說這具身體是劍術大師、吉奈士學院的高手。後來我們發現他是鄧肯・艾德侯，一個深受你們家族信賴的家臣。於是我們將他帶來，作為禮物獻給皇帝陛下。」艾德瑞克看了看保羅，「這不是艾德侯嗎，陛下？」

保羅的聲音克制而謹慎：「他有艾德侯的外貌。」

保羅看到了什麼我看不到的東西嗎？厄莉婭尋思。不！那就是鄧肯！

名叫海特的男人木然站在那裡，金屬眼睛直直盯著前面，身體很放鬆。沒有任何跡象表明他知道人們正在談論他。

「根據我們的可靠情報，他是艾德侯。」艾德瑞克說。

「他現在叫海特了。」保羅說，「奇怪的名字。」

「陛下，我們無從推測忒萊素為什麼要起這個名字。」艾德瑞克說，「但名字是可以改變的。忒萊素的名字並不重要。」

這是忒萊素創造出來的，保羅想，問題就出在這裡。忒萊素人不太在意感知到的自然。在他們的哲學裡，善良和邪惡有異常的含意。誰知道他們在艾德侯的身體裡植入了什麼東西——或出於某種圖謀，或只是異想天開。

保羅瞟向史帝加，發現這個弗瑞曼人因迷信而一臉畏懼，他的弗瑞曼衛兵也無不染上這種情緒。史帝加想必正在猜測工會成員、忒萊素人還有甦亡人究竟有何叵測居心。

保羅轉向甦亡人，問道：「海特，你只有這個名字嗎？」

甦亡人深色的臉龐露出平靜的微笑，金屬眼睛抬了抬，注視著保羅，但那仍是機械的凝視。「陛下，別人都這麼叫我，海特。」

站在幽暗窺視孔後方的厄莉婭打了個冷顫。那是艾德侯的聲音，確確實實是他的聲音，她的每一個細胞都記得清清楚楚。

「這個嗓音令我愉悅，」甦亡人接著說，「但願陛下也同樣喜歡。忒萊素人說，這代表我聽過這個嗓音……在從前。」

「但這一點，你卻無法確定。」保羅說。

「我無法確定自己的過去，陛下。他們對我解釋過，說我不能保留前身的記憶，留下來的只是基因模式。但我腦中仍有一些小縫隙殘留著過去熟悉的事物，比如嗓音、地點、食物、臉孔、聲音、動作——還有我手中的這把劍、撲翼機的操控桿等……」

保羅發現公會的人正專注地傾聽這番對話，於是問：「你知道自己是一份禮物嗎？」

「有人向我解釋過，陛下。」

保羅向後一靠，雙手放在王座的扶手上。

對於鄧肯的軀殼，我有什麼虧欠嗎？他心想。那個人為救我而死。但他不是艾德侯，他只是甦亡人。然而，正是站在這裡的軀殼和頭腦，教會保羅駕駛撲翼機，那就像自己肩上長出了一雙翅膀。保羅還知道，要不是艾德侯的嚴格訓練，他不可能學會使劍。甦亡人，這個軀殼讓人產生許多錯覺。昔日的友誼難以抹去。鄧肯·艾德侯。與其說這個甦亡人戴上了一副面具，不如說他披上一層寬鬆的性格外袍來隱藏一切，這跟忒萊素人用來掩蓋自己的東西大相逕庭。

「你會怎樣為朕效力？」保羅問。

「陛下的任何要求，我都將全力以赴。」

站在高處觀察的厄莉婭留意到甦亡人有股謙虛的氣質。她看不出其中有任何作假。這個新鄧肯·艾德侯散發著極為無害的光彩。原來的那個艾德侯相當世故，且肆無忌憚。而這個甦亡人煥然一新，像張白紙，但忒萊素人究竟在上面寫了些……什麼？

她察覺到這份禮物隱含的危險。這是一件忒萊素產品。忒萊素人製造東西時向來無法無天，令人不安。他們只聽從自己恣意不羈的好奇心，吹噓自己有本事將人類這種原料改造成任何東西——聖人或魔鬼。他們曾經製造出一個殺手晶算師，讓他克服了蘇克學院不可奪取人命的心理禁令。他們的產品還包括殷勤的僕役、迎合任何奇想的性玩具，還有士兵、將軍、哲學家，甚至一名應景的道德家。

保羅站起來，看著艾德瑞克問道：「這份禮物受過什麼訓練？」

「忒萊素人將這個甦亡人訓練成晶算師，以及禪遜尼派的智者，希望以此方式提升他的劍術造詣。」艾德瑞克說，「但願陛下喜歡。」

「他們做到了嗎？」

「我無從得知，陛下。」

保羅琢磨著這個回答。他的真言感應力告訴他，艾德瑞克真心相信這個甦亡人就是艾德侯。但不止這些。這名謎般的領航員穿越的時光之水暗藏他無法看清的危險。海特，這個忒萊素名字意味著冒險。保羅一陣衝動，想回絕這件禮物。但他知道，他不可能真的這麼做。亞崔迪氏族無法拋棄這具軀殼——他們的敵人再清楚也不過。

「禪遜尼的智者。」保羅若有所思，再次看看甦亡人，「你明白自己的角色和任務嗎？」

「我將謙恭地為陛下服務。我的腦子已清洗過，身為人類時的一切責任都已不復存在。」

「你希望我叫你海特還是鄧肯．艾德侯？」保羅問。

「陛下怎樣稱呼都可以，我並不是個名字。」

「但你喜歡鄧肯．艾德侯這個名字嗎？」

「我想那曾經是我的名字，陛下。這名字很適合這具身體。可是……卻會喚起奇怪的反應。我想，一個人的名字在喚起愉悅的同時，免不了會伴隨不快。」

「那麼，最能給你快樂的是什麼？」保羅問。

甦亡人出乎意料地笑了起來：「從別人身上尋找能揭示我前身的痕跡。」

「你在這裡看到這類痕跡了嗎？」

「哦，看到了，陛下。比如您那位站在那裡的手下史帝加，既多疑，又恭敬。他是我前身的朋友，但現在，這具甦亡人軀體卻讓他十分反感。還有您，陛下，您過去尊重我的前身……並且信任他。」

「清洗一空的腦子。」保羅說，「但清洗一空的腦子又如何為我效力呢？」

「效力，陛下？面對未知，缺乏因果時，清洗一空的腦子可以做出決定。這如何？」

保羅沉下臉。這是禪遜尼式的機鋒，敏捷、故作高深。這個宗教的教義不承認任何心靈活動的客觀功能。缺乏因果！這個想法令人震驚。未知？任何決定都涉及未知，即使是預象也是如此。

「你願意我叫你鄧肯．艾德侯嗎？」保羅問。

「我們因與眾不同而存在，陛下，請為我選一個名字。」

「就用你那個忒萊素名字吧。」保羅說，「海特——這個名字能提醒我們不要大意。」

海特鞠了一躬，後退一步。

厄莉婭尋思道：他怎麼知道接見已經結束了？我知道，因為我熟悉哥哥。但哥哥並沒有向這個陌生人發出任何信號。難道是他體內的鄧肯．艾德侯察覺到了？

保羅轉向大使：「你們的住處已經準備好了，我想盡快和你私下談談。到時候我會派人傳你來。另外，為免你從不準確的資訊來源得知一個消息，還要進一步讓你知道，貝尼．潔瑟睿德的聖母凱亞斯．海倫．莫哈亞已經被帶離你們的巨型運輸艦。這是我的命令。下次見面時，我們會好好談談她為什麼出現在運輸艦上。」

保羅揮了揮左手，讓大使及其隨從退下。「海特，」保羅說，「你留下來。」

大使的隨從拖著氣槽散去了。橙紅氣體裡的艾德瑞克飄浮起來，包括眼睛、嘴唇，以及輕輕起伏的四肢。

保羅看著他們，直到最後一個宇航公會的人離開，大門在他們身後「砰」的一聲關上。

就這樣了，保羅想，我接受了這個甦亡人。毫無疑問，這個忒萊素產品是誘餌。那個妖魔聖母很可能也是誘餌。很早以前他便預見塔羅牌的時代到了。該死的牌！攪渾了時間之水，讓預視力只能看到一瞬以後，而不是一小時以後。他提醒自己，魚常會在吞食誘餌後逃脫。話又說回來，儘管這塔羅牌不利於他，但也不是全無好處。他無法預見未來，但其他人可能也是如此。

甦亡人站在那裡，頭側向一邊，靜靜等著。

史帝加跨上臺階，擋住甦亡人，用穴地狩獵時使用的契科布薩語說：「那個氣槽裡的生物令人不寒而慄，陛下。這件禮物！送走吧！」

保羅用同樣的語言說：「我不能。」

「艾德侯死了。」史帝加爭論道，「這東西不是艾德侯。讓我取走它身上的水，送給部落。」

「這個甦亡人由我處置，史帝加，你要處置的是那個囚犯。我要聖母受到最嚴密的看管，派我訓練過的那些人去，他們能抵抗她的魅音。」

「我不喜歡這傢伙，陛下。」

「我會小心的，史帝加。你也要小心。」

「好的，陛下。」史帝加走下臺階，從海特身邊經過時嗅了嗅，大步走了出去。

邪惡的氣味是嗅得出來的，保羅想。儘管史帝加曾將亞崔迪的綠白旗幟插到一打星球上，但仍然是迷信的弗瑞曼人，不吃科技那一套。

保羅琢磨著這件禮物。

「鄧肯啊鄧肯，」他低語道，「他們對你做了些什麼？」

「他們給了我生命，陛下。」海特說。

「但他們為什麼要訓練你，把你送給我？」保羅問。

海特抿抿嘴：「他們想用我來摧毀您。」

這句話的坦率讓保羅大吃一驚。可是，一個禪遜尼晶算師還能怎麼回答？即使變成了甦亡人，晶算師也只說真話，特別是他帶有禪遜尼的平靜內心。這是一部人類電腦，大腦和神經系統執行的是很久以前由機器執行的任務。將他訓練成禪遜尼意味著雙倍的誠實……除非忒萊素人在這具軀體裡動了某種最怪異不過的手腳。

為什麼要裝上機械眼？這一點就很怪。忒萊素人炫耀說他們的金屬眼比肉眼更先進。但奇怪的是，沒有多少忒萊素人選擇裝上金屬眼。

保羅朝厄莉婭的窺視洞瞥了一眼，希望能看到她並得到她的建議。她的意見不會受責任感和歉疚左右。

他再次看了看甦亡人。對這件禮物，不能掉以輕心。它對危險的問題給出了誠實的答案。

他們並不在乎我知道這是一件對我不利的武器。保羅心想。

「那我如何才能保護自己不受你的傷害呢？」保羅問。他話也說得很坦誠，沒有用皇家的「我們」，而是像過去和鄧肯・艾德侯談話時那樣，直接提出問題。

「把我送走，陛下。」

保羅搖搖頭：「你打算怎樣毀掉我？」

海特看了看周圍的衛兵。史帝加離開後，他們離保羅更近了。他轉過身，目光投向大廳四周，然後用金屬眼睛盯著保羅，點點頭。

「這裡可以遠離人群。」海特說，「這個地方顯示了至高無上的權力。只有在想到萬物終將成為過眼雲煙時，人才能好整以暇地思考這種權力。將陛下帶到這個地方的，是陛下的預知力嗎？」

保羅手指敲打著王座扶手。晶算師在搜尋資料，但他的問題讓他不安：「讓我登上權力寶座的，是堅定的決斷——而不盡然是我的其他……能力。」

「堅定的決斷，」海特說，「這能鍛鍊一個人。金屬也可以這樣鍛造，加熱後，不經淬火，讓金屬自然冷卻。」

「你想用禪遜尼派的空談來轉移我的注意？」保羅問。

「陛下，除了空談和表演，禪遜尼還有別的用途。」

保羅舔舔嘴唇，深深吸了口氣，讓自己的思維進入晶算師的抗衡狀態。負面答案立刻浮現。沒想到自己竟然會被這個甦亡人牽著走，把國事拋到腦後？不，不是這樣。一個禪遜尼晶算師能做什麼？哲學……話……冥思……內省……他覺得自己的資料不足。

「我們需要更多資料。」他喃喃道。

「晶算師需要事實，但資料並不會不勞而獲，像你穿過一片花園時花粉沾在衣袍上一樣。」海特說，「人必須搜集花粉，仔細挑過，放到高倍放大鏡下檢查。」

「你必須教我這套禪遜尼的故弄玄虛。」保羅說。

那對金屬眼睛炯炯朝他盯了一會兒，然後說：「陛下，也許這就是他們安排我到這裡來的用意。」

用話語和想法麻痹我的意志？保羅尋思道。

「能轉化為行動的想法，是最需要提防的。」保羅說。

「把我送走，陛下。」海特說。這是鄧肯．艾德侯的聲音，充滿了對「小少爺」的關切。

保羅感到自己被這個聲音俘虜了。他無法擺脫這個聲音，即使那來自甦亡人。「你留下來。」他說，「我倆都要加倍小心。」

海特恭順地鞠了個躬。

保羅看了看窺視孔，用眼神懇求厄莉婭將這件禮物從他手中拿走，搜出它的祕密。甦亡人是用來嚇唬孩子的鬼魂。他從未想過了解這種東西。如今，為了理解眼前的甦亡人，他必須做到鐵石心腸……但他不能保證能做到這一點。鄧肯……鄧肯……在這具特製的身軀裡，艾德侯在哪裡？不，這不是一具身軀……而只是身軀的裹屍布！艾德侯永遠死了，死在厄拉欽恩的洞穴裡。他的鬼魂正從金屬眼向外凝視。這具重返人世的軀體裡有兩條鬼魂，其中一個非常危險，力量和本性都隱藏在這獨一無二的面具後方。

保羅閉上眼睛，讓過去看到的預象從意識裡浮現。愛和恨的魂魄從翻湧的大海中噴湧而來。這片混亂的上方沒有岩石聳立，也搜尋不到任何地方可以躲避波濤。

為什麼過去的預象中都沒有今天這個全新的鄧肯．艾德侯？他問自己，是什麼遮蔽了時間，不讓先知看見？很顯然，是別的先知。

保羅睜開眼睛，問：「海特，你有預視力嗎？」

「沒有，陛下。」

聲音非常誠懇。當然，這個甦亡人可能並不知道自己有這種能力。但那會阻礙他的晶算師功能。海特身上究竟有什麼隱藏的設計？

舊日的預象圍繞著保羅，洶湧澎湃。他非得選擇險惡的道路嗎？時間扭曲了，在可怕的未來中暗示了這個甦亡人的存在。難道無論他怎麼做，前方都是死路？

脫離……脫離……脫離……

這個想法在他腦子裡不停鳴響。

在保羅的上方，厄莉婭坐在自己的位置上，左手托著下巴，凝視著甦亡人。這個海特像磁鐵一樣吸住了她。忒萊素人的修復術使他青春煥發，似乎在向她發出單純而熱烈的呼喚。其實她完全明白保羅無聲的懇求。當預視力喪失作用時，人們只好轉而依賴密探和實實在在的權力。她不明白自己為何如此熱切接下這個挑戰。她渴望靠近這個新的男人，甚至觸摸他的身體。

對我們兩人，他都很危險。她想。

8

真理承受了太多的剖析。

——弗瑞曼古老格言

• • •

「聖母，您的處境令我惶恐。」伊若琅說。

她站在囚室門口，貝尼．潔瑟睿德的訓練讓她能一眼測出屋子的容積：立方形，邊長三公尺，就在保羅的堡壘下方，用切割機在棕紋的岩石上挖出。屋內有一把粗糙的搖椅，聖母凱亞斯．海倫．莫哈亞就坐在上面；一個鋪著棕色床單的墊子，上面散落著一副嶄新的沙丘塔羅牌；一只用廢物改造成的面盆，上面裝有調節水量的龍頭；一間用密封罩封住水氣的弗瑞曼式廁所。所有家具都簡陋而原始。天花板的四角上固定著四盞燈球，發出暗淡黃光。

「妳傳話給潔西嘉女士了沒？」聖母問。

「傳了，但我不認為她會跟自己的長子作對。」伊若琅說。她瞥了一眼紙牌，牌面訴說著有權者如何對求神者不聞不問。「荒蕪沙地」那張牌下是「聖沙蟲」，塔羅牌給的勸告是耐心等待。她心想，這道理人人皆知，何需塔羅牌的告誡。

伊若琅知道外面的衛兵正透過門上的超晶玻璃窗看著她們，而且還有別的監視器在記錄這次探視。來之前她不得不考慮很久、策劃很久。但是，不來同樣有危險。

聖母陷入般若冥思，間或查查塔羅牌。她有一種預感，自己不可能活著離開厄拉科斯星，但儘管如此，通過冥思，她或多或少鎮定下來。她的預知力可能很小，但渾水就是渾水，還是能蒙蔽保羅的靈眼。再說，她還有貝尼．潔瑟睿德的制驚禱文。

她還未徹底理解那一系列將她帶到這間小囚室的活動。濃濃疑雲在她心頭積聚（塔羅牌也確認了這一點）。難道這一切都是宇航公會有意安排的？

那天，一名身穿黃色長袍的祁紮銳在巨型運輸艦的艦橋上等著她。他的頭剃得光光的，戴著頭巾，和藹的圓臉上一雙晶亮深藍的眼睛，皮膚歷經風吹日曬。恭敬的隨從為他斟上香料咖啡，他抬起頭來，打量了她一下，然後放下杯子。

「妳就是聖母凱亞斯．海倫．莫哈亞？」

她回想自己是如何回答的，那一幕仍歷歷在目。當時，她的喉頭因恐懼而一陣緊縮。皇帝的手下怎麼知道她在巨型運輸艦上？

「我們知道妳在艦上。」祁紮銳說，「難道妳忘了，妳被禁止踏上神聖星球？」

「我並不在厄拉科斯上。」她說，「我只是宇航巨型運輸艦上的乘客，這裡是自由的太空。」

「沒有什麼自由的太空，女士。」

她聽出他的語氣流露出仇恨和深深的懷疑。

「摩阿迪巴統治全宇宙。」他說。

「我的目的地不是厄拉科斯星。」她堅持道。

「每個人的目的地都是厄拉科斯星。」他說。一時間，她擔心他會滔滔不絕念出朝聖者的神祕路線（每條星艦都裝載了數千名朝聖者）。

但祁紮銳從袍子下取出一個金色護身符，吻了吻，用前額碰了碰，然後放到右耳側聆聽。不久，又將護身符放回原來的地方藏好。

「命令來了。收拾好自己的行李，跟我到厄拉科斯去。」

「但我要去別的地方！」

她懷疑宇航公會出賣了自己……或者，皇帝或他妹妹的超感應力發現了她。也許是領航員沒將陰謀掩藏好。那個妖煞厄莉婭，她絕對擁有貝尼．潔瑟睿德聖母的能力。當這種能力和她兄長的力量結合起來，會發生什麼事？

「快點！」祁紮銳厲聲催促。

她全身的每一個細胞都在哀號，不想再次踏上那顆該死的沙漠星球。正是在這裡，潔西嘉女士背叛了女修會。也正是在這裡，她們失去了保羅．亞崔迪，這個她們尋找了許多世代，精心育種出來的奎薩茲．哈德拉赫。

「馬上就好。」她同意道。

「時間不多了。」祁紮銳說，「皇帝的命令，所有臣民都必須服從。」

這麼說，是保羅下的令！

她想向巨型運輸艦的領航指揮官提出抗議，但又放棄了。抗議也只是白費事，宇航又能怎麼樣？

「皇帝說過，如果我踏上沙丘，就必死無疑。」她說，想做最後一絲努力，「你自己剛才也這麼說。如果你帶我去，就等於判我死刑。」

「別再說了。」祁紮銳命令道，「天命不可違。」

她知道，他們總是這樣形容皇帝的命令。天命不可違！神聖統治者的雙眼可以看穿未來。會發生的就一定會發生。他已經看見了，不是嗎？

一想到自己陷入親手編織的羅網，她異常不舒服，只能屈服。

羅網現在變成了一間伊若琅可以探視的囚牢。和在瓦拉赫九號行星上的那次會面相比，伊若琅老了點，眼角新添了些憂慮的細紋。好吧……現在正好瞧瞧這位貝尼．潔瑟睿德是否遵守誓言。

「我住過更糟的地方。」聖母說，「妳是從皇帝那裡來的嗎？」她的手指微微動彈了幾下，似乎很驚惶不定。

伊若琅讀懂了她的動作，手指也晃了晃，同時嘴裡回答著：「我一聽說您在這裡，就趕來了。」

「皇帝不會震怒嗎？」聖母問。手指又動彈起來，發出專橫、急迫的訊息。

「讓他生氣好了。您是我在女修會的導師，也是他母親的導師。他難道認為我也會像她一樣背棄您嗎？」伊若琅的手指比畫出種種理由，懇求她原諒。

聖母嘆了口氣。表面上是一個囚徒在哀嘆自己的命運，但在內心，這聲嘆息卻反映了她對伊若琅的失望。看來，想讓亞崔迪皇帝的珍貴基因模式透過這種手段保存下來，簡直是癡心妄想。無論外表多麼美麗，這位公主都是不完美的。在這個徒具魅力的外表下，住著一隻吱吱叫的小尖鼠，只會說，不能做。儘管如此，伊若琅畢竟是個貝尼．潔瑟睿德，女修會有些方法對付這些軟弱的信徒，以確保她們貫徹命令。

她們又裝模作樣談了些要求，更柔軟的床墊、更好的食物等。但暗地裡，聖母卻半勸說半命令地告訴伊若琅：一定要讓那對兄妹亂倫交配（伊若琅聽到這個命令後，幾近崩潰）。

「我必須有機會一搏！」伊若琅用手語懇求著。

「妳有過機會。」聖母反駁道。她的指示非常明確：皇帝總會對他的情人不滿吧？他那獨一無二的能力肯定讓他感到孤獨。為了得到理解，他會找誰談？顯然是他妹妹。他妹妹和他一樣孤獨。一定要讓這兩人有更多深刻的交流。一定要製造機會，讓兩人私下相處。一定要安排好，讓兩人有親密的接觸。還必須想辦法除掉他的情人。悲傷會消解傳統的束縛。

伊若琅反對。荃妮一死，他們會立刻懷疑她這個皇后。此外還有別的問題。荃妮正在吃一種古老的弗瑞曼食物，據說那可以提高生育力，而這種飲食能使所有避孕藥丸失效，讓荃妮更易受孕。

聖母的手指急速比劃，難以掩飾自己的震怒。這件事在她們第一次見面的時候為什麼不說？伊若琅怎麼會如此愚蠢？如果荃妮懷孕並有了兒子，皇帝一定會立這個孩子為皇位繼承人！

伊若琅反駁說她知道事態緊急，但如此一來，他的基因或許就不至於失傳。

該死，太蠢了！聖母憤怒不已。誰知道荃妮那野蠻的弗瑞曼血統會抑制什麼、引發什麼？女修會必須擁有純正血脈！而繼承人會使保羅重拾野心，並激勵他鞏固自己的帝國。密謀禁不起這種反挫。

伊若琅辯解道，她無從阻止荃妮吃那種弗瑞曼食品。

但聖母無意原諒她。伊若琅只得到明確的指示：設法解決這個新威脅。如果荃妮懷孕了，必須在她的食物或飲料裡投放墮胎藥，或者殺死她。總之，必須不惜一切代價阻止她生出皇位繼承人。投放墮胎藥就跟公然殺死這個情婦一樣危險，伊若琅反對這麼做。一想到要殺死荃妮，她就忍不住顫抖。

伊若琅被危險嚇住了？聖母很想知道。她的手語流露出深深的輕蔑。

伊若琅怒了，做手勢說她深知自己在皇室臥底的價值。密謀集團要浪費這麼難得的密探嗎？難道想甩掉她？除了她，他們還有什麼辦法貼身盯著皇帝的一舉一動？或者，他們已經派另一個密探潛入皇室？真是那樣嗎？自己是不是在緊要關頭被利用了，而且是最後一次被利用？

聖母用手語反駁道，在交戰中，需要跟所有珍貴人脈建立新關係。他們面臨的最大危險是，亞崔迪氏族會用皇位繼承人來鞏固自身。女修會不能冒這樣的險。這已經遠遠不只是亞崔迪基因模式的問題了。如果保羅家族穩穩坐在皇位上，女修會企盼了好數世紀的育種計畫會崩解。

伊若琅明白她的意思，但忍不住懷疑他們是不是已經做出決定，要用她這個皇后來交換更珍貴的東西。她是不是應該知道更多有關那個甦亡人的事？伊若琅鼓起勇氣問。

聖母想知道，伊若琅是否認為女修會的人都是傻瓜？她們什麼時候向伊若琅隱瞞了她應該知道的事？

這稱不上回答，且欲蓋彌彰。伊若琅看出來了，女修會只會把她需要知道的事情告訴她。

他們怎麼能肯定這個甦亡人可以摧毀皇帝？伊若琅問。

妳還不如問美藍極是不是有破壞作用。聖母反唇相譏。

伊若琅明白聖母的這句訓斥另有深意。貝尼．潔瑟睿德向來都以鞭笞傳達教誨。看來，自己早就該看出香料和甦亡人的相似之處。美藍極是有價值的，但使用者必須付出代價——上癮。香料可以延年益壽，某些人甚至可以多活幾十年，但終究逃不過一死。

甦亡人也有致命的價值。

要阻止某人出生，最明顯的方法在這人的母親懷孕前殺了她。聖母做著手勢，又將話題轉到謀殺上。

那是自然，伊若琅想，就像想花錢必須先盡力存夠這筆錢一樣。

聖母那雙美藍極上癮的眼睛閃爍著深藍色的光，直直盯著伊若琅。她在揣測、等待、觀察細枝末節。

她把我看透了，伊若琅沮喪地想，她訓練了我，又用訓練我的方法觀察我。她知道我明白他們已經做好決定。她現在只想觀察我知道這件事情之後會有什麼反應。好吧，我會以一個貝尼．潔瑟睿德和公主的身分接受這件事。

伊若琅擠出微笑，挺直身體，心裡默念著制驚禱文的開場：

「我絕不能害怕。恐懼會扼殺心智。恐懼是小號的死神，會徹底摧毀一個人……」

平靜下來後，她想，就讓他們甩掉我吧。我要證明一個公主的價值，或許我會讓他們看到意想不到的東西。

兩人又進行了一番空泛的交談，以掩人耳目，然後伊若琅離開了。

她走後，聖母重新拿起塔羅牌，把紙牌排成旋渦火焰的圖案。她得到了一張「奎薩茲．哈德拉赫」的王牌，和「星艦八」配成一對，含意是「女巫的欺瞞和背叛」。這可不是好兆頭，說明她的敵人還有某種未見光的資本。

她扔下紙牌，坐好，焦慮地琢磨伊若琅會不會毀了他們。

9

在弗瑞曼人眼中，她是地球傳奇人物，半人半神的女神，以殘暴的法力守護各種族。她是聖母的聖母。對於那些希望藉助她的法力重拾雄風、使不孕婦女懷胎的朝聖者來說，她是晶算師的反面。她證明了一切「分析」都有其局限。她代表無盡的緊繃，是處女和娼妓的混合體——聰明、粗俗、殘忍，發怒時的破壞力不遜於信風沙暴。

——伊若琅公主《聖尖刀厄莉婭》

• • •

厄莉婭身著黑袍，像哨兵一樣站在神殿南面的平臺，這是「神諭聖殿」，保羅手下的弗瑞曼人為她建造的，緊鄰他的堡壘。

她憎恨自己被當成神，但又不知逃離神殿時該做什麼才不至於傷到信徒。朝聖者（該死的！）一天比一天多，神殿低處的遊廊人山人海。小販在朝聖者間叫賣。許多低級術士、占卜師、預言者也在那裡做生意，竭力模仿保羅－摩阿迪巴和他的妹妹。

厄莉婭留意到，裝有新沙丘塔羅牌的紅綠包裝袋在小販的貨物中特別顯眼。她琢磨著這股塔羅牌風尚。是誰將這種東西推到厄拉欽恩市集。為什麼塔羅牌偏偏在這個時間、這個地點大行其道？

是用來使時間之水變得混濁？香料上癮會讓某些人具有預知力，而弗瑞曼人又是出了名的神祕難測。可是，這麼多人突然沉迷於預知及預兆，而且是在此時此地，這是出於偶然嗎？她決定，一有機會就要找出答案。

一陣風從東南方吹來，在大盾壁斷崖的阻擋下，已成強弩之末。傍晚的陽光將天邊薄霧染成灼亮的橙紅。溫熱的風吹在她的面頰上，勾起她的思鄉之情。她想念沙漠，想念安全的曠野。

最後一撥人開始從遊廊寬闊的綠岩臺階往下走。他們三五成群唱著歌，少數人會停下瞧瞧小販擺在街邊貨架上的紀念品和護身符。有些人還在向最後一個低級術士求教。朝聖者、求神者、市民、弗瑞曼人，加上正在收攤的小販，構成一條亂哄哄的人龍，一路延伸到通往城市中心的棕櫚大道。

厄莉婭遠眺弗瑞曼人。這些人一臉虔誠、敬畏，散發半褪的野性，有意和其他人保持一段距離。這些人既為她帶來力量，也帶來危險。時至今日，他們仍會捕捉大型沙蟲，用以運輸、競技和祭祀。他們厭惡外來的朝聖者，幾乎難以忍受裂谷的市民，也憎恨街頭小販的冷嘲熱諷。人們從不跟這些粗野的弗瑞曼人走在一起，甚至是在厄莉婭神殿那樣擁擠的場合。聖地禁止持刀殺人，卻不時發現屍體……在朝聖者散去之後。

離去的人群激起陣陣塵沙。帶著金屬味的酸臭直撲厄莉婭的鼻端，喚起一陣對遼闊流沙漠的想念。她發現，自從甦亡人來了以後，過往更加歷歷在目了。兄長登上皇位之前，他們多麼快樂、自由自在。那些打鬧、生活中只有瑣事的日子，那些享受寒冷的清晨和日出的日子……那些……那些……那些日子裡，就連危險都是愉快的——都是清楚的明槍，沒有暗箭。沒有必要一再衝破預知力的極限，也沒有必要透過朦朧的紗幕窺視令人沮喪的未來。

桀驁不馴的弗瑞曼人說得好：「有四件東西是隱瞞不了的——愛、煙霧、火柱，以及在開闊沙漠中行走的人。」

厄莉婭突然一陣厭倦。她走下平臺，步入神殿下的陰影中，在露臺上大步走著，下方就是閃爍著乳白微色的神諭廳。地磚上的沙子在腳下發出嘎吱聲。求神者總是把沙子帶進聖室！她看也不看那些侍從、衛兵、志願者，以及無所不在、阿諛奉承的祁紮銳祭司，逕自衝到直通自己私人臥室的螺旋形通道。臥室中，沙發椅和厚厚的毛毯間掛著一頂帳篷，那些都是用來紀念沙漠。她打發了幾名弗瑞曼女戰士——史帝加指派的貼身侍衛，但更像暗中監視她的看守人！她們走的時候，口中還不服氣地咕咕噥噥，但比起史帝加，她們更怕厄莉婭。厄莉婭脫下長袍，身上只剩掛在脖子上的帶鞘晶刃匕，衣物隨手扔在地上。她要入浴。

他越來越近了，她知道。她能感覺到自己的未來裡有一個男人幽黑的身影，但就是無法看清。令她氣惱的是，預視力也無法顯示那道影子的肉身。只有當她察看別人的生活時，才能在無意間感受到他的存在。有時，稚氣未脫的她春心萌發時，會看到偏僻的暗處有道模糊的輪廓。他站在浮動的地平線後方。她覺得，如果自己的預視力能夠擴張到超乎想像的強度，或許就能看見他了。他就在那裡，不斷騷擾她的意識，激烈、危險又邪惡。

她泡在浴缸裡，溫暖的熱氣在她身旁繚繞。她吸收了無數聖母的記憶，也因而學會泡澡。這些聖母被她的意識串了起來，像晶瑩項鍊上的一粒粒珍珠。她滑進浴缸底部。水，溫暖的水接納了她的肌膚。水下繪有紅魚圖案的綠色瓷磚拼成一幅海洋。這樣的地方，這麼多水，僅僅為了清洗人的肌膚！弗瑞曼老人看見了一定會大發雷霆。

他就在近處。

她心想，這是受禁慾壓制的春心。她的肌膚渴望伴侶。對一個主持過穴地狂歡酒宴的聖母來說，性並不特別神祕。此外，體內其他聖母的意識與她合一，也能滿足她對這種事的一切好奇。此刻的感受，不過是對肌膚相親的渴望。

她需要動起來，這擊退了泡在溫水裡懨懨欲睡的感覺。

厄莉婭猛地爬出浴缸，赤身裸體，溼淋淋大步走進緊鄰著臥室的訓練室。訓練室呈橢圓形，有天窗，放著各式或粗重或精巧的器具。這些儀器能將貝尼．潔瑟睿德的肉體和心智鍛鍊到極致的敏銳，包括記憶強化器，來自伊克斯星、能使手指和腳趾既有力又敏感的指銑器，以及氣味合成器、觸覺增感器、氣溫梯度場、模擬叛徒（以防有人刺探自己的生活習慣）、α波反應訓練器、頻閃同步器（使受訓者能在各種明暗光譜中分析顏色）……

牆上是一段她親筆寫下的話，每個字母都有十公分見方，那是貝尼．潔瑟睿德的訓令：

「在我們之前，所有學習法都受到人類本能的汙染。我們掌握了學習之道。在我們之前，受本能支配的研究者投注的時間跨度有限，通常不會長過一生。他們從未想過以超過五十年或一生的時間投入研究。肌肉／神經全面訓練的概念實屬前所未聞。」

走進訓練室後，掛在人形靶心臟上不住搖晃的擊劍水晶稜鏡折射出上千個厄莉婭。長劍放在劍靶旁的架子上，等待著她。她想，是的！我要練到虛脫，榨乾體力，讓頭腦清醒清醒。

她右手握住長劍，左手從脖子上的刀鞘中拔出晶刃匕，用劍柄啟動開關。人形靶的屏蔽場啟動了，她立即感受到力場的阻力開始緩慢而堅定地格開她的武器。

稜鏡閃閃發光，人形靶竄到她的左側。

厄莉婭長劍的劍尖緊追其後。人形靶幾乎跟活人一樣，但實際上只是伺服機加上複雜的反射迴路，設計來惑亂受訓者的眼睛，使受訓者看不見危險，以達惑人耳目及教導之效。這具機器讓她跟自己對打，她一反應，就跟著反應；她一移動，就跟著她移動，並變換劍靶，刺出反擊的刀鋒。

剎那間，稜鏡朝她刺出無數刀刃，但只有一把是真的。她擊退那一把，長劍滑入屏蔽場，擊中劍靶。信號燈亮起，稜鏡中紅光閃現……更多令人分心的刀光射出。

機器再次進攻，按一顆燈的速度移動，只比一開始快上一些。

她格擋，不顧一切衝入危險區域，晶刃匕擊中目標。

稜鏡亮起第二顆燈。

機器速度再次加快，從自身的滾輪上衝出來，像被她的身體和劍尖給吸過來的磁鐵。

進攻——格擋——反擊。

進攻——格擋——反擊……

現在已亮起四顆燈。機器變得更加危險。每多亮一顆燈，移動速度都會加快，令人分心的折射光也會變多。

五顆燈。

裸露的肌膚上汗水淋漓，她被機器發出的凶險刀光裹在中心，赤裸的雙腳蹬著訓練地板，意識、神經、肌肉全力調動，間不容緩。

進攻——格擋——反擊。

六顆燈……七顆……

八顆！

她從未挑戰過八顆燈。

意識深處響起一道急迫的聲音，大聲抗議這種瘋狂。那具帶有稜鏡和劍靶的機器不會思考，也不懂得謹慎或者後悔。而且，機器上裝著一柄真正的利刃——不這樣做的話，這種訓練就喪失了意義。但是，那柄進攻的刀刃可能會重創她，甚至刺死她。即使是帝國最優秀的劍客，也從來不敢挑戰七顆燈。

九顆！

厄莉婭感受到極度的亢奮。進攻的刀刃和靶子變得越來越模糊。她感到自己手裡的劍有了生命。不是她在帶動劍鋒，而是劍鋒在帶動她。

十顆！

十一顆！

什麼東西從她肩膀飛過，在進入劍靶周圍的屏蔽場時慢了下來，滑了進去，在解除鈕上一戳。燈光暗下，稜鏡和劍靶一晃，停了下來。

被打斷的厄莉婭勃然大怒，一個旋身。這人擲刀的手法精妙，厄莉婭轉身時便已全神戒備。擲得真準，時機拿捏得恰到好處，正好可以穿進屏蔽場，不至於因為太快而被屏蔽場擋下。

十一顆燈的人形靶，一公分的解除鈕——竟然擊中了。

但緊接著，她整個人放鬆了下來，就像那個人形靶一樣。在看到擲刀人時，她絲毫不意外。

保羅就站在訓練室門口，史帝加在他後方三步遠。兄長眼帶怒火瞪著她。

厄莉婭意識到自己一絲不掛，想要遮掩一下，又覺得這念頭很可笑。眼睛已經看到的東西不可能被消除。她慢慢將晶刃匕插入脖子上的刀鞘裡。

「我應該想到的。」她說。

「我以為，妳知道這有多危險。」保羅說。他好整以暇看著她臉上和身體上的變化：皮膚因劇烈運動而潮紅，嘴唇豐滿潤澤。他從未想過妹妹身上也會出現這種令人慌亂的女性特徵。奇怪的是，眼前這個和他如此親密的人，儘管身軀還是同一具，看上去卻再也不像從前那樣熟悉。

「她瘋了。」史帝加厲聲道，走上前站在保羅身側。

話說得很氣憤，但厄莉婭在他語氣中和眼神中都發現了敬畏。

「十一顆燈。」保羅邊說邊搖頭。

「如果你沒打斷我，我還要練到十二顆。」她說，在他的注視下，臉色變白了，「本來就應該練到十二顆燈。要不然，為什麼要這樣設計？」

「身為貝尼．潔瑟睿德，妳竟然追問開放式系統的設計理由？」保羅問。

「我猜你從來沒有試過七顆燈以上！」她有點不悅。他關心的姿態惹惱了她。

「只有一次。」保羅說，「葛尼．哈萊克抓到我練十顆燈，他的懲罰方式很難堪，我就不多說了。然後，說到難堪……」

「也許你下次進來之前可以先講一聲。」她說。從保羅身邊走過，走進臥室，找出寬鬆的灰色長袍披在身上，對著牆上的鏡子梳理頭髮。她大汗淋漓，心頭一股惆悵，類似性愛之後的失落。她想再沖一次澡……然後睡覺。「你們為什麼來這裡？」她問。

「陛下。」史帝加說，聲音有點古怪。厄莉婭不由得回頭望著他。

「是伊若琅建議我們來的。」保羅說，「這很怪，沒錯。她認為，而史帝加的資訊也證實了，敵人正準備發起一輪大型……」

「陛下！」史帝加說，聲音急促。

她兄長不解地轉過頭，厄莉婭則仍然瞪這個弗瑞曼老耐巴。他身上的某種東西使她強烈地意識到，這是一個樸實的人。史帝加相信超自然的世界離他相當近，並以一種原始多神教的語言和他對話，為他解開一切疑惑。他的自然世界是凶暴的、無人能擋的，不來帝國的那一套生命倫理。

「什麼事，史帝加？」保羅說，「你想要說我們為什麼來這裡嗎？」

「現在不是講這個的時候。」史帝加說。

「有什麼問題嗎，史帝加？」

史帝加繼續瞪著厄莉婭：「陛下，您難道沒看見？」

保羅轉向自己的妹妹，開始感到不安。所有部下中，只有史帝加敢用這種口氣和他說話，但即使這樣，他也相當有分寸，不會不分場合。

「這孩子必須有個配偶！」史帝加脫口而出，「如果她不結婚，會出問題的，而且會很快就出問題。」

厄莉婭猛地轉頭，臉漲得通紅。他怎麼有辦法影響我？她大惑不解。就連貝尼．潔瑟睿德的自控術也無法壓制她的反應。史帝加是怎麼做到的？他又不會魅音。一時間，她頗有點惱羞成怒。

「偉大的史帝加開口了！」厄莉婭說，仍然背對著他們，並意識到自己的聲音有些暴躁，但就是控制不住自己，「弗瑞曼人史帝加開口規勸少女了！」

「我愛你們兩個，所以必須說。」史帝加說，語調帶著深切的莊重，「如果連男女之間的事都看不明白，我還當什麼弗瑞曼族長？看出這種事並不需要什麼神力。」

保羅琢磨著史帝加的話，回想著剛才見到的那一幕，以及自己無法否認的男性衝動。是的，厄莉婭春情蕩漾，任性妄為。為什麼赤身裸體到訓練室來？還魯莽地拿生命當兒戲？十一顆燈！在他眼中，那部無腦的自動機器變成了古老可怕的野獸，正陰森森地逼近。機器的性能已經過時，但仍帶有舊日的道德汙點。在過去，這類機器是由人工智慧控制，也就是電腦。巴特勒聖戰結束了電腦時代，但沒有結束圍繞著這類機器的貴族惡習。

史帝加是對的，毫無疑問。他們必須為厄莉婭找個伴侶。

「我會留意。」保羅說，「厄莉婭和我會好好談談這件事……在私下。」

厄莉婭轉過臉，盯著保羅。她很清楚保羅的頭腦是怎麼運行的，所以她知道，這是晶算師運算得出的決定，在那個人類電腦中，無數片段資訊經過分析，最後結合起來。這個過程是無情的，宛如星球的運行，蘊含著宇宙的法則，無可迴避，又令人望而生畏。

「陛下，」史帝加說，「也許我們應該——」

「現在不說這個！」保羅不耐煩地說，「我們還有別的問題。」

厄莉婭知道自己不敢和兄長講道理，於是趕緊拋下剛才的事，問：「是伊若琅要你們來的？」

她隱隱意識到這其中有股不祥的意味。

「沒有那麼直接。」保羅說，「她給我們的情報證實了我們的懷疑：宇航公會千方百計想抓到沙蟲。」

「他們試圖捉一條小的，然後在別的星球上啟動香料循環。」史帝加說，「這意味著他們已經找到他們認為合適的星球。」

「還意味著他們有弗瑞曼同謀！」厄莉婭喝道，「外人不可能捉到沙蟲！」

「這大家都知道。」史帝加說。

「不，不是。」厄莉婭說，她被史帝加的遲鈍氣得火冒三丈，「保羅，你當然……」

「腐敗開始了。」保羅說，「這一點我們早就知道。令我迷惑的是，我從來沒有在預象中看到另一顆可以培植香料的星球。如果他們——」

「令你迷惑？」厄莉婭追問道，「只可能有一種解釋：宇航的人遮蔽了那個地方，就和他們遮蔽了大氏族庇護所一樣。」

史帝加張了張嘴巴，又合上了，一言不發。他有股難以忍受的感覺：他崇拜的兩人都承認了自己也有瀆神的弱點。

保羅察覺到史帝加的不安，說道：「還有一個問題必須馬上處理！我想徵求妳的意見，厄莉婭。史帝加建議把巡邏範圍延伸到開闊的流沙漠，同時加強穴地的警戒。或許我們可以發現敵人的登陸部隊，預防——」

「在有領航員駕駛的情況下？」厄莉婭問。

「對方是在孤注一擲，是吧？」保羅說，「所以我才到這裡來找妳。」

「難道他們看到了什麼我們沒有看到的東西？」厄莉婭問。

「正是這樣。」

厄莉婭點點頭，想起了新近流行的沙丘塔羅牌。她馬上說出自己的憂慮。

「想要蒙蔽我們的視野。」保羅說。

「只要有足夠的巡邏部隊，」史帝加大著膽子說，「我們說不定能預防——」

「我們什麼也預防不了……永遠不能。」厄莉婭說。她不喜歡史帝加現在的思考方式。他縮窄了自己的視野，對明顯的重要事實視而不見。這不是她記憶中的史帝加。

「我們必須想，他們會捕到一條沙蟲。」保羅說，「至於能否在別的星球上啟動香料循環，是另一回事。他們會需要更多沙蟲。」

史帝加的目光從哥哥移向妹妹。他理解兩人的意思，穴地生活已經將生態學的觀念深深植入他的腦海。離開厄拉科斯的生態，離開那些沙地浮游生物、小創造者，被捕獲的沙蟲不可能存活。宇航公會面臨的問題很大，但也不是完全無法解決。但他對另一件事有越來越強烈的不安。

「那麼，您的預知力沒有看穿宇航的小動作？」他問。

「真該死！」保羅發火了。

厄莉婭觀察著史帝加。這個原始人的腦子裡裝著一堆枝微末節的問題。他對妖術很著迷。神力！神力！窺視未來無異於盜取聖火上的可怕火苗。預知力極度危險，會吸引靈魂冒險投入，並迷失在裡面。人們也有可能從那個無形的、危險的地方帶回某種有形的、有力的東西。但史帝加開始感受到另外一種力量，存在於未知的地平線之外。他的巫后和巫師都暴露了危險的弱點。

「史帝加，」厄莉婭循循善誘，「如果你站在沙丘之間的谷地，而我站在丘頂，我會看見你看不見的地方，還會看到遮蔽遠方的高山。」

「但有些東西妳還是看不見，」史帝加說，「妳經常這樣說。」

「一切力量都有其極限。」厄莉婭說。

「危險或許來自高山後面。」史帝加說。

「之類的。」厄莉婭說。

史帝加點點頭，緊盯著保羅的臉：「無論躲在高山後面的是什麼東西，走出來時，都必須越過沙丘。」

10

憑藉預言施行統治，是宇宙中最危險的遊戲。我們的智力和勇氣都不足以玩這種遊戲。這裡列出的措施可以用於處理一些較不重要的事務，也是我們所敢做到最接近統治的程度。為達此一目的，我們借用貝尼．潔瑟睿德的定義，將宇宙中各星球視為基因池，視為教誨和導師之源，各種可能性之源。我們的目標不是管理，而是去輕輕拍打這些基因池，去學習，去將我們自己從一切依賴和統治中解放出來。

——第三章〈領航員的公會〉，《狂歡宴會：一種治理工具》，

•••

「這就是您父親死去的地方？」艾德瑞克問。會見室牆上裝飾著許多浮雕地圖，他從箱中射出一道指示光，射在某張地圖的一處寶石標記上。

「那是存放他顱骨的聖壇。」保羅說，「我父親死在哈肯能人的巡航艦上，那時星艦就停在我們下面的裂谷裡。」

「哦，是的，我記起來了。」艾德瑞克說，「那時他好像是在刺殺哈肯能男爵，他那個不共戴天的死敵。」他在橙紅氣體裡翻了個身，盯著正獨自坐在灰黑臥榻上的保羅，暗自希望自己沒有洩漏

這種封閉空間帶給他的恐懼感。

「我妹妹殺死了男爵。」保羅不動聲色地說，「就在厄拉欽恩戰爭中。」

他心想，宇航公會的這個魚人為何在此時此地揭這道老傷疤？

這個領航員顯然正極力抑制自己的緊張，但徒勞無功。上次見面那種懶洋洋的大魚姿態早已蕩然無存，小眼睛鼓凸出來，四處查探。他的一名隨從離他稍遠，站在保羅左方沿牆而立的皇宮衛兵附近。那人身形壯碩，粗脖子，表情呆板空洞。保羅一見到他，心頭就像有東西在嚙咬。剛才，就是他用手肘沿著懸浮力場輕輕將艾德瑞克的氣槽推進會見室，走路時雙手叉腰，姿態很怪。司凱特利，艾德瑞克是這樣稱呼他的。司凱特利，他的副手。

這名副手的外表看似愚蠢，但眼睛卻出賣了他。這是一雙嘲笑眼前一切的眼睛。

「您的情婦好像很喜歡看幻臉人的表演。」艾德瑞克說，「很高興能為你們提供一點小小的娛樂。當整個劇團的人同時變成和她一模一樣的容貌時，她的反應特別令人欣慰。」

「沒人提醒你們帶禮物要有分寸嗎？」保羅道。

他想到了那場在大廳舉行的表演。舞者穿著戲服入場，打扮成沙丘塔羅牌，迅速變換出各種看似隨意的圖形，包括火旋渦以及古老的占卜圖案。最後變成統治者，一隊國王和皇帝，臉孔與硬幣上的歷代帝王一模一樣：輪廓端正古板，但古怪地變幻不定。他們還開了個玩笑：有人模仿了保羅的臉和身體，荃妮的分身在大廳走來走去。就連史帝加也有人複製。眾人哄堂大笑時，史帝加咒罵著，全身顫抖。

「但我們帶來的禮物，都是出於善意。」艾德瑞克抗議道。

「有多善意？」保羅問，「你送我的那個甦亡人認定自己是被設計來摧毀我們。」

「摧毀你們，陛下？」艾德瑞克問，神態漫不經心，「人能摧毀天神嗎？」

剛剛走進來的史帝加聽到了最後一句話。他停住腳步，瞪了衛兵一眼——他們離保羅太遠。他惱怒地打了個手勢，要他們靠近些。

「沒關係，史帝加。」保羅抬起一隻手，「只是朋友間的閒聊。你可以把大使的氣槽挪到臥榻這邊來嗎？」

史帝加琢磨著保羅的命令。那樣一來，氣槽就會擺在保羅和那個魁梧的副手之間，離保羅太近了。可是……

「沒關係的，史帝加。」保羅又重複了一遍，同時做了個祕密手勢，示意他不得違抗。

史帝加心不甘情不願地將氣槽往保羅身邊推去。他不喜歡這種容器，還有周圍那股濃重的美藍極味。推好後，他站在氣槽一角那個傳出領航員聲音的旋轉裝置下面。

「摧毀天神，」保羅說，「有意思。可是，誰說我是天神？」

「那些敬拜您的人。」艾德瑞克說，故意瞥了一眼史帝加。

「你相信嗎？」保羅問。

「那無關緊要，陛下。」艾德瑞克說，「然而，在多數觀察者看來，您似乎圖謀將自己打造成神。人們會問，任何凡人都可以這麼做……而且還全身而退？」

保羅打量著領航員。這傢伙令人作嘔，但感覺敏銳。這問題保羅也無數次問過自己，但以他看過的那麼多時間線，他知道自己的未來可能比登上神壇更糟糕。糟糕得多。然而，要看見那些時間線，走的並非一般通道，領航員是無從刺探的。不對勁，他為什麼提出這個問題？艾德瑞克想經由這種交鋒得到什麼？保羅心念一轉——背後有忒萊素人在搞鬼——最近在塞波星贏得的聖戰與艾德瑞克的行動有關——這裡面可以看到貝尼．潔瑟睿德的各種信條……

成千上萬條資訊「唰」地閃過他那長於運算的大腦。也許只花了三秒鐘的時間。

「領航員懷疑預知力的引導？」保羅問，直攻艾德瑞克的弱點。

領航員慌亂了，但他掩飾得很好，說了一句聽上去很像格言的話：「智者不懷疑預知力，陛下。從遠古起，人們便已熟悉預知力，但那總是在我們最意想不到的時刻糾纏我們。幸運的是，宇宙中還有別的力量。」

「比預知力更強大？」保羅逼問道。

「如果預知力是絕無僅有且無所不能的力量，陛下，它必然會走向自我毀滅。只有預知力？那麼，除了退化之外，它無路可走。」

「人類的處境確實總是如此。」保羅贊同地說。

「即使不受幻覺干擾，」艾德瑞克說，「預象也仍是危險的，甚至更糟。」

「我的預象不過是幻覺而已，是吧？」保羅裝出傷心的口氣，「或者，你在暗示我的崇拜者出現了幻覺？」

史帝加察覺到氣氛逐漸緊繃，朝保羅靠近了一步，注視著斜躺在氣槽裡的領航員。

「您曲解了我的意思，陛下。」艾德瑞克抗議道，話中隱含著一股奇異的凶狠。

在這裡動武？保羅尋思。他們不敢！除非——（他瞥了一眼對方的衛兵）保護他的衛隊是用來取代他的。

「可是你指責我圖謀將自己變成神。」保羅調整聲音，只讓艾德瑞克和史帝加聽見，「圖謀？」

「也許我用字不當，陛下。」艾德瑞克說。

「但這個字很有意思。」保羅說，「說明你想要看到我最糟的一面。」

艾德瑞克脖子一低，忐忑地斜瞟著史帝加：「人們總是希望看到權貴最糟的一面，陛下。據說有一種辦法可以分辨一個人到底是不是貴族：貴族會掩飾自己的缺點，只露出討人喜歡的怪癖。」

史帝加臉上一震。

保羅發現了。他知道史帝加在想什麼，也理解他的憤怒——這個公會的傢伙竟敢這樣對摩阿迪巴講話？

「你當然不是在開玩笑。」保羅說。

「玩笑？陛下？」

保羅感到嘴巴發乾。屋裡人太多了，他呼吸的空氣進入過太多人的肺。艾德瑞克氣槽周圍瀰漫的美藍極味也有如芒刺在背。

「在這麼一場圖謀中，誰會是我的同夥呢？」保羅隨後問，「你認為是祁紮銳嗎？」

艾德瑞克聳聳肩，攪動了腦袋周圍的橙紅氣體。他不再注意史帝加，儘管這個弗瑞曼人仍然死盯著他。

「你是說，我那些擔任聖職的傳教士，他們所有的人，都在暗地裡宣揚這場騙局？」保羅追問。

「可能是出於自利，也可能是發自內心。」艾德瑞克說。

史帝加一隻手按住長袍下的晶刃匕。

保羅搖搖頭：「這麼說，你指控我虛偽造假？」

「我不確定指控這個詞精不精確，陛下。」

膽大包天的傢伙！保羅想。他說：「無論是不是指控，你認為我的主教和我不過是一群利欲薰心的搶匪。」

「利欲薰心？」艾德瑞克又看了一眼史帝加，「掌握過多權力的人，難免因為位高權重而孤單寂寥，逐漸跟真實世界脫節……最後垮臺。」

「陛下，」史帝加吼道，「您處死過罪行比他還輕的人！」

「是的，」保羅同意道，「但他是宇航公會的大使。」

「他指控您是邪惡的騙子！」史帝加說。

「我對他的看法很感興趣，史帝加。」保羅說，「壓制你的憤怒，保持警戒。」

「謹遵摩阿迪巴之命。」

「告訴我，領航員，」保羅說，「隔著空間和時間的遙遠距離，我們既無從監督所有傳教士，也無法檢驗每座祁紮銳修道院和聖殿的一舉一動？在這種情況下，我如何維持這場你所假設的騙局？」

「時間對您來說是什麼？」艾德瑞克問。

史帝加眉頭緊皺，顯然很迷惑。他想：摩阿迪巴常說他能看透時間的帷幕。領航員指的到底是什麼？

「這種規模的騙局怎麼可能不漏洞百出？」保羅問，「重大分歧、教派分裂……懷疑、愧疚懺悔，騙局不可能壓制這一切。」

「宗教和私利無法隱藏的東西，政府卻可以瞞天過海。」艾德瑞克說。

「你是在考驗我容忍的底線嗎？」保羅問。

「我的看法就沒有一點可取之處嗎？」艾德瑞克反駁。

難道他希望我們殺死他？保羅心想。艾德瑞克想成為烈士？

「我喜歡懷疑論。」保羅試探對方，「你顯然受過訓練，對一切治國騙術了若指掌，懂得一語雙關、以語言影響人。對你來說，語言就是武器，因此，你在測試我的盔甲堅不堅固。」

「說到懷疑論，」艾德瑞克嘴角浮現一絲微笑，「處理宗教問題時的統治者，也是出了名的誰都不相信。宗教也是一種武器。當宗教變成政府時，會是什麼樣的武器呢？」

保羅感到心中一定，凝神戒備。艾德瑞克是在和誰說話？話中的機鋒、大量的操控及挑撥，那份從容不迫，那種心照不宣——他的神態訴說著自己和保羅是久經世故的人，屬於更廣闊的宇宙，知道平民無從知道的事。保羅明白了，自己並不是這番辭令的主要目標。對方忍著種種不適造訪皇宮，目的是對其他人說出這番話，對史帝加，對城堡的衛兵……甚至可能對那個粗壯的副手。

「宗教的神力是強加在我頭上的，」保羅說，「我並沒有追求這種力量。」他想：好吧！就讓這個魚人認為自己在這場口舌之戰中大獲全勝吧！

「那麼您為什麼不否定這種神力呢，陛下？」艾德瑞克問。

「因為我的妹妹厄莉婭。」保羅說，仔細地觀察著艾德瑞克，「她是女神。我奉勸你，踏入她的地方要小心，她只消看你一眼，就能置你於死地。」

艾德瑞克剛浮出的笑意化成震驚的表情。

「我是說真的。」保羅說，觀察到那句話引起的震驚迅速擴散，也看到史帝加暗暗點頭。

艾德瑞克語氣消沉地說：「您動搖了我對您的信心，陛下。這無疑正是您的用意。」

「你知道我的用意？話別說得太早。」保羅說，朝史帝加示意接見到此為止。

史帝加用手勢詢問是否需要刺死艾德瑞克。保羅表示不用，他特意加強手勢的力度，唯恐史帝加自作主張。

艾德瑞克的那名副手司凱特利走到氣槽後的一角，朝門口推去。走到保羅對面的時候，他停下，轉過頭來，含笑看著保羅道：「如果陛下允許的話……」

「請說。」保羅問。他注意到史帝加也走了過來，還靠得相當近，以防這人突然發難。

「有人說，」司凱特利說，「人們之所以忠於帝國，是因為太空無邊無際，若沒有凝聚的象徵，他們會感到孤單。對孤獨的人來說，皇帝是堅實明確的存在。他們朝他奔過去，說：『看啊，他在那裡。他使我們凝聚在一起。』或許宗教也在做相同的事，陛下。」

司凱特利愉快地點點頭，推著艾德瑞克的氣槽離開了會見室。艾德瑞克仰臥在氣槽裡，閉著眼睛，看起來相當衰弱，筋疲力竭。

保羅凝視司凱特利蹣跚的身影，琢磨著這個人的話。司凱特利，真是古怪的傢伙，他想。他說話的時候，感覺像是許多人的集合體，彷彿他的歷代先祖全都附在他身上。

「真奇怪。」史帝加對著空氣說道。

艾德瑞克及其隨從出門後，一名衛兵關上了門。保羅從臥榻上站了起來。

「奇怪。」史帝加又重複一遍，粗大的血管在太陽穴上不住跳動。

保羅將會見室的燈光調暗，走到窗邊，面朝堡壘外陡峭的懸崖。遠處下方的某個地方，燈光在不停閃爍，影影綽綽。一隊勞工扛著巨大的熔岩前來修補厄莉婭神殿被強勁沙暴損毀的牆面。

「這麼做不聰明，烏蘇爾，邀那種傢伙到這裡來。」史帝加說。

烏蘇爾，保羅想，我的穴地名字。史帝加是在提醒我，他領導過我，在沙漠中救過我的命。

「為什麼您要這樣做？」史帝加問。他站在保羅身後，靠得很近。

「資訊，」保羅說，「我需要更多資訊。」

「只以晶算師的身分面對這樣的威脅，是不是太危險了？」

很敏銳，保羅想。

晶算師的運算能力有限，就像語言——你無法在任何語言的邊界內描述沒有邊界的事物。儘管如此，晶算師的能力仍然很有用處。對此，他已經說了很多，就看史帝加敢不敢駁斥自己。

「外面總是會有一些東西。」史帝加說，「有些東西，最好留在外面。」

「或是裡面。」保羅說。這一刻，他體內的先知和晶算師一起做出了總結。外面有危險，是的。但裡面，裡面才是最可怕的。如果對手就是自己，那他要如何保護自己？敵人當然設下陷阱要毀了他，但此時困住他的，是更可怕的未來。

急促的腳步聲打斷了他的沉思。明亮的走廊燈光從背後照亮柯巴的身形，他急匆匆闖進來，像被某種巨大的力量拋進來似的。進入昏暗的會見室後，他驟然止步。他雙手捧滿了魃迦藤卷軸，在走廊射進來的燈光下流光溢彩，像奇異的渾圓珍寶。一隻衛兵的手伸了過來，關上房門，珠寶的亮光也隨之消失。

「是您嗎，陛下？」柯巴問，朝昏暗處望去。

「什麼事？」史帝加問。

「史帝加？」

「我們都在這裡。什麼事？」

「您下令為宇航公會的人舉行招待會，我十分不安。」

「不安？」保羅問。

「人們都說，陛下，您太禮遇我們的敵人了。」

「就這些話？」保羅說，「這些就是我稍早要你拿來的卷軸嗎？」他指著柯巴手裡的魆迦藤球狀物。

「卷軸……哦！是的，陛下。這些就是史冊。您想在這裡看嗎？」

「我已經看過了。讓你拿來，是想給史帝加看。」

「給我看？」史帝加心下一陣憤慨，覺得這又是保羅的心血來潮。歷史！他來這裡，是為了跟保羅討論出征紮布侖星球的部署，卻被宇航的大使打斷。而現在，又冒出了柯巴和歷史！

「你對歷史知道多少？」保羅高聲問道，打量著身邊這道陰暗的影子。

「陛下，我能說出我們的人民到過的每一顆星球，我還熟悉帝國的每一片疆域……」

「地球的黃金年代，你研究過嗎？」

「地球？黃金年代？」史帝加又煩躁又困惑。為什麼保羅忽然想要討論人類的創世神話？他的腦子裡仍然塞滿了紮布侖星球的資料。據晶算師參謀的計算，需要兩百零五艘巡航艦來運載三十支軍團。此外還有後勤支援、綏靖幹部、祁紮銳傳教士……食物補給（數字都在他腦中）以及美藍極……武器、軍服、勳章……陣亡戰士的骨灰罈……專業人士：宣傳人員、職員、會計……間諜……以及監督間諜的密探……

「我還帶來了脈衝同步器的配件，陛下。」柯巴大著膽子說。他顯然察覺到保羅和史帝加之間的氣氛有點緊張，感到惶惶不安。

史帝加搖搖頭。脈衝同步器？為什麼保羅要他在魆迦藤投影儀上使用助憶系統？為什麼要瀏覽歷史記錄中的特定資料？這是晶算師的工作！和往常一樣，一想到要使用投影儀和配件，史帝加便不由得產生了深深的懷疑。這些東西總是擾亂他的感官。資料排山倒海湧來，腦子要一段時間才能理清，並為自己都不知道腦中竟然儲存了這些資訊而驚嚇。

「陛下，我來是想和您討論紮布侖星的部署。」史帝加說。

「讓紮布侖部署脫水吧！」保羅厲聲道。他用了弗瑞曼的髒話，意思是這種水分是如此骯髒，沒人願意自降身分去碰觸。

「陛下！」

「史帝加，」保羅說，「你非常需要一種平衡感。只有懂得從長遠角度考量後果，才能獲得這種平衡感。關於過去那個時代，我們手頭的資料不多。巴特勒聖戰毀掉太多東西，僅有的微薄資料，柯巴都已替你帶來。你就從成吉思汗開始吧。」

「成吉……思汗？他是薩督卡軍團的人嗎，陛下？」

「哦，比薩督卡軍團早得多。他殺了……大概四百萬人。」

「殺了那麼多人，他一定有非常強大的武器，陛下。可能是雷射光束，要不就是……」

「不是他親自動手殺的，史帝加。他像我一樣，派出了自己的軍團。你也要留意另一個首長，希特勒，他殺了六百多萬人。在古代，這個數字相當可觀了。」

「殺死……他的軍團動的手嗎？」史帝加問。

「是的。」

「這些統計數字沒什麼了不起，陛下。」

「很好，史帝加。」保羅瞥了一眼柯巴手上的卷軸。柯巴站在那裡，好像想扔下這些東西立即逃走。「我們來談統計數字。保守估計，我已經殺死六百一十億人，血洗九十顆行星，使五百顆星球元氣大傷。我消滅了四十種宗教，它們可以追溯到……」

「無信仰者！」柯巴抗議道，「他們全是無信仰者！」

「不，」保羅說，「他們是教徒。」

「陛下在開玩笑。」柯巴顫聲說，「聖戰給成千上萬顆星球帶來了光明！」

「帶來了黑暗。」保羅說，「一百代後，人類才能從摩阿迪巴的聖戰中復元。我很難想像有誰能超越我。」他從喉嚨爆出一陣狂笑。

「是什麼使摩阿迪巴發笑？」史帝加問。

「沒什麼。我只是突然看到希特勒的預象，他也說過類似的話，當然了。」

「沒哪個統治者擁有過像您一樣的權力。」柯巴反駁道，「誰敢向您挑戰？您的軍團控制了人類所知的整個宇宙，以及所有……」

「控制著這一切的是軍團，」保羅說，「不知道他們自己是不是明白這一點。」

「但軍團受您的控制，陛下。」史帝加住口了，他的音調明顯表明他突然領悟自己在這條指揮鏈上的地位——這些力量全正掌握在他手中。

保羅成功地讓史帝加的思緒轉到自己所希望的軌道上，於是把心思放在柯巴身上：「把卷軸拿到臥榻這裡來。」柯巴按吩咐做了。保羅問：「招待會進行得怎麼樣，柯巴？我妹妹有安排好所有事情嗎？」

「是的，陛下。」柯巴的聲音戰戰兢兢，「但荃妮一直透過窺視孔觀察。她懷疑宇航公會的隨員中可能有薩督卡。」

「她是對的。」保羅說，「爪牙全聚在一起了。」

「早些時候，班奈吉還擔心他們趁機潛入堡壘的私人區域。」史帝加指的是負責保護保羅的安全官。

「他們潛入了嗎？」

「還沒有。」

「但幾何庭園不如平時整潔了。」柯巴說。

「怎麼個不整潔法？」史帝加問。

保羅點點頭。

「陌生人來來去去，」柯巴說，「踩踏植物，交頭接耳。有些話讓我很不安。」

「比如說？」保羅問。

「比如我們繳的稅就花在這上面嗎？據說大使也問過這樣的問題。」

「我倒不意外。」保羅說，「花園裡的陌生人多嗎？」

「很多，陛下。」

「班奈吉已經派了精兵把守最易受攻擊的入口，陛下。」史帝加說，同時側過頭去，室內唯一亮著的燈照亮了他的半邊臉。這種獨特光線、這張臉龐，喚醒了保羅的記憶，令他想起沙漠上的某些往事。但保羅沒有讓自己沉浸在緬懷中，而是開始留意史帝加，尋思他是如何做到懸崖勒馬，不再堅持己見。這個弗瑞曼人有緊繃的前額，那就像面鏡子，反映出他腦海裡閃過的每個念頭。現在，他已經開始起疑，對皇帝的古怪行徑產生深深的懷疑。

「我不喜歡花園受侵擾。」保羅說，「禮遇賓客是一回事，款待外交使團的正式禮節也是。但……」

「我去請走他們。」柯巴說，「馬上。」

「等等！」柯巴正要轉身出去，保羅命令道。

房間裡突然一片寂靜，史帝加挪動了一下位置，恰好可以看清楚保羅的臉。動作非常巧妙，絲毫不顯得魯莽，保羅很是讚賞。這是弗瑞曼人的本領，借著尊重他人隱私的掩護，悄悄查探。弗瑞曼人要存活下去，少不了這些本領。

「幾點了？」保羅問。

「快到半夜了，陛下。」柯巴說。

「柯巴，我認為你也許是我最好的創造成果。」保羅說。

「陛下！」柯巴彷彿受到了傷害。

「你敬畏我嗎？」保羅問。

「您是保羅－摩阿迪巴，是我們穴地的烏蘇爾。」柯巴說，「您知道我獻身於……」

「你是不是覺得自己像基督的十二使徒？」保羅問。

柯巴顯然誤解了這個詞，但聽懂了保羅的語氣：「陛下知道我是清白的！」

「願沙胡羅保佑！」保羅喃喃道。

一陣口哨聲打破了這一刻可疑的沉默，有人從外面的大廳走過。口哨聲到了門外，被衛兵喝止了。

「柯巴，你或許能在這一切中存活下來。」保羅說，同時看到史帝加臉恍然大悟。

「那些花園裡的陌生人怎麼辦，陛下？」史帝加問。

「啊，對了。」保羅說，「派班奈吉去驅逐他們，史帝加。柯巴，派人協助他。」

「我？陛下？」柯巴流露深切的不安。

「我的某些朋友忘了自己曾經是弗瑞曼人。」保羅對柯巴說，實際上是指點史帝加，「記下那些被荃妮認出來的薩督卡，殺死他們。你親自去做。我希望做得乾淨點，不要引起騷亂。記住，宗教和政府要做的，不僅僅是簽署和約、宣揚教義。」

「謹遵摩阿迪巴之令。」柯巴低聲道。

「紮布侖部署呢？」史帝加問。

「明天吧。」保羅說，「等把陌生人趕出花園，宣布招待會到此為止。歡樂時光結束了，史帝加。」

「我明白，陛下。」

「我知道你明白。」保羅說。

11

此地躺著一尊倒下的神祇——
倒得驚天動地的那種。
我們能做的是為祂建造底座，
窄窄的，高高的那種。

——忒萊素諷刺短詩

厄莉婭蹲伏在地上，手肘靠著膝蓋，拳頭托住下巴，瞪著沙丘上的一具遺骸——一小堆骨頭和一些碎肉，曾經是一名年輕女子。雙手、頭部及上軀幹大部分都沒有了，被狂風吹蝕殆盡。沙地上到處是兄長的軍醫和刑案推事的足跡。現在他們都走了，除了殯葬員，還有海特，那個甦亡人正站在殯葬員旁邊，等著她用祕法細究這裡到底發生了什麼事。

天空呈麥穗色，讓這片凶殺現場籠罩著藍綠光輝。下午時分，在這樣的緯度上，這種光線再正常也不過。

屍體是低空飛行的軍郵機在幾小時前發現的。軍郵機上的儀器在這個不應有水的地方發現了水的跡象，於是發出呼叫，出動了專家。但他們發現了——什麼？一名二十歲左右的女子，弗瑞曼人，塞木塔迷藥上癮……陳屍在這片酷熱沙漠上，死於某種詭祕的忒萊素毒藥。

死在沙漠上並不稀奇，但弗瑞曼人沉迷於塞木塔卻非常罕見，所以保羅派厄莉婭過來，用母親傳授的方法勘察現場。

厄莉婭發現，自己的到來徒然給這個本來就已經夠神祕的現場投下了更加神異的光暈。她聽見甦亡人的腳在攪動沙子，看了他一眼。他的目光立即轉向那些像烏鴉般在頭頂盤旋的護衛撲翼機。

提防宇航公會的這件禮物，厄莉婭想。

運送屍體的撲翼機和她自己的飛機都停在甦亡人身後的沙地上，靠近一塊岩石露頭。厄莉婭看了看停在地上的撲翼機，恨不得立即搭機離開。

但保羅認為她或許能發現別人忽略的東西。她在蒸餾服裡不自在地扭了扭。過了幾個月沒有蒸餾服的城市生活後又重新穿上，感覺十分陌生、彆扭。她打量著甦亡人，懷疑他可能知道這起死亡事件的重要線索。一縷黑色鬈髮從甦亡人蒸餾服的兜帽裡露了出來。她發現自己有股衝動，想伸手將那縷頭髮塞回去。

甦亡人彷彿察覺了她的衝動，閃爍的灰色金屬眼睛轉向她。那雙眼睛令她發顫，她好不容易才把目光移開。

一名弗瑞曼女子死在這裡，死於名為「地獄之喉」的毒藥。

對塞木塔上癮的弗瑞曼人。

她和保羅一樣，對這樣的交集惴惴不安。

喪葬員耐心地等著。這具屍體已經沒有多少水分可以回收，他們也就沒有必要趕時間。他們相信厄莉婭正用某種常人無法理解的技能，讀出這具遺骸中的奇異真相。

但她沒有發現任何奇異真相。

對喪葬員腦子裡的想法，她內心深處只有一種隱隱的憤怒。該死的宗教祕聞。她和兄長不能是凡人。兩人必須是某種異常的存在。為了完成這件事，貝尼．潔瑟睿德操縱了亞崔迪家族的血緣。母親也功不可沒，正是因為她，兄妹才會走上巫術之路。

而保羅使這種異常成為不朽。

厄莉婭腦中歷代聖母的記憶開始躁動，阿達卜記憶也不斷湧出：「安靜，小傢伙！妳就是妳。會有補償的。」

補償！

她做了個手勢召喚甦亡人。

他來到她身旁，周到、彬彬有禮。

「你怎麼看？」她問。

「我們可能永遠無法知道死者是誰。」他說，「頭部和牙齒都沒有了，雙手也……這樣一個人，基因紀錄不可能保存在什麼地方，她的細胞無從比對。」

「忒萊素毒藥。」她說，「你對這個怎麼看？」

「很多人買這種毒藥。」

「沒錯。這具肉體死得太久，不可能像你的肉體一樣重生了。」

「更別提妳是否信任忒萊素人去做這件事。」他說。

她點點頭，站了起來：「現在，送我回城。」

兩人登上飛機，升空朝北面飛去。她說：「你的飛行動作和鄧肯・艾德侯一模一樣。」

他若有所思地看了她一眼：「其他人也這樣說。」

「你在想什麼？」她問。

「很多事。」

「不要回避我的問題，該死的！」

「哪一個問題？」

她怒瞪著他。

他迎向她的目光，聳聳肩。

太像鄧肯・艾德侯了，那個姿勢，她想。她的聲音有些低沉，用譴責的語氣說：「我只是希望你把想法說出來，激盪一下我的思考。那個年輕女子的死讓我很不安。」

「我不是在想這件事。」

「那你在想什麼？」

「我在想別人提到我可能的前身時，我心裡的那股奇異情緒。」

「可能？」

「忒萊素人是非常聰明的。」

「但還不到那麼聰明。你曾經是鄧肯・艾德侯，錯不了。」

「很有可能。這有最高的機率。」

「所以，你有情緒了？」

「或多或少。我感受到某種渴望，而且心神不寧。我體內有股悸動，我得努力控制住。我有……影像閃現在腦中。」

「什麼影像？」

「太快了，還認不出來。閃現的，一陣陣的……幾乎稱得上是記憶。」

「你對這些記憶不好奇嗎？」

「當然了。好奇心在驅使我，但有沉重的東西拖住我。我想：『如果我不是他們認為的那個人，怎麼辦？』我不喜歡這個想法。」

「你現在想的，就只是這個？」

「妳心裡明白，厄莉婭。」

他怎麼敢直呼我的名字？怒火湧了上來，但又平息下去。因為他的語氣喚起了她的回憶：柔和、撩人的低沉男音，不經意流露的男性自信，一條肌肉沿著喉嚨顫動。她咬了咬牙。

「下方是愛爾．庫茨嗎？」他問，機身一側，眾護衛機忙不迭讓開。

她朝下方俯瞰。飛機的影子飄飄蕩蕩掃過哈格隘口。她父親的顱骨就保存在斷崖上的岩石金字塔裡。愛爾．庫茨——聖地。

「是聖地。」她說。

「我一定要找一天去那裡看看，」他說，「站在妳父親的遺骸旁，或許能讓我想起什麼。」

她突然發現他非常想知道自己曾經是誰。對他來說，這是無法抵抗的渴望。她回頭看了看那片岩石：峭壁嶙峋，底部延伸到一處乾河灘，再伸向流沙漠。黃褐色的岩石聳立在沙丘上，像破浪的船艦。

「轉回去。」她說。

「但護衛隊……」

「他們會跟上來的。在護衛隊下方掉頭。」

他遵令行事。

「你是真心效忠我哥哥嗎？」她問。他開往新方向，護衛隊尾隨在後。

「我效忠亞崔迪家族。」他說，腔調一板一眼。

她看到他的手抬起來，放下──幾乎就是卡樂丹人致敬的古老手勢。他一臉若有所思，凝視著下方的岩石金字塔。

「你在想什麼？」她問。

他的嘴唇動著──聲音終於冒出，脆弱而緊繃：「妳父親，他是……他是……」一顆淚珠從他臉頰上滾落。

厄莉婭呆住了。他將水給了死者！她用手指撫了撫他的臉頰，感受淚水的濕意。

「鄧肯。」她輕聲說。

他雙手緊握撲翼機的操縱桿，凝視著下方的墓地。

她抬高聲音：「鄧肯！」

他嚥了口唾沫，搖搖頭，看著她，金屬眼閃閃發光。「我……感到……一隻手臂……放在我肩上，」他悄聲說，「我感受到了！一隻手臂。」他喉頭顫動著，「是……一個朋友……我的朋友。」

「誰？」

「我不知道。我覺得是……我不知道。」

厄莉婭面前的呼叫燈開始閃動。護衛隊的機長想知道兩人為何折回沙漠。她拿起麥克風，說明她想去憑弔父親。機長提醒她天色已經晚了。

「我們現在就回厄拉欽恩。」她說著，放回麥克風。海特深深吸了口氣，將撲翼機斜轉一圈，朝北方飛去。

「你剛才感受到的，是我父親的手臂，對嗎？」她問。

「也許吧。」

是那種晶算師在計算可能性的聲音。他已經恢復鎮定。

「你知不知道，我是怎麼得知我父親的事？」她問。

「知道一點。」

「我就明白講吧，」她說，「我對父親的了解，就跟我母親一樣。包括她和他在一起的每一次鉅細靡遺的經歷。某種程度上，我就是我母親。我有她的全部記憶，直到她喝下生命之水，進入靈魂轉世的那一刻。」

「妳哥哥也這樣解釋過。」

「他？為什麼？」

「我問的。」

「為什麼？」

「晶算師需要資料。」

「哦。」她看了看下方那道綿延不絕的大盾壁——風蝕的岩石，布滿裂縫和坑窪。

他順著她的目光看去：「一個毫無遮避蔽的地方，這下面。」

「也是一個容易藏匿的地方。」她說，看著他，「讓我想起人類的大腦……可以隱藏一切。」

「啊！」他說。

「啊？這是什麼意思——啊？」她突然對他惱怒起來，卻找不到任何緣由。

「妳想知道我腦子裡藏了些什麼。」他說。這是一個陳述句，不是疑問句。

「你怎麼知道我沒有把你查個一清二楚，用我的預知力？」她詢問道。

「妳用了嗎？」他似乎真的很想知道。

「沒有！」

「看來女預言家也不是無所不能的。」他說。

他似乎很開心，這減輕了厄莉婭的憤怒。「很好笑嗎？你不尊敬我的力量？」她問道，但聽在自己耳中都是那麼虛弱無力。

「我尊重妳的預知力，程度也許超出了妳的想像。」他說，「我是妳晨禱的忠實聽眾。」

「這意味著什麼？」

「妳非常擅長運用象徵。」他說，同時留意撲翼機的操控桿，「在我看來，這得歸功於貝尼·潔瑟睿德。但妳也和許多女巫一樣，開始輕忽自己的力量了。」

她一陣驚恐，怒視著他：「你好大的膽子！」

「我的膽量超出了創造者的預期。」他說，「正是因為這一點，妳哥哥才沒有趕走我。」

厄莉婭研究著他那雙金屬眼睛，那裡面看不到任何人類的感情。蒸餾服的兜帽遮住了他的下頷，但他的嘴卻很剛毅，蘊含著力量……和決心。他的話也有撫慰人心的力量。「……我的膽量超出了……」鄧肯．艾德侯極有可能說出這樣的話。難道忒萊素人製造出一個出乎他們預料的甦亡人？或者這一切都只是偽裝，是他訓練的一部分？

「解釋你的話，甦亡人。」她命令道。

「認識自己。這句話是妳們的戒律，是嗎？」他問。

她再次發現對方心情很好。「不要和我耍嘴皮子，你……你這個東西！」她說，伸手按住晶刃匕，「他們為什麼把你送給我哥哥？」

「妳哥哥說妳看到了整個過程。」他說，「妳已經聽到答案。」

「再回答一次……給我聽！」

「我是被製造來摧毀他。」

「說這話的是晶算師嗎？」

「不用問，妳也知道。」他責備道，「而且妳還知道，這件禮物其實沒有必要。您哥哥正在摧毀自己。」

她琢磨著這句話，手仍然按在刀柄上。這個回答十分狡猾，聲音卻無比真誠。

「那，為什麼還要送這份禮物？」她逼問。

「也許忒萊素人覺得這樣做好玩，再說，宇航也要求他們把我當作禮物送給妳哥哥。」

「為什麼？」

「答案是一樣的。」

「我怎麼輕忽自己的力量了？」

「妳是怎樣使用這種力量的？」他反問道。

他的問題一刀見血，切中她的不安。她將手從匕首上移開，問：「為什麼你說我哥哥在自己摧毀自己？」

「噢，得了吧，孩子！妳那些被吹得天花亂墜的法力到哪裡去了？難道妳不會推理嗎？」

她竭力壓下怒火，說：「先說說你的推理，晶算師。」

「好吧。」他瞥了一眼周圍的護衛隊，把視線轉到飛行的航線上。在大盾壁的北面邊緣，厄拉欽恩平原開始隱隱出現。塵霧遮蔽下，盆地和裂谷上的村莊輪廓仍舊模糊不清，但厄拉欽恩閃爍的燈光已經歷歷在目了。

「那些徵兆。」他說，「妳哥哥有個官方的頌詞家，他……」

「他是弗瑞曼耐巴送來的禮物！」

「朋友所送的古怪禮物。」他說，「為什麼他們要用諂媚和卑躬屈膝來圍住他？妳聽過那個讚頌者的作品嗎？摩阿迪巴照亮了民眾。烏瑪攝政王，我們的皇帝，從黑暗中來，發出燦爛光芒，照亮所有人。他是我們的陛下，他是永不枯竭的泉水，灑出歡樂，供整個宇宙啜飲。呸！」

厄莉婭輕聲說：「如果我把你的話講給我們的弗瑞曼衛隊聽，他們會把你砍成肉醬餵鳥。」

「那就說吧。」

「你怎麼知道我相信什麼？」她聲音顫抖，用貝尼．潔瑟睿德的心法也難以克制。她從沒想到，這個甦亡人對她竟然有這麼大的影響力。

「妳自己都不相信，為什麼還要這樣說？」

「我哥哥是用上天的自然律法統治世界！」

「妳剛才命令我以晶算師的方式來推理。」他提醒她。

「沒有哪個晶算師知道我相信什麼！」她顫抖著，做了兩次深呼吸，「你膽敢評判我們！」

「評判你們？我沒有評判。」

「你根本不知道我們受過什麼訓練！」

「你們倆都接受了統治的訓練，」他說，「也學到了要牢牢握住權力。你們掌握了政治手腕，也精通戰爭和儀式的運用。自然律法？什麼自然律法？只不過是在人類史中作祟的神話。作祟！它是鬼魂，沒有實質，是虛幻的。你們的聖戰難道是自然律法？」

「你這是晶算師的信口雌黃。」她嗤之以鼻。

「我是亞崔迪家族的僕從，直言無諱。」他說。

「僕從？我們沒有僕從，只有信徒。」

「那我就是意識的信徒。」他說，「理解這一點吧，孩子，妳……」

「不要叫我孩子！」她呵斥著，把晶刃匕從刀鞘裡抽出了一半。

「我接受妳的指正。」他瞥了她一眼，微笑著，專心駕駛撲翼機。亞崔迪堡壘俯瞰厄拉欽恩北部郊區的那一側蓋在斷崖上，此時結構已經清晰可見。「從身體上看，妳不過是孩子。」他說，「而且這個肉體正因進入成年期而煩躁不安。」

「我不明白為什麼要聽你說這些話。」她怒吼道。但晶刃匕卻滑過長袍下的手掌，插回刀鞘。她的手掌汗水淋漓。弗瑞曼人的節儉讓她大為不安，這可是在浪費身體的水分！

「妳之所以聽，是因為妳知道我效忠於妳哥哥。」他說，「我的行為清清楚楚，而且容易理解。」

「跟你有關的一切，從來就不清楚，也不容易理解。你是我見過的最複雜的生物。我怎麼知道忒萊素人把你造成了什麼東西？」

「不管是出了錯或為了某種目的，」他說，「他們讓我任意塑造自己。」

「又是禪遜尼的那套寓言。」她指責道，「智者塑造他自己，而傻瓜白白活著，一直到死。」她的聲音裡充滿嘲諷，「好一個意識的信徒！」

「人無法將手段與智慧分開。」他說。

「我會把你的話全告訴保羅。」

「大多數他已經聽過了。」

她忍不住好奇：「那你還能活著……而且還很自由？他怎麼說的？」

「他笑了。他說：『人民不希望皇帝只是個記帳員。他們要的是主人，一個能保護他們的人。他們害怕變化。』但他也承認，帝國的毀滅源於他自己。」

「他為什麼會這麼說？」

「因為我讓他相信我理解他的問題，並且願意幫助他。」

「你究竟說了什麼，讓他這麼相信你？」

他沉默了，側過機身，準備在堡壘戒備森嚴的屋頂著陸。

「我命令你，把你當時的話告訴我！」

「我不敢肯定妳是否接受得了那些話。」

「我自己會判斷！我命令你，立刻說出來！」

「請允許我先著陸。」他說，並沒有等她允許，就轉到降落航道上，調整機翼的升力，輕輕停靠在屋頂明亮的橙紅起降臺上。

「就是現在，」厄莉婭說，「快說。」

「我告訴他，宇宙中最艱難的任務，莫過於忍受自己。」

她搖搖頭：「那真是……是……」

「一味苦藥。」他說，看著衛兵朝兩人奔過來，迅速各就各位，執行護衛任務。

「胡說八道！」

「無論是最尊貴的、能行使王權的伯爵，還是最卑微的奴隸，都面臨同樣的問題。你無法僱用晶算師或什麼聰明人來替你解決。審訊、目擊證人無法提供答案。被這個問題撕裂的傷口，沒有任何僕從或信徒能為你包紮。只有你自己能處理，否則就得任傷口流血，讓所有人都看到。」

她猛地一轉頭，但一動便意識到這洩漏了情緒。他聲音中沒有任何欺騙，也沒有巫術的誘哄，卻再一次深深打動她的心。他是怎麼做到的？

「你給他什麼建議？」她低聲問。

「我告訴他要下決斷，令出必行。」

厄莉婭凝視那些衛兵。他們等在那裡，多麼有耐心——多麼有秩序。「施行正義。」她喃喃道。

「不是！」他厲聲說，「我建議他下判斷，就這樣。或許，只遵行一個原則……」

「什麼原則？」

「保存他的朋友，消滅他的敵人。」

「也就是，不秉公裁決？」

「什麼是秉公？兩種力量對峙時，從自己的角度看，都是正當的。此時，只有皇帝的命令才能解決問題。他無從預防衝突，只能解決衝突。」

「怎麼解決？」

「用最簡單的辦法：由他決定。」

「保存他的朋友，消滅他的敵人。」

「那樣不就能帶來穩定嗎？人民希望秩序，這種或那種都行。他們坐在饑餓的囚籠中，眼睜睜看著戰爭成為富人的競賽。這是高度先進的危險形式，是無序。」

「我要勸告我哥哥，你太過危險，必須消滅。」她說，轉身面對他。

「我已經勸過他了。」他說。

「所以你才很危險。」她一字字慎重地說，「你徹底控制了自己的感情。」

「我並不是因為那樣才很危險。」趁她來不及移動，他斜過身子，一隻手抓住她的下巴，嘴唇貼在她的唇上。

輕柔的一吻，一觸即退。他放開了她。她目瞪口呆，但立即恢復鎮定，瞟了一眼仍嚴守紀律站在外面警戒的衛兵，發現他們嘴角抽了抽，飛快掠過一絲笑意。

厄莉婭伸手摸了摸嘴唇，覺得這一吻很熟悉。他的嘴唇在未來出現過。她看過這一幕。她胸口起伏：「我應該讓人剝了你的皮。」

「就因為我很危險？」

「因為你很放肆！」

「我一點也不放肆。若對方不先給，我不會拿。妳應該要高興，不是別人給我，我就會伸手拿。」他打開他那一側的艙門，滑出座艙，「來吧。瞎忙了一趟，我們已經浪費太久時間。」他大步朝起降臺後方的圓拱入口走去。

厄莉婭往下跳，奔跑著跟上他。「我會把你講過的所有的話都告訴他，還有你做過的所有事。」她說。

「好。」他為她打開門。

「他會判你死刑。」她說，掠進了圓頂屋。

「為什麼？因為得到一個我想要的吻？」他跟著她，她不由得回過頭來。門在他身後輕輕闔上。

「你想要的吻？」她怒火大熾。

「好吧，厄莉婭，是妳想要的吻，可以嗎？」他開始繞過她，朝下面走去。

他的動作似乎讓她的頭腦比平時更加清晰了。她發現他很直率——絕對的誠實。我想要的吻，她告訴自己，的確是事實。

「你的危險，在於你的誠實。」她說著，跟上他。

「妳又變聰明了。」他說，仍然大步向前，「就算晶算師也不可能說得更清楚。說說看，妳在沙漠看到了什麼？」

她拉住他的手臂，讓他停下來。他又做到了，再次給她當頭棒喝。

「我說不清。」她說，「但我腦子裡總想著那些幻臉人，這是為什麼？」

「這就是妳哥哥送妳去沙漠的原因。」他邊說邊點頭，「就把這些揮之不去的念頭告訴他吧。」

「可是為什麼呢？」她搖搖頭，「為什麼是幻臉人？」

「有個年輕女子死在那裡，」他說，「但或許弗瑞曼人並沒有年輕女子的失蹤通報。」

12

活著是何等樂事。不知我是否能夠深入這具肉體的根基，認識過去的自己。我的根就在那裡，無論我能否找到，它在未來都仍將是紊亂、糾結的。

——「厄莉婭紀事」，《甦亡人語錄》

• • •

保羅躺著，浸沒在濃烈的香料氣味中，進入預知未來的出神狀態，看到月亮變成拉長的圓球，翻滾著，扭動著，發出嘶嘶聲——那是星球在無邊海洋中冷卻時發出的可怖聲音。然後月亮墜落……墜落……墜落，像兒童拋擲的球。

月亮消失了。

這顆月亮並不是落下地平線。他幡然省悟：月亮消失了，沒有月亮了。大地在震動，像動物猛烈晃動皮膚。恐懼籠罩了他。

保羅在墊子上猛然坐起，睜大眼睛，瞪著前方。部分的他在朝外望，部分朝內。朝外，他看到了柵格，那是他私人臥室的通風口。他知道自己躺在堡壘的一道深淵旁。朝內望，他繼續看到月亮墜落。

向外看！向外看！

柵格正對著照射厄拉欽恩平原的正午烈陽，而他的內心卻是最深的黑夜。屋頂花園襲來一陣甜香，沁入他的意識，但任何花香都無法喚回那隕落的月亮。

保羅一扭身，站在冰涼的地板上，凝望著柵格外的世界。他看得到行人天橋那一彎優雅的圓弧，以黃金和白金建成，用水晶加固，裝飾著遙遠塞丹星的晶瑩珠寶。天橋通往市中心的幾座美術館，橋下是開滿水生花卉的湖泊和噴泉。保羅知道，只要自己站起身，就能看到血一般鮮紅的片片花瓣在水中旋舞、翻飛——點點殷紅在翠綠淡水上載浮載沉。

眼睛能攝入美景，卻無法將他的神志拉離香料的禁錮。

月亮消逝的駭人預象。

這預象暗示著個人安全岌岌可危。或許他看到的是自己的文明隕落了，因自大自傲而崩解。

月亮……月亮……一輪隕落的月亮。

水已被塔羅牌攪混。為了看透濁水，他服用了大劑量的香料萃取物，但看到的只是一顆隕落的月亮，以及一開始就知道的那條可恨路徑。為了結束聖戰，為了平息火山爆發似的屠戮，他不得不毀掉自己的名聲。

脫離……脫離……脫離……

屋頂花園的香味使他想起荃妮。他渴望她的手臂，那充滿愛和寬容的手臂。但就連荃妮也無法驅走月亮的預象。如果他告訴荃妮，他預見到自己會以某種特定的方式死去，她會怎麼說？既然死亡不可避免，為什麼不選擇高貴的死法，在人生的巔峰結束生命？何苦苟且偷生？在意志力衰竭前結束生命，不是更高貴的選擇嗎？

他站起身，抬膝越過柵格，來到外面的露臺，花園的鮮花和藤蔓垂落在眼前。他嘴唇發乾，像在沙漠裡進行了長途跋涉。

月亮……那顆月亮在哪裡？

他想起厄莉婭的描述，關於沙丘上發現的年輕女子屍體。一名對塞木塔迷藥上癮的弗瑞曼女人！一切都符合那可憎的模式。

你無法從宇宙中拿取什麼，他想，宇宙只給予它想給的。

露臺欄杆旁的矮几上放著一些貝殼，那來自母星地球上的海洋。他以手捧起那些光滑亮澤的東西，竭力感受過去的時光。珍珠般的表面過去曾映著光潔月光。他的目光從貝殼上移開，越過花園，凝望宛如熊熊烈焰的天空，那是彩虹塵的拖尾，在銀色陽光下舞動著。

我的弗瑞曼人自稱「月亮之子」。他想。

他放下貝殼，在露臺上踱步。那駭人的月亮是否意味著他有希望脫身？他探究著預象的神祕含意，感受自己的軟弱、心煩意亂，逃不出香料之手。

他的目光投向北面，望著低矮而擁擠的王國機構。屋頂上的步道擠滿匆匆來去的人群。他覺得那串人龍就像條門楣，走在以門戶、牆壁、瓷磚圖案構成的背景前。行人成了瓷磚！眼睛一眨，他將眾人凍結在大腦中。一條門楣。

一輪月亮隕落，消失了。

他心頭有股感覺揮之不去：這座城市已經轉化為奇異的符號，象徵著他的宇宙。他看到的那些建築物，正是筆直蓋在他的弗瑞曼人殲滅薩督卡軍團的那片平原上。一度飽受戰爭蹂躪的土地，如今人聲鼎沸。

保羅沿著露臺邊緣走著，轉了道彎。現在能看見遠處的郊區，城市建築在荒漠的岩石和風沙中不見蹤影，只有厄莉婭的神殿屹立在前緣，兩千公尺長的牆上掛滿綠黑相間的帷幔，上面繪著象徵摩阿迪巴的月亮。

一輪月亮隕落了。

保羅伸手抹了抹前額和眼睛。具有象徵意味的都市壓迫著他。他鄙視自己的想法。如此優柔寡斷，放在別人身上，他早就發火了。

他憎惡自己的城市！

從厭倦中滋生的怒火在內心深處翻騰，而他無從回避的決定更是助長火勢。他知道自己的腳必須踏上哪條路。他見過無數次了，不是嗎？看見自己踏上這條道路……在很久以前，那時他還以政治革新者自許。但他的革新漸漸重蹈舊時的模式。就像發明了塑造記憶的醜惡裝置，你可以隨心所欲塑造記憶，然後，稍有懈怠，記憶就會反彈回過去的型態。人類思想中有股他無法觸及的力量躲過了他，擊敗了他。

保羅眺望遠處，那些屋頂下方無拘無束的生活是多麼可貴？他瀏覽一座座蠟紅、金色屋頂之間的綠地和露天植栽。綠色，摩阿迪巴和他的水帶來的禮物。放眼望去，處處是果林和樹叢，這些露天植物足以媲美寓言裡的黎巴嫩綠洲。

「摩阿迪巴用起水來就像瘋子。」弗瑞曼人說。

保羅雙手捂住眼睛。

月亮隕落了。

他放下手，用清明的眼光看著自己的城市。建築物有一股狠戾之氣，那是凶暴的帝國帶來的。一座座聳立在北方的太陽之下，巨大且耀眼。巨獸！每一幢鋪張的建築都是一段瘋狂錯亂的歷史，一切都在他的眼下建造：大得如同平頂山的露臺，城鎮一樣廣闊的廣場，公園、房屋，一塊塊人工培植的荒野。

不知為何，宏偉的藝術總和粗鄙的品味並存。有些細節令他相當在意：一扇邊門，來自最古老的巴格達……一座圓頂，彷彿神話般的大馬士革……一段拱門，來自低重力的阿塔爾星……高聳處見和諧，深陷處令人暈眩，一切的一切都創造出無與倫比的輝煌莊嚴。

月亮！月亮！月亮！

挫敗感糾纏著他。他感受到他的宇宙中有股群眾的潛意識正在萌芽，挾著怒潮的洶湧來勢衝向他。他感受到人類的活動中有暗流在湧動，沛然難禦，那是旋渦、激流、基因的流動。沒有堤壩可以約束，任何詛咒都無法擊退。

在這股洪流中，摩阿迪巴的聖戰只如過眼雲煙。那以交換人類基因為業的貝尼．潔瑟睿德也和他一樣，在這股洪流中撲打游動。應該將月亮隕落的預象放到宇宙中的其他傳說、預象上琢磨。在那裡，看似永恆的群星也會漸漸暗淡、搖曳，然後消逝無蹤……

在這樣的宇宙中，一顆月亮又值得了什麼？

在堡壘要塞的最深處，十弦拉巴巴琴的叮噹聲響起，一首聖戰歌謠正在哀悼一名被情人留在厄拉科斯的女人。歌聲在城市的喧囂中時斷時續：

她的臀部是和風撫圓的沙丘；
雙眼睛明亮如夏日的烈陽；
兩條髮辮垂落肩背——
綴滿水環的髮辮！
我的雙手上還留著她肌膚的撫觸，
甜蜜如琥珀，馥鬱似花香。
睫毛因回憶而顫抖……
愛的熾焰中我將焚亡！

這首歌令他作嘔。沉溺在多愁善感中的蠢材！還是唱給厄莉婭看過的那具半埋在沙丘上的屍體聽吧。

露臺柵欄的陰影裡，一道身影動了一下。保羅猛地一轉身。

甦亡人走到明亮的陽光下，兩隻金屬眼閃閃發光。

「來的是鄧肯．艾德侯，還是名叫海特的人？」保羅說。

甦亡人在他兩步外停下。「陛下希望我是哪一個？」

聲音裡帶著一絲小心翼翼。

「只管玩你那套禪遜尼話術吧。」保羅恨恨地說。故作玄虛！禪遜尼哲學家的作為和言談，能讓眼前的現實有一絲一毫的改變嗎？

「陛下有些心煩。」

保羅轉過身，凝視著遠處大盾壁的斷壁。那些風沙蝕成的拱頂和扶壁，像在不懷好意地模仿他的城市。自然在開他的玩笑：瞧瞧我能建造什麼！他看出遠處絕壁上有道裂口，沙子就從那裡溢出。他想：那裡！就在那裡，我們打敗薩督卡軍團的地方！

「陛下為什麼心煩？」甦亡人問。

「預象。」保羅低聲說。

「啊哈，忒萊素人剛喚醒我的時候，我也有很多幻象。我煩悶、孤獨……卻不真正知道自己是孤獨的。那時還不知道。我的幻象沒有什麼啟發！忒萊素人告訴我，這是肉體遭到入侵，人和甦亡人都會得這種病。一種疾病，就這樣。」

保羅轉過身，打量著甦亡人的眼睛。這雙凹陷的、鋼鐵般的圓球沒有任何情緒。這雙眼睛看見了什麼幻象？

「鄧肯……鄧肯……」保羅喃喃道。

「別人叫我海特。」

「我看見一顆月亮隕落了。」保羅說，「月亮消失了，毀滅了。我聽到巨大的嘶嘶聲，大地震動了。」

「您太常服用美藍極了。」甦亡人說。

「我向禪遜尼求助，得到的卻只是晶算師！」保羅說，「很好！那就用你的邏輯來分析我的預象吧，晶算師。分析預象，要字字珠璣，刻在墓碑上的那種。」

「墓碑，確實。」甦亡人說，「您始終在逃離死亡。您一直在準備面對下一個瞬間，拒絕活在當下。預知！對皇帝來說，真是可靠的支柱！」

保羅發現自己目不轉睛盯著甦亡人下巴上那顆熟悉的痣。

「您努力活在這個未來，」甦亡人說，「這樣就能讓這樣的未來具有實質，變成現實嗎？」

「走上預象中的未來之路，我就能活下去。」保羅低聲道說，「但你憑什麼認為我想活在那裡？」

甦亡人聳聳肩：「是您要求我提供實質的回答。」

「在由事件構成的宇宙中，哪來的實實？」保羅說，「有終極答案嗎？每解決一個問題，不是都造就了另一個新問題？」

「您在時間中挖掘得太深了，以至於出現了不朽的錯覺。」甦亡人說，「事實上，陛下，就連您的帝國都有時限，終究會滅亡。」

「別在我面前扯這些陳詞濫調。」保羅怒吼道，「神祇和救世主的悲劇我聽得太多了。和所有人一樣，我最終也會毀滅，這一點用不著什麼特別的神力也能預測，連我廚房裡地位最低的僕役都有這個本事。」他搖搖頭，「月亮隕落了！」

「您一直沒有讓您的大腦休息。」甦亡人說。

「你就打算用這種方法來摧毀我？」保羅問道，「阻止我理清思緒？」

「您能理清亂麻嗎？」甦亡人問，「我們禪遜尼說：『最好的收拾，就是不收拾。』不先收拾好自己，又能收拾好什麼？」

「我飽受預象折磨，而你還在滿口廢話！」保羅大怒，「你對預知了解多少？」

「我見過預言所起的作用。」甦亡人說，「我見過那些為自己的命運問卜的人，他們總是害怕自己得到的答案。」

「我那顆隕落的月亮是真的。」保羅低聲說，他顫抖著吸了口氣，「它在移動，一直移動。」

「人們總是畏懼自己推動的變化。」甦亡人說，「您害怕自己的力量，害怕那些憑空湧入腦海的東西。它們什麼時候會消失，又去了哪裡？」

「你在用荊棘撫慰我。」保羅吼道。

甦亡人一臉若有所悟。一時間，他變成了真正的鄧肯·艾德侯。「我在盡我的全力安慰您。」他說。

保羅琢磨著那一刻他臉上的變化。難道那是甦亡人的大腦一直拒斥的悲傷？海特壓制了自己的幻象？

「我的月亮有名字。」保羅低語。

他讓預象流遍全身。雖然他的整具身體都在嘶喊，卻沒有發出一絲聲音。他不敢說話，唯恐聲音洩漏了自己的情緒。他的駭人未來漫天濃雲，而荃妮不在其中。那具曾經在狂喜中呼喊的肉體，曾經融化他的熱烈眼神，因率真、毫不造作而令他入迷的聲音，這些都消失了，化為水，化為沙。

保羅慢慢轉過身子，朝厄莉婭神殿前的廣場望去。三個頭髮剃得精光的朝聖者走出遊行大道。他們穿著骯髒的黃色長袍，步履匆匆，低著頭，抵禦下午的風沙。其中一人跛了左腳，在地上拖著。三人奮力迎向沙塵，繞過一道轉角，消失在眼前。

就像他消逝的月亮，他們也消失了。但預象依然屹立在前方，帶著可怕的使命，讓他別無選擇。

肉體終將交出自己，他想，永恆會收回原本屬於自己的一切。我們的身體短暫地攪動這些水，我們站在生命之愛和自身的前方，陶醉地舞動著，處置一些奇異的念頭，最後向時間俯首稱臣。對此我們能說些什麼？我存在著，我還沒……終究，我存在著。

13

不要向太陽乞憐。

——「史帝加紀事」，《摩阿迪巴的苦刑》

• • •

瞬間的失手會毀了一切，凱亞斯·海倫·莫哈亞聖母提醒自己。

她蹣跚走著，明顯心不在焉。一隊弗瑞曼衛兵圍著她。她知道其中有一個聾啞人，魅音蠱惑不了他。毫無疑問，只要她表示出最輕微的挑釁，都會被這人擊斃。

保羅為什麼傳喚她？她尋思。是要向她宣判嗎？她還記得很久以前自己測試他時的情形……那時的奎薩茲·哈德拉赫還是個少年。他一直都是心思深沉的人。

他那永世不得超生的母親！正是她的錯誤使貝尼·潔瑟睿德失去了手中的基因鏈。

她沿著拱廊向前走，帶來一片死寂。她能感覺到，這股死寂正在傳話。保羅會聽見這股沉寂。在侍從宣布她已到達之前，他就會知道。她還不至於自欺欺人，認為自己的本領能超過他。

該死的！

她咒罵歲月施加在她身上的重負：關節疼痛，反應不如過去敏捷，肌肉也不像年輕時靈活。她活得太久了，身後拖著長長的日子。她這一天都在玩沙丘塔羅牌，徒勞地為自己的命運搜尋線索。但紙牌卻吞吞吐吐。

衛兵押著她繞過一道轉角，進入另一條看似沒有盡頭的拱廊。左側是裝有超晶玻璃的三角形窗戶，透過這些窗戶能看見爬滿棚架的藤蔓，以及午後陽光濃重陰影籠罩下的靛青花朵。腳下鋪著瓷磚，上面鑲嵌著外星球的水中生物圖案。處處都讓人聯想到水。財富……豐饒。

一些身著長袍的人影從她面前穿過，走向另一間大廳。他們偷瞟聖母一眼，表情緊張，顯然認出了她。

她雙眼動也不動地盯著前方衛兵的後腦勺：剃得分明的髮際線，年輕的肌膚被軍服領子壓出粉紅色的痕跡。

這座丘陵上的堡壘規模令她驚嘆。長廊……長廊……他們走過一扇敞開的門，裡面傳來銅鼓和長笛的樂音，古老的音樂，悠揚婉轉。屋裡的人盯著她看，那是弗瑞曼人藍中帶藍的眼睛。她從這些眼神裡看到了傳說中的桀驁不馴——來自他們的狂暴基因。

她知道，她或多或少要為此負責。貝尼．潔瑟睿德不可能意識不到這樣的基因及可能的後果。一股失落感襲上她心頭：那個固執的亞崔迪蠢蛋！他怎麼敢拒絕延續他珍貴的基因？奎薩茲．哈德拉赫！打破了時間的局限，純正，且真實——像他那妖煞妹妹一樣真實……而她是危險的未知數。一個無人能駕馭的聖母，她會無視貝尼．潔瑟睿德的禁令胡亂生下孩子，罔顧基因的培育。但她無疑擁有和她兄長同樣的力量，甚至更多。

堡壘的巨大規模開始形成壓迫。長廊會不會永無盡頭？這地方瀰漫著可怕的物質力量。人類歷史上從未有過哪顆星球、哪種文明，能創造出如此龐大的人造建築，高牆內足以藏一打古代城市！

他們經過一道又一道燈光閃爍的橢圓門。她認出這是伊克斯人的傑作：以壓縮空氣推動的傳送口。既然有這種設備，為什麼要她走這麼長的路？她腦子裡開始有了答案：壓迫她，讓她準備好面對皇帝的召見。

這只是一條小線索，但還有其他蛛絲馬跡：押送的衛兵講話戰戰兢兢，稱呼她聖母時眼睛流露出天然的羞怯。還有那些大廳，冰冷單調，沒有任何氣味。這一切足以使一個貝尼．潔瑟睿德做出判斷。

保羅想從她這裡得到什麼東西！

她壓下興奮和得意。她有了撬動對方的槓桿。現在只需找出這具槓桿的種類，並測試強度。有些槓桿曾經撬起遠比這座堡壘更大的東西。彈彈手指，有的文明就會頹然傾倒。

聖母突然想起司凱特利的話：當創造物進化成某種東西，會寧可選擇死亡，也不願變成自己的對手。

他們走過的通道越來越大，這是拱門的花招：支柱底部漸漸加粗，三角窗變成更大的矩形窗。前方終於出現一道高聳的雙開門，遠遠立在接待大殿另一端的高牆中央。門相當高大，她用訓練有素的意識測量面積時，好不容易才控制住自己，不至於倒吸一口氣。門至少有八十公尺高，四十公尺寬。

她和衛兵走近時，門朝內打開——巨大的移動幅度，同時又悄無聲息，顯然裝有暗藏的機關。又是伊克斯人的傑作。一行人穿過高聳的門，進入保羅．亞崔迪皇帝宏偉的接待大殿。「摩阿迪巴，在他面前，所有人都變成了矮子。」現在她終於知道這說法確實再真切也不過。

她朝遠處寶座上的保羅走去。聖母發現，令她驚嘆的，與其說是工程的宏偉，不如說是建築的精巧。空間很大，能裝下人類歷史上任何統治者的整座宮殿。空間的廣闊訴說著結構所隱含的力量正與優美達到完美和諧。高牆後面的橫梁和立柱、聳入雲霄的拱頂，無不呈現出無與倫比的恢宏。一切都顯示出工程的精妙。

大殿越往內側就越狹窄，坐在盡頭高臺中央寶座上的保羅因而並不顯得渺小。如果是未受訓練的心智，又被四周的龐大尺度所震懾，見到他時，勢必會將他的身形放大許多倍。色彩同樣會影響脆弱的心靈：保羅的綠色寶座由整塊哈葛爾綠寶石雕成。綠色象徵生長，而在弗瑞曼神話中，綠色又是悲悼的顏色。綠色在悄悄告訴你，坐在這裡的人能讓你為身邊的人悼喪。同一種顏色，卻同時象徵生與死，突顯了對立。寶座的後方，帷幔像瀑布般垂下，有熾烈的橙紅、沙丘土地的咖哩金，以及香料那斑斑點點的肉桂色。對訓練有素的眼睛來說，這些顏色的象徵意義非常明顯，但卻能像鐵錘一樣擊打外行人。

時間也會造成影響。

聖母計算著以自己蹣跚的腳步走近皇帝寶座需要多久。你有足夠的時間受到威嚇。在這滔天的權勢之前，你所有的憤慨都會被擊潰。剛開始朝寶座前進時，你或許還保有尊嚴，但等你走完這段漫長路程，就成了蚊蟻。副官和隨從在皇帝身旁站成一排，整齊到詭異的程度。皇家衛兵列隊沿著覆有帷幔的後牆站立，全神戒備。妖煞厄莉婭站在保羅左側的兩級臺階下，皇室爪牙史帝加比厄莉婭低一階。右方，大廳地板的第一級臺階上有道孤獨的人影：死而復生的鄧肯．艾德侯。她注意到衛兵中有老弗瑞曼人，都是蓄著大鬍子的耐巴：穿著蒸餾服，鼻上有疤痕，腰間掛著晶刃匕。其中一些人掛著擊昏槍，甚至還有雷射槍。這些人想必是心腹，她想，竟可以在保羅身邊佩帶雷射槍。他顯然穿著屏蔽場產生器，她能看到他四周的屏蔽場發出的微光。只要雷射槍朝屏蔽場開火，整座城堡便會化為地面的巨洞。

押送的衛兵停在臺基十步遠外，在她身前分開，讓她看清皇帝。她留意到荃妮和伊若琅不在殿內，為此大惑不解。據說，如果兩人不在場，皇帝不會舉行任何重要會議。

保羅對她點點頭，一言不發，打量著她。

她決定先發制人，開口說道：「看來，偉大的保羅．亞崔迪紆尊降貴來瞧瞧這個被他驅逐的人。」

保羅淡淡一笑，心想：她知道我想從她那裡得到某樣東西。聖母不愧是聖母，瞞不過她。他很清楚她的能耐。一個貝尼．潔瑟睿德不可能單憑僥倖當上聖母。

「我們是不是可以省省口舌？」他問。

會這麼容易？她懷疑。「你想要什麼東西？」

史帝加動了動，盯著保羅看，眼神淩厲。皇帝的走狗不喜歡她的語調。

「史帝加希望我送走妳。」保羅說。

「而不是殺掉我？」她問，「我本以為弗瑞曼耐巴的作風會更直接。」

史帝加臉色一沉：「我常得說些言不由衷的話，這叫外交辭令。」

「那就一併省下這些外交辭令吧，」她說，「有必要讓我走這麼長的路嗎？我都是老太婆了。」

「必須讓妳明白，我可以多不留情面，」保羅說，「那樣妳才會感激我的寬宏大量。」

「你膽敢對貝尼．潔瑟睿德這麼無禮？」她問。

「有些事，必須用粗暴的行為傳達。」保羅說。

她猶豫了，琢磨著他話中之意。這麼說——他還不打算處置她……這很明顯，除非她……除非她什麼？

「說吧，你想從我這裡得到什麼？」她咕噥道。

厄莉婭瞟了兄長一眼，朝寶座後方的帷幔點點頭。她知道保羅這麼做的理由，但仍舊不喜歡。就算是沒有根據的預感好了，反正她不願捲入這場交易。

「和我說話時，注意妳的態度，老太婆。」保羅說。

他還是少年的時候就我叫老太婆了，聖母想，他是否在提醒我，我曾經一手決定了他的過去？我那時所做的決定，現在必須調整？她感受到決定的沉重，像有形的重物壓得她雙膝發顫，讓肌肉發出疲憊的呻吟。

「路是長了點，」保羅說，「看得出妳累了。我們退到王座後我的私室去吧。在那裡妳可以坐著。」

他向史帝加做了個手勢，站了起來。

史帝加和甦亡人走向她，扶她跨上臺階，跟著保羅穿過帷幔後方的長廊。現在她才明白為什麼他要在大殿會見她：做場戲給衛兵和耐巴看。就是說，他害怕他們。而現在——現在他一副友好仁慈的樣子，竟敢在貝尼．潔瑟睿德面前耍這樣的花招。或者，他真的有恃無恐？她發現後面還有人，轉頭看到了厄莉婭。這年輕女人若有所思的眼神中透出一股邪惡。聖母不禁一抖。

長廊盡頭的私室是邊長二十公尺的立方體，以熔岩砌成，燈球散發黃色光暈。牆上掛著沙漠蒸餾營帳的深橘色簾幕。房間裡有臥榻、軟墊，還有一股淡淡的美藍極味。一張矮几上放著水晶樽。跟外面宏偉的大殿相比，這房間顯得狹小擁擠。

保羅讓她在臥榻上坐下，自己站在她面前，研究著這張古老的臉龐——堅硬的牙齒、高深莫測的眼睛、乾皺的皮膚。他指了指水樽。她搖搖頭，一綹灰髮散落下來。

保羅低聲說：「為了我至愛的生命，我想和妳做筆交易。」

史帝加清了清喉嚨。

厄莉婭把玩著插在脖子上刀鞘中的晶刃匕刀柄。

甦亡人站在門口，面無表情，金屬眼睛盯著聖母上方的空氣。

「我的手將導致她的死亡？你在預象中看到了？」聖母問道，邊留意甦亡人，心裡湧現奇異的不安。為何她覺得這個甦亡人會危害自己？他是他們陰謀中的一枚棋子啊。

「我知道妳想從我這裡得到什麼。」保羅說，回避了她的問題。

這麼說，他只是懷疑。她想。聖母低頭看著從長袍一角露出來的鞋尖。黑袍……黑鞋……鞋子和長袍上帶著監禁的痕跡：汙跡、皺褶。她抬起頭，迎向保羅惱怒的瞪視，心頭一陣得意，但仍抿著嘴瞇著眼，掩蓋情緒。

「你準備開什麼價？」她問。

「妳可以有我的後代，但我只能是我自己的。」保羅說，「伊若琅會被驅逐，然後經由人工授精……」

「你敢！」聖母暴怒，一臉僵硬。

史帝加向前跨了半步。

甦亡人令人難堪地微微一笑。厄莉婭轉而打量起他來。「我們用不著討論女修會的禁令。」保羅說，「我也不想聽什麼罪孽、妖煞，或者上一次聖戰遺留下來的信仰。妳可以用我的後代去實行妳的計畫，但伊若琅的孩子不准坐在我的皇位上。」

「你的皇位。」她冷笑一聲。

「我的皇位。」

「那麼誰來生育帝國繼承人？」

「荃妮。」

「她不能生育。」

「她有孩子了。」

她受到驚嚇，不由自主倒吸一口氣。「你撒謊！」她厲聲道。

保羅做了個手勢，阻止史帝加急步上前。

「我們兩天前得知，她懷了我的孩子。」

「但伊若琅……」

「只能用人工的方法。這就是我開出的價格。」

聖母閉上眼睛，免得看到他那張臉。真該死！基因的骰子就這麼隨便擲出去！她胸中一股翻騰的憎恨。貝尼·潔瑟睿德的信仰、巴特勒聖戰的教訓全都禁止這種做法——不得以任何行為貶低人類最高貴的靈魂，沒有任何機器能像人腦一樣運作，人也不能像動物一樣人工繁殖。

「做決定吧。」保羅說。

她搖搖頭。基因，珍貴的亞崔迪基因——這才是最最重要的。這份需要遠遠超越禁令。對女修會來說，交配遠不只是精子和卵子的結合，她們的目的是掌握人類的心靈。

聖母現在明白了保羅的深意。這種行為將激發眾怒，他想將貝尼．潔瑟睿德拉進來……以防風聲走漏。皇帝不承認的父子關係，她們也只好不承認。他的出價或許會使女修會保住亞崔迪的基因，但她們永遠不可能得到皇位。

她環視房間四周，研究每個人的表情：史帝加一臉恭順等在那裡；甦亡人一動也不動，若有所思；厄莉婭在觀察甦亡人……而保羅，則一臉陰沉。

「這是你唯一的開價？」她問。

「沒錯。」

她瞟了一眼甦亡人，看到他臉頰上的肌肉抽動了一下。他有情緒？「你，甦亡人。」她說，「這個開價合理嗎？應不應該接受？用你的晶算師大腦為我們算一算。」

金屬眼轉向保羅。

「你可以直言不諱。」他說。

甦亡人將那雙瑩亮的眼睛投向聖母，臉上的笑容再度驚嚇到她。「只要買到的東西物有所值，出價就是合理的。」他說，「但在這裡，雙方是用生命來買生命。這是更高等級的交易。」

厄莉婭輕輕拂了拂前額上的一縷紅銅色頭髮：「那麼，這筆交易的背後藏著什麼東西？」

聖母不想看厄莉婭，但她的話使她五內如焚。是的，勢必還有更深的意味。這名女修是個妖煞，這不假，但無可否認，她也是真正的聖母，身懷聖母這個頭銜所應有的一切能力。此時此刻，凱亞斯．海倫．莫哈亞感到自己並不是一個人，她記憶中的所有聖母正聚在一起，潛入她體內。她們正在全神戒備，每位附在身上的聖母都變成了女修會的祭司。厄莉婭的情況也一定和她一樣。

「別的什麼東西？」甦亡人問，「人們會問，為什麼貝尼．潔瑟睿德的女巫不用忒萊素人的方法？」

凱亞斯．海倫．莫哈亞以及她體內的所有聖母意識都顫抖了。是的，忒萊素人的所作所為令人作嘔。但如果人類罔顧人工授精的禁令，下一步會不會淪為忒萊素人——開始控制基因變異？

保羅觀察身邊每個人的情緒轉變，突然覺得自己不再了解這些人。他看到的只是一些陌生人，連厄莉婭也形同陌路。

厄莉婭說：「如果我們任由亞崔迪基因在貝尼．潔瑟睿德的河流裡漂浮，誰知道結果會如何？」

凱亞斯．海倫．莫哈亞猛地轉頭，迎向厄莉婭的目光。剎那間，兩位聖母合而為一，腦中轉著同一個念頭：忒萊素人的行為後面藏著什麼？這個甦亡人是忒萊素的作品。他是否已經把他們的計畫放入保羅腦中？保羅會直接和忒萊素組織做交易嗎？

她收回目光，感到無所適從，且無能為力。她提醒自己，貝尼．潔瑟睿德訓練的缺陷正藏在它賦予受訓者的諸般力量中：力量會使人們驕傲自負，行使這些力量的人會漸漸受蒙蔽，以為這些力量可以克服任何障礙——包括自己的無知。

她告訴自己，對貝尼．潔瑟睿德來說，只有一件事最為重要。那就是無數世代築成的遺傳金字塔，而這座金字塔在保羅．亞崔迪身上達到了巔峰——還有他那個妖煞妹妹。這次一選錯，金字塔就不得不重建——另選一條缺乏許多上選特質的血緣，從頭開始繁殖樣品。

控制基因變異，她想，忒萊素人真的試過？多麼巨大的誘惑！她搖搖頭，最好趕緊拋開這個想法。

「妳拒絕我的提議？」保羅問。

「我正在考慮。」她說。

她又一次看了看那個妹妹。最適合和這個亞崔迪交配的人已經死了……被保羅殺死了。但是，還有另一種可能，同樣可以將各種想要的性狀融成同一條基因。保羅竟敢將向貝尼．潔瑟睿德提議這種動物式的繁殖！他準備為荃妮的生命付出多大的代價？他會接受和他妹妹交配嗎？

為了拖延時間，聖母說：「告訴我，世上最神聖無瑕的聖人，伊若琅對你的提議有什麼看法？」

「妳的任何指令，伊若琅都會遵守。」保羅喝道。

這是事實，莫哈亞想。她繃緊下頷，丟出手上的棋子：「世上有兩個亞崔迪人。」

保羅聽懂這老巫婆的言外之意，血氣上湧：「注意妳的提議！」

「你只想利用伊若琅來達到自己的目的，是嗎？」她問。

「難道她不是訓練來被人利用？」保羅問。

而訓練她的人正是我們，這就是他的意思，莫哈亞想，好吧……伊若琅成了雙方都可以使用的貨幣。有沒有別的方法花掉這枚貨幣呢？

「你要讓荃妮的孩子繼承皇位？」聖母問。

「繼承我的皇位。」保羅說。他望著厄莉婭，突然懷疑她是否明白這場交易將引發的種種可能性。

厄莉婭站在那裡，閉著眼睛，散發奇異的平靜。她在跟內在的哪一股力量交流？看著妹妹的神態，保羅感到自己被拋下了，只能隨波逐流，而厄莉婭站在岸上，離自己越來越遠。

聖母有了主意，說：「事關重大，不能由我一個人決定。我必須向瓦拉赫星上的理事會諮詢。您允許我傳訊給她們嗎？」

一副真的需要我允許的模樣！保羅想道。

他說：「我同意。但不要拖延太久。我不會乾坐在這裡等妳們爭辯出結果。」

「您會和忒萊素人交易嗎？」甦亡人突然插話道。

厄莉婭睜大眼睛，直直盯著甦亡人看，彷彿剛被危險的入侵者嚇醒。

「我沒打算這樣做。」保羅說，「我將會安排好盡快回到沙漠。我們的孩子將在沙漠穴地出生。」

「明智的決定。」史帝加拉長聲調說。

厄莉婭的目光別過史帝加。這是錯誤的決定，她全身的每個細胞都感應到這點。保羅一定也知道。為何他偏偏要踏上這條道路？

「忒萊素那邊有這類表示嗎？」厄莉婭問。她發現莫哈亞正側耳傾聽答案。

保羅搖搖頭。「沒有。」他看了看史帝加，「史帝加，安排一下，把資訊傳到瓦拉赫去。」

「馬上辦，陛下。」

保羅轉過身，在史帝加傳喚衛兵時帶著老女巫離開了。他感應到厄莉婭正在斟酌要不要向他提出更多問題，但最後還是轉身朝甦亡人走去。

「品算師，」她說，「忒萊素人會幫助我哥哥，藉此向他示好嗎？」

甦亡人聳聳肩。

保羅發現自己走神了。忒萊素人？不……至少不會是厄莉婭想像的那種方式。但她的問題也表明，她看不到別的選擇。是啊……預象會因聖母而異，兄妹之間自然也會如此。走神……走神……他在恍惚間不時回神，偶爾聽到身邊的隻言片語。

「……必須知道忒萊素人想怎麼……」

「……充足的資料總是……」

「……還是要謹慎些……」

保羅轉頭看了看自己的妹妹，和她的目光相遇。他知道她會看見自己臉上的淚珠，會感到疑惑。疑惑就疑惑吧。在此刻，疑惑是一種好意。他瞟向甦亡人。儘管有那雙金屬眼睛，但他眼裡只看到了鄧肯．艾德侯。哀痛和憐憫在保羅心裡激烈衝撞。這雙金屬眼睛會記下些什麼？

世上有人目光如炬，也有人視而不見，保羅想。他想起《奧蘭治合一聖書》上的一段話：「我們究竟缺乏何等見識，以致無法看到近在眼前的另一個世界？」

這雙金屬眼的見識，是否超越了視力？

厄莉婭朝兄長走去，感受到他的悲痛。她以弗瑞曼的敬畏手勢輕輕撫摸他臉上的淚珠，說道：「至愛離我們而去之前，我們無需哀悼。」

「離我們而去之前。」保羅喃喃道，「告訴我，妹妹，什麼是之前？」

14

「神祇和祭司什麼的，我受夠了！你以為我看不到我自己的那些神話嗎？再查查你的資料吧，海特。我已經把我那套儀禮迂迴地滲入人類最基本的行為中。人們進餐時口中呼喊摩阿迪巴！做愛時呼喊我的名字，生育時呼喊我的名字，穿越大街小巷時呼喊我的名字。沒有摩阿迪巴的祝福，即使在遙遠的蓋吉西瑞星上，連普通雜物間的頂梁都支不起來！」

——「海特紀事」，《檄文》

．．．

「你竟然在這時候擅離職守，跑來我這裡！」艾德瑞克說，透過氣槽怒視著幻臉人。

「你的想法何其軟弱、狹隘啊。」司凱特利說，「瞧瞧來拜訪你的人究竟是誰。」

艾德瑞克遲疑了一下，看了看對方那笨重的身形、沉重的眼皮，以及呆滯的表情。現在正是早上，美藍極濃度不夠，艾德瑞克的代謝循環還未從夜間休息中恢復。

「你該不會是用這具身體在大街上走來走去吧？」艾德瑞克問。

「我今天變化的某些身形，人們不會有興致看第二眼。」司凱特利說。

這條變色龍以為改變一下身形就能掩人耳目了。艾德瑞克難得如此有見地。他猜想，自己是否真能幫他們瞞天過海？如今，皇帝的妹妹……

艾德瑞克搖搖頭，在氣槽中攪起陣陣橙紅煙霧，開口問道：「你為什麼來這裡？」

「必須催促一下那件禮物，讓他趕緊行動。」司凱特利說。

「不可能。」

「必須找到辦法。」司凱特利堅持說。

「為什麼？」

「事情的發展不如人意。皇帝打算離間我們。他向貝尼．潔瑟睿德開價了。」

「哦，那個啊。」

「那個！你必須催促甦亡人……」

「製造他的人是你們，忒萊素人。」艾德瑞克說，「你更了解他，不該要求我做這件事。」他停了停，朝透明槽壁靠近些，「要不，就是關於這件禮物，你對我們撒了謊。」

「撒謊？」

「你說過，武器已準經備好，剩下的就只是瞄準和發射。甦亡人一涘出去，我們就不可能動手腳了。」

「我們還是可以影響甦亡人的，」司凱特利說，「你只需要問問他的前身就行。」

「那會怎樣？」

「會刺激他，之後他做的事就會正中我們的下懷。」

「他是晶算師，具有推算力。」艾德瑞克反對，「他可能會猜出我的用意……那個妹妹或許也能猜到。只要她把注意力集中到……」

「你到底能不能幫我們躲過那個女巫的預知力？」司凱特利問。

「我不怕預知力，」艾德瑞克說，「我擔心的是推算，還有真正的密探、帝國的實力、對香料的控制，加上——」

「萬物都有極限。只要記住這一點，你就能夠平靜地看待皇帝和他的力量。」司凱特利說。

領航員的身體不安地彈了彈，姿勢奇特，四肢像詭異的蠑螈一樣扭動著。司凱特利竭力壓制心頭的厭惡。這個宇航的領航員和平常一樣，穿著深色緊身連衣褲，腰帶上捆著各種鼓起的容器。可是……他移動時卻給人一絲不掛的感覺。司凱特利覺得，這是因為游泳、伸展的動作。他再次感覺到他們這群密謀者的關係相當脆弱。他們不是和諧的團隊，這就是他們的弱點。

艾德瑞克的動作漸漸平息下來，瞪著司凱特利。他賴以維生的橙紅氣體使他眼前一片紅。為了保全自己，幻臉人有什麼陰謀？艾德瑞克尋思。這個忒萊素人做事總是出人意表。這是不祥之兆。

領航員聲音和動作中的某種東西告訴司凱特利，他最害怕的是那個妹妹，而不是皇帝。這個念頭像靈光一樣閃現，令人不安。關於厄莉婭，他們是不是忽略了什麼重要的事？甦亡人這件武器是否足以摧毀那兩人？

「你知道人們是怎麼說厄莉婭的嗎？」司凱特利試探性地問了問。

「你指的是什麼？」魚人又扭動起來。

「世上沒有哪種哲學、哪個文化擁有這樣一位女守護神。」司凱特利說，「愉悅、美麗，融合成——」

「愉悅和美麗能持久嗎？」艾德瑞克質問他，「我們要摧毀這兩個亞崔迪人。文化！他們散布的只是方便他們統治的文化。美麗！他們的美麗是奴役人的美麗。他們製造了缺乏文化修養的人，這種人是最容易擺布的。他們竭盡所能，不留任何漏洞。鎖鏈！他們做的每件事都是在鍛造鎖鏈，以奴役他人。可奴隸終究會起身反抗。」

「那個妹妹也許會結婚，並且繁殖後代。」司凱特利說。

「為什麼你不停提到那個妹妹？」艾德瑞克問。

「皇帝可能要為她挑選伴侶。」司凱特利說。

「讓他挑選好了。反正已經晚了。」

「即使是你，也沒辦法創造下一個瞬間。」司凱特利警告說，「你不是創造者……跟亞崔迪一樣。」他點點頭，「我們不能設想太多。」

「我們不是那種口口聲聲說要創造的人。」艾德瑞克反駁道，「也不是那夥想從將摩阿迪巴捧成先知的暴民。你說的是什麼廢話？為什麼提出這種問題？」

「因為這顆星球，」司凱特利說，「提出問題的，是這顆星球。」

「星球不會說話！」

「這顆會。」

「哦？」

「這顆星球訴說著創造。風在夜裡流動，這就是創造。」

「風沙流動……」

「一覺醒來，你第一眼看到的就是全新世界。一切都是新的，等著你留下痕跡。」

沒有痕跡的沙地？艾德瑞克想，創造？他突然千頭萬緒，感到焦躁不安。密封的氣槽、房間的擺設，一切都在朝他逼近，擠壓著他。

沙地上的痕跡。

「你說起話來活像弗瑞曼人。」艾德瑞克說。

「這就是弗瑞曼人的思維，很啟發人心。」司凱特利同意道，「他們說摩阿迪巴的聖戰在宇宙中留下痕跡，就像弗瑞曼人在沙地上留下痕跡。他們已經在人類的生命中劃下記號。」

「那又怎樣？」

「然後另一晚降臨，」司凱特利說，「大風颳起。」

「是啊，」艾德瑞克說，「聖戰有其極限。摩阿迪巴利用了他的聖戰，並且──」

「他沒有利用聖戰，」司凱特利說，「是聖戰利用了他。我想，如果他能辦到，他寧願停止這場戰爭。」

「如果他能辦到？他只需要──」

「喔，別動了！」司凱特利喝道，「精神的瘟疫是無法阻止的。它跨越了秒差距，從一人傳染到另一人。它是勢不可擋的傳染病，會乘虛而入。誰能阻止？摩阿迪巴手上沒有解藥。這種事植根於混沌，秩序的手能伸到那裡去嗎？」

「那麼，你被傳染了？」艾德瑞克問。他在橙紅氣體中慢慢轉動，不明白司凱特利的聲音為何如此驚恐。難道幻臉人已經退出這場密謀？現在沒有辦法窺視未來，查出這一點。未來已經變成一條泥流，擠滿各種預言。

「我們都被傳染了。」司凱特利說。他提醒自己，艾德瑞克的智力非常有限。該怎麼解釋才能讓這個領航員理解呢？

「但等我們毀了他，」艾德瑞克說，「這些傳染不就……」

「我真該讓你就這麼無知下去，」司凱特利說，「可惜我的職責不允許。再說，這樣做還會危及我們大家。」

艾德瑞克又翻騰起來。為了穩住自己，一隻長蹼的腳踢了一下，在大腿周圍攪起一陣橙紅氣泡。

「你說的話很奇怪。」他說。

「這件事就快爆開了，」司凱特利說，聲音沉著了些，「就要炸成碎片了。而那之後，碎片將影響好幾個世紀。難道你沒看見？」

「宗教的事我們以前也處理過。」艾德瑞克爭辯著，「如果這次……」

「這次不僅僅是宗教！」司凱特利說，心裡想著聖母會對這個同謀的粗陋教育有何評論，「宗教性質的政權是另一回事。摩阿迪巴的祁紮銳遍布世界各地，取代了過去的政府。但他沒有永久性的公務體制，也沒有互相串連的使節。他只有主教，只有一座座政權孤島。每座島嶼的中心只有一個人，而這些人都學會了如何獲取和握住個人權力，相互猜疑妒恨。」

「他們一分裂，我們就各個擊破。」艾德瑞克洋洋得意地笑道，「只要把頭砍下來，身體就會倒——」

「這具身體有兩個頭。」司凱特利說。

「那個妹妹……也許會結婚。」

「當然會結婚。」

「我不喜歡你說話的口氣，司凱特利。」

「我也不喜歡你的無知。」

「如果她結了婚，會怎樣？會動搖我們的計畫嗎？」

「會動搖整個宇宙。」

「但他們不是獨一無二的。我，我本人也擁有這種力量，可以──」

「你只不過是嬰兒。他們大步向前時，你還在搖搖晃晃學走路。」

「他們不是獨一無二的！」

「你忘了嗎，領航員，我們也曾製造出奎薩茲·哈德拉赫，那個人能看見各種未來景象。你不可能威脅那樣的人，你的任何威脅都會反過來威脅你自己。摩阿迪巴也是這樣，他知道我們會攻擊他的荃妮。我們必須加快腳步。你必須找到甦亡人，照我的指示催促他。」

「如果我不呢？」

「閃電就會落到我們頭上。」

15

噢，滿嘴利牙的沙蟲，
你怎能拒斥那無可救藥的欲望，
那些誘你竄出地面的肉身和呼吸？
吞食了在火焰之門扭動的魔王！
沒有任何長袍，
能隱藏你身而為神的狂妄，
遮蔽你燃燒的渴望！

——〈沙蟲之歌〉，《沙丘書》

•••

保羅手持晶刃匕及短劍，在訓練室跟甦亡人對打一番，出了一身大汗。他站在窗邊，看著下方的神殿廣場，試著想像荃妮接受診療的情景。懷孕六週了，她早上感覺不舒服。醫生都是最出色的，一有結果就會來報告。

黑暗的午後沙暴雲使廣場上的天空更加陰沉。弗瑞曼人稱這樣的天氣為「惡天」。

醫生會不會永遠不通知他了？每一秒都過得極度緩慢，像在竭力掙扎，不願踏入他的宇宙。等待……等待……瓦拉赫上的貝尼．潔瑟睿德還沒有回音，顯然是故意拖延時間。

其實，預象記錄了這些時刻，但他有意屏蔽自己的意識，不願看到這些。他寧願做時間之魚，隨著水流任意漂往任何地方。這一刻，命運已定，無論如何掙扎都已無力挽回。

他聽到甦亡人正在檢查裝備，嘆了口氣，一隻手按住自己的腰帶，解下屏蔽場，一陣刺麻感傳遍他全身皮膚。

保羅告訴自己，等荃妮一回來，無論出了什麼事，他都要面對。時候到了，應該接受事實，即使他向她隱瞞了一些事。若非如此，她無法活到今日。他想，自己寧願保全荃妮而不要子嗣，這是不是一種罪孽？他有什麼權利代替她做決定？不，這麼想是愚蠢的！面對這種情況，誰會猶豫？難道要他選擇地牢、折磨、心碎……以及更可怕的遭遇。

門開了，荃妮的腳步聲傳來。

保羅轉過身。

荃妮一臉殺氣。她身著金色長袍，腰間纏上寬大的弗瑞曼腰帶，水環像項鍊一樣戴在脖項，一隻手叉腰（這隻手從不遠離晶刃匕），兩眼閃著走進任何房間搜尋時的銳利眼神。她的一切都只顯示了暴風雨將至。

她走過來，他張開雙臂摟住她。

「有人，」她啞著聲，靠在他的胸前說，「有人長時間給我服用避孕藥……直到我開始進行食療。因為這種藥，我這次生孩子會有問題。」

「可以補救嗎？」他問。

「很危險。我知道這種毒藥是從哪裡來的！我要她的水。」

「我親愛的希哈婭，」他低聲說，把她摟得更緊，以平息她突然的顫抖，「妳會生出我們想要的孩子，這還不夠嗎？」

「我的代謝變快了。」她說，緊緊摟著他，「現在，懷孕是我生命的一切。醫生告訴我，胎兒生長的速度快得可怕。我必須吃了又吃……還要服用更多香料……吃香料、喝香料。為了這個，我一定要殺了她！」

保羅吻著她的面頰：「不，我的希哈婭，妳不會殺任何人。」他心想：伊若琅延長了妳的生命，我的愛。孩子出生之日，就是妳死亡之時。

不可言說的悲痛抽乾了他的骨髓，掏空了他的生命，讓他成為黑色的空瓶子。

荃妮掙脫開：「我不會饒恕她！」

「誰說要饒恕她？」

「那我為什麼不能殺了她？」

這是一個徹底的弗瑞曼問題，保羅差點爆出歇斯底里的大笑。為了掩飾笑意，他說：「沒有用的。」

「你看到了？」

保羅想起了預象，腹部一陣緊縮。

「我看到了……看到了……」他喃喃道。他早就知道，圍繞在他四周的事件終將形成眼前的現實。現在，這個現實讓他動彈不得。他感到未來的鎖鏈牢牢困住了他，就像貪婪的魔鬼。這樣的未來在他面前出現太多次了。他喉嚨又緊又乾。他想，難道他就這樣一直受自己的預知力驅使，直到命運將他丟到最殘酷的現實面前？

「告訴我，你看見了什麼。」荃妮說。

「我不能。」

「為什麼我不能殺死她？」

「因為這是我的要求。」

他看出她接受了。她接受了，就像沙子吸收水，然後藏起了水。但他不知道，在那憤怒躁動的外表下，是否還有溫順。這一刻他發現，皇宮生活並未改變荃妮。她只是暫時在這裡停留，彷彿長途旅行時和自己的男人在某個中途站小憩。沙漠養成的所有品質都完好無損地保留了下來。

荃妮從他身邊走開，瞥了一眼甦亡人。他站在訓練室門口，等著。

「你在和他比劍？」她問。

「而且略勝一籌。」

她的目光從地板上的圓圈轉向甦亡人的金屬眼。

「我不喜歡他。」她說。

「他沒有傷害我們的意圖。」保羅說。

「你看到了？」

「我沒有看到！」

「那你怎麼知道？」

「因為他不只是甦亡人，他還是鄧肯・艾德侯。」

「製造他的是忒萊素人。」

「他們的成品超出他們的預期。」

她搖搖頭，產子方巾的一角摩擦著長袍的衣領：「他是甦亡人，你無法改變這個事實。」

「海特，」保羅說，「你是摧毀我的工具嗎？」

「如果此時此刻的實質改變了，未來也會因此改變。」甦亡人說。

「這不算答案！」荃妮反駁。

保羅提高聲音：「我會怎麼死去，海特？」

人造眼裡閃過一絲亮光：「陛下，據說您將死於金錢和權力。」

荃妮僵住了：「他怎麼敢這樣對你說話？」

「晶算師只說真話。」保羅說。

「鄧肯・艾德侯是真正的朋友嗎？」她問。

「他為我獻出了生命。」

「據說，」荃妮低聲說，「甦亡人不可能恢復原身。」

「妳想轉化我？」甦亡人問，眼睛直直望著荃妮。

「他是什麼意思？」荃妮問。

「轉化，就是翻轉回去，」保羅說，「但世上沒有回頭路。」

「每個人都背負著自己的過去。」海特說。

「每個甦亡人也是？」保羅問。

「在某種程度上，陛下。」

「那麼，你的肉身裡藏著什麼樣的過去？」

荃妮發覺這個問題讓甦亡人十分不安。他的動作加快了，雙手握拳。她瞥了一眼保羅，不知他為什麼要用這種方式刺探他。難道有什麼辦法能讓這個東西變成從前那個人？

「以前曾有甦亡人記起自己的過去嗎？」荃妮問。

「有過許多嘗試。」海特說，眼睛看著腳邊的地板，「但沒有一個甦亡人恢復成前身。」

「但你渴望能回到前身。」

甦亡人那雙木然的眼睛動了過來，死死盯著保羅：「是的！」

保羅輕聲說：「如果有什麼方法……」

「這具肉體，」海特說，左手放在前額上，像古怪的敬禮姿勢，「不是我前身的血肉。它是……再生的，保留的只是外形。幻臉人也可以變化成我這副外形。」

「但不能做到這麼天衣無縫。」保羅說，「再說你也不是幻臉人。」

「是這樣沒錯，陛下。」

「你的形體是怎麼來的？」

「從原來肉體的細胞上提取基因，進行複製。」

「也就是說，」保羅說，「在細胞、基因的某個地方還保存著某種東西，它記得鄧肯・艾德侯的形體。據說巴特勒聖戰之前，古人研究過這個領域。這種再生，能保存記憶到什麼程度，海特？它從前身那裡學到了什麼？」

甦亡人聳聳肩。

「如果他不是艾德侯呢？」荃妮問。

「他是。」

「你確定嗎？」她問。

「他在各方面都是艾德侯。我想像不出有什麼力量能強大到這種地步，可以讓這個甦亡人和艾德侯這麼相似，沒有絲毫偏差。」

「陛下！」海特反駁道，「我們不能因為想像不出某種東西，就把它從現實中排除。有些事，身為甦亡人的我必須去做，但如果我是人，我絕不會做！」

保羅凝視荃妮，說：「妳懂了嗎？」她點點頭。

保羅轉過身，竭力壓下心頭的悲傷，走到露臺的窗戶邊放下帷幔。光線暗了下來。他繫緊長袍的腰帶，傾聽身後的動靜。

什麼動靜都沒有。

他轉過身。荃妮站在那裡，像中了邪，眼睛直直盯著甦亡人。

保羅發現海特已經縮回去，回到內在的洞穴，甦亡人的領域。

聽到保羅的聲音，荃妮轉過身來。她還未擺脫剛才那一幕對她的衝擊。剛才那一瞬，這個甦亡人變成了活生生的人。那一刻，他成了不會讓她恐懼的人，一個她喜歡而且欽佩的人。現在她明白保羅為什麼要這樣刺探他。他希望她能透過甦亡人的軀殼，看見藏在裡面的那個人。

她望著保羅：「那個人就是鄧肯・艾德侯嗎？」

「曾經是鄧肯・艾德侯。現在仍然是。」

「他會讓伊若琅繼續活下去嗎？」荃妮問。

看來水在沙下沉得還不夠深，保羅想。他說：「如果我下令的話。」

「我不明白。」她說，「你難道不憤怒？」

「我很憤怒。」

「你聽起來不……憤怒。你聽起來很悲傷。」

他閉上眼睛：「是的。憤怒的同時，我也很悲傷。」

「你是我的男人，」她說，「我了解你。但現在我突然不了解你了。」

突然間，保羅覺得自己彷彿正沿漫長的洞窟往下走。身體在移動，邁出一隻腳，然後另一隻腳，但思想卻飄到別的地方。「我也不了解自己。」他低聲道，睜開眼睛，發現自己已經從荃妮身邊走開了。

她站在他後面的某個地方說：「親愛的，我以後再也不問你看見什麼了。我只知道我們的孩子就要出生了。」

他點點頭：「我一開始就知道。」他轉過身，仔細端詳著荃妮。她彷彿離他非常遙遠。

她走上前來，一隻手放在腹部：「我餓了。醫生說我必須吃平常的三到四倍。我很害怕，親愛的。孩子長得太快了。」

太快了。他同意，胎兒也知道時間很緊迫。

16

摩阿迪巴英勇無畏，這從一件事就可以看出：他從一開始就知道自己的結局，卻仍堅定走在這條道路上。這一點，他說得非常清楚。「我要告訴你們，我已經到了檢驗自己的時刻，時間將證明，我是終極僕從。」他將一切編結成一體，讓他的朋友和敵人都敬拜他。正因為這個原因，也只因為這個原因，他的使徒禱告說：「神啊，請拯救我們，別讓我們走上摩阿迪巴用他的生命之水為我們蓋住的岔道。」人們一想到這些「岔道」，便會產生深深的厭惡。

——伊安．艾爾丁《裁決書》

• • •

信使是一名年輕女人，荃妮熟悉她的相貌、名字和家庭背景，她因而通過了帝國的安全檢查。荃妮沒做什麼，只是在安全官班奈吉的面前證實了她的身分，之後班奈吉便安排她和摩阿迪巴會面。班奈吉這一舉動是出於直覺。此外，在聖戰之前，這名年輕女人的父親曾經是皇帝麾下令人聞風喪膽的敢死隊隊員。若非如此，他可能會不管她的請求——她說她的信息只能親口向摩阿迪巴本人報告。

進入保羅的私人辦公室之前，她自然接受了審查和搜身。即便如此，班奈吉仍然跟在她旁邊，一手按刀，另一手按住她的手臂。

他們帶她進屋時，幾乎日正當中。這是奇異的空間，融合了沙漠弗瑞曼人和貴族家庭的氣息。三面牆上覆著沙地帳，還有精緻的掛毯，上面繪著弗瑞曼神話人物。第四面牆上鑲著一大面銀灰色螢幕。螢幕前方有張橢圓形書桌，上面只有一件東西：嵌入太陽系星儀的弗瑞曼沙鐘。

保羅站在桌旁瞥了一眼班奈吉。這位保全官的姓氏表明他的祖先是走私販，但他從弗瑞曼員警隊一路晉升，靠著頭腦和忠誠爬上如今的職位。他很結實，幾近肥胖。幾綹黑髮垂過汗涔涔的深色前額，像某種異星鳥的頭冠。眼睛全藍，目光堅定，無論眼前是歡笑的場面還是殘暴的景象，表情始終如一。荃妮和史帝加都很信任他。保羅知道，如果自己叫班奈吉立即殺死這女孩，他會立即照做。

「陛下，這就是那個送信的女孩。」班奈吉說，「荃妮女士說她有消息要帶給您。」

「好。」保羅點了點頭。

奇怪的是，女孩並不看他。她的視線停在沙鐘上。她中等身材，深色皮膚，罩著一襲深紅色長袍，袍子質地華美，剪裁流暢，說明她家境優渥。她的藍黑長髮以一條細帶束起，帶子和長袍極為相襯。長袍遮住她的手。保羅懷疑她的手正緊緊握拳。很像樣。她的一切都很像樣，包括那件特地留在這一刻穿上的華服。

保羅吩咐班奈吉退到一旁。他猶豫一下，照令行事。女孩移動了，向前跨出一步。步態很優雅，眼神依然閃躲。

保羅清了清喉嚨。

女孩終於抬起目光，睜大沒有眼白的眼睛，只流露出恰到好處的敬畏。她臉龐小巧，下巴精緻，緊閉的小嘴帶著幾分拘謹。臉頰瘦削，眼睛因而顯得特別大。她有一股孤淒的氣質，透露了她並不常笑，眼角甚至還殘留著一片淡黃色痕跡，可能是因為灰塵的刺激，或者對塞木塔上癮。

很有那麼一回事。

「聽說妳請求見我。」保羅說。

這個化身為女孩的人，就要面臨最大的考驗了。司凱特利已經披上這副外形，還有習慣、性別，以及聲音——他能掌握和設想的一切。然而這是摩阿迪巴在穴地時期就認識的人。那時候她只是個孩子，但和摩阿迪巴有許多共同的經歷。他得小心，避免談到某些回憶。這是他的冒險之舉中最刺激的部分。

「我是奧辛之女莉綺娜，出身伯克．阿迪巴。」

女孩的聲音細小而堅定，逐一報出自己的父親、名字和家族。

保羅點點頭，明白荃妮為何會被唬過去。女孩的音質複製得精確無比。如果保羅沒有受過嚴格的貝尼．潔瑟睿德聲音訓練，沒有在預象中見識過各類肌肉神經的控制術，幻臉人的偽裝術甚至可能騙過他。

訓練使他看出了破綻：這女孩比她報出的年齡要大些，對聲帶的控制有些過頭，脖子和肩膀的姿態缺乏幾絲弗瑞曼人特有的高傲。但也有值得稱道之處：華美的長袍遮掩了實際的體態……五官也無懈可擊，說明幻臉人對扮演的角色有一定的理解。

「在我家歇一歇，奧辛的女兒。」保羅以正式的弗瑞曼歡迎辭招呼她，「我們歡迎妳，就像乾渴的旅途後歡迎清水。」

女孩微微鬆了口氣，一副因保羅的接納而有了信心的模樣。

「我帶來了口信。」她說。

「見信使如見其主。」保羅說。

司凱特利輕輕吐了口氣。事情進展得很順利，但接下來的任務更艱鉅：必須將這個亞崔迪人帶向那條特定之路。他必須失去情人，又不能怪罪任何人，失敗只能歸咎於無所不能的摩阿迪巴。要讓他不得不終究認識到自己的失敗，從而接受忒萊素所提出的其他選擇。

「我是驅走夜晚安眠的狼煙。」司凱特利說，用的是弗瑞曼敢死隊的暗語，意思是：我帶來了壞消息。

保羅竭力保持鎮靜，感覺自己全身赤裸。他摸索著未來，卻看不到任何預象。強大的預知力遮蔽了這個幻臉人，他只能隱約瞥見時間的邊緣，只知道有哪些事自己不能去做。他不能殺死這個幻臉人，那將加速未來的來臨。他必須不惜一切推遲未來。無論如何，一定要設法進入黑暗的中心，改變未來那可怕的模式。

「說出妳的信息。」保羅說。

班奈吉挪了個位置，站在可以觀察女孩表情的地方。她似乎這才意識到他的存在，目光落在安全官按著的刀柄上。

「正直善良的人不相信邪惡。」她說，眼睛直視班奈吉。

啊哈，表演得不賴，保羅想，這是真正的莉綺娜可能說出的話。他感到心裡一陣刺痛——奧辛真正的女兒已經死去，成為沙漠裡的屍體。但現在不是悲傷的時候。他皺了皺眉頭。

班奈吉仍然緊盯著女孩。

「我必須私下把信息說給您聽。」她說。

「為什麼？」班奈吉追問道，語調嚴厲。

「這是我父親的意思。」

「班奈吉是我的朋友。」保羅說，「我不也是弗瑞曼人嗎？別人告訴我的一切，我的朋友都能聽。」

司凱特利穩住自己，維持著女孩的形貌。這真的是弗瑞曼人的習慣……還是一項測試？

「皇帝當然可以制定自己的規矩。」司凱特利說，「信息是這樣的：我父親希望您到他那裡去，帶上荃妮。」

「為什麼要帶上荃妮？」

「她是您的女人，也是塞亞迪娜。這件事跟水有關，按照我們部落的規矩，必須由她見證我父親的做法符合弗瑞曼人之道。」

看樣子，真的有弗瑞曼人加入那場陰謀，保羅想。這一刻確實符合他所預見的事態。他別無選擇，只有沿著這條路走下去。

「妳父親想說什麼？」保羅問。

「他想說，有一場反叛您的陰謀，弗瑞曼人的陰謀。」

「為什麼他不親自來跟我說？」班奈吉問。

她仍然盯著保羅：「我父親不能來這裡。陰謀分子已經對他起了疑心，他來的話只有一死。」

「他不能把那個陰謀透露給妳嗎？」班奈吉問，「為什麼冒險讓自己的女兒接下這個任務？」

「細節都鎖在密波傳信器裡，只有摩阿迪巴本人才能打開。」她說，「我只知道這麼多。」

「那麼，為什麼不把密波傳信器送來？」保羅問。

「這是一具人類密波傳信器。」她說。

「好吧，我去。」保羅說，「但我要一個人去。」

「荃妮一定要和您一起去！」

「荃妮懷孕了。」

「弗瑞曼女人什麼時候拒絕過……」

「我的敵人給她吃了慢性毒藥，」保羅說，「分娩時會很困難。她的健康狀況不允許她和我一起去。」

司凱特利沒來得及控制住自己的情緒，女孩臉上流露出挫敗和憤怒。司凱特利的上司提醒過他，必須留條逃生之路給任何獵物，即使是摩阿迪巴這樣的獵物也不例外。但即使如此，他們的計畫仍然不算失敗，這個亞崔迪人還在羅網裡。他已經發展出一套穩固的模式，如果發現自己必須換到相反的模式，他會毀了自己。忒萊素人創造的奎薩茲·哈德拉赫便走上那條路，而那也將是面前這個奎薩茲·哈德拉赫要走的路。到那時……那個甦亡人。「我想問荃妮本人，讓她自己決定。」她說。

「我已經決定了。」保羅說，「妳代替荃妮，和我一起去。」

「這個儀式需要塞亞迪娜！」

「妳難道不是荃妮的朋友嗎？」

出招了！司凱特利想，他會不會起了疑心？不會。只是弗瑞曼人的謹慎罷了。再說避孕藥的事也的確是事實。好吧——另外想法子。

「父親叫我不要回去。」司凱特利說，「他要我尋求您的庇護。他不願意讓我冒險。」

保羅點點頭。漂亮的一記。他不能拒絕提供庇護。她的托詞十分有力：弗瑞曼人必須聽從父親的命令。

「我讓史帝加的妻子赫若和我一起去。」保羅說，「請告訴我，怎麼去妳父親那裡。」

「您怎麼知道史帝加的妻子可信？」

「我知道。」

「但我不知道。」

保羅抿起嘴唇，接著問：「妳母親還好吧？」

「我生母已經去世。我繼母還活著，在照顧我父親。怎麼了？」

「她是泰布穴地的？」

「是的。」

「我記得她。」保羅說，「她可以代替荃妮。」他向班奈吉做了個手勢，「傳召侍衛，帶奧辛的莉綺娜去休息。」

班奈吉點點頭。侍衛，這個詞表示這名信使必須小心看守。他拉著她的胳臂，她反抗著。

「您怎麼去見我父親？」她爭辯道。

「妳把路線告訴班奈吉就可以了，」保羅說，「他是我朋友。」

「不！我父親吩咐過！我不能！」

「班奈吉？」保羅說。

班奈吉停下腳步。保羅看得出來，這人正在他那百科全書式的記憶中飛快搜尋，正是這種記憶力幫助他晉升為親信。「我知道一個嚮導，他能帶您到奧辛那裡去。」

「我一個人去。」保羅說。

「陛下，如果您……」

「奧辛希望我去。」保羅說，幾乎無法掩飾冷笑。

「陛下，太危險了。」班奈吉反對。

「即使是皇帝，多少也得冒險。」保羅說，「就這樣定了。照我的吩咐去做。」

班奈吉很不情願地領著幻臉人走出房間。保羅轉身朝向書桌後面空蕩蕩的螢幕，覺得自己彷彿正等著一塊岩石從高處墜落。

該不該把這個信使的真相告訴班奈吉？他心想。不行！在他的預象中，他還不曾這麼做過。偏離任何預知路徑，都會導致突如其來的暴力。他必須找到某個支點，將他撬離他見到的預象。

假如真有這樣的支點……

17

無論人類文明變得如何奇特，無論生命和社會如何發展，也無論人機介面進化到多麼複雜，當人類的進程、人類的未來都取決於某個人相對單純的作為時，孤獨的力量總有上場的時刻。

——《弌萊素神書》

• • •

保羅在走出堡壘，跨過高掛天際的人行橋走向祁紮銳大樓時，故意走得一瘸一拐。太陽快落下了，他走在一道道陰影裡遮掩行蹤，但銳利的眼睛仍有可能從他的舉止中認出他來。他帶著屏蔽場，但沒有打開。他的副手認為屏蔽場的微光可能會引起疑心。

保羅朝左瞭望。縷縷沙雲飄浮在傍晚的天空，像百葉窗簾。穿透蒸餾服過濾層的空氣非常乾燥。

他不是真的獨自外出，但自從他停止夜間孤身散步以來，安全措施從未像此時這般鬆懈。裝有夜間監視器的幾架撲翼機高高飄浮在上空，彷彿只是隨意四散，實則通過一部藏在他衣服裡的發射器追蹤他的行蹤。下方的街道上有精兵四處走動，另一些人則散布全城，以保護喬裝成平民的皇帝。

他一身弗瑞曼裝扮，身著深色的蒸餾服和沙漠靴，面頰塞入強化石膏以改變臉形，下巴左側掛著集水管。

走到人行橋對面時，保羅朝身後瞥了一眼，保護他寢宮的岩石城垛後方有人影晃動。一定是荃妮。「在沙漠裡搜尋沙子」，她這麼形容這次冒險。

她不知道這是多麼痛苦的抉擇。在幾種痛苦中比較、挑選，即使較輕的痛苦也變得難以忍受。在撕心裂肺到失魂的那一刻，他再次經歷分離之痛。到最後，荃妮與他有瞬間的精神合一，感應到了他的痛，但她誤以為那只是人們告別所愛投身未知險境時的情緒。

我不是不知道啊，他心中想著。

他穿過天橋，走進上層通道穿越教團大樓。到處都是固定式燈球，人們來去匆匆，忙著工作。祁紮銳從不入睡。保羅被門上的招牌吸引住了，彷彿第一次看見似的，那是「流言壓制與反擊」「預言展望」「信仰考驗」「宗教供應」「軍備」……「信仰宣導」……

更誠實的名稱是「官僚宣導」，他尋思。

在他統治的宇宙中，一種全新的宗教服務正在快速崛起。祁紮銳這種新人類更常是改宗的皈依者。他們極少取代關鍵職位上的弗瑞曼人，但幾乎填滿了所有空隙。他們使用美藍極，原因除了延緩衰老，也是為了顯示他們負擔得起。他們脫離皇帝、宇航公會、貝尼．潔瑟睿德、皇室或祁紮銳等統治層級。他們的神就是日常工作和檔案。他們手下有許多晶算師，還有龐大的檔案系統。他們教義問答集的第一個詞彙是「權宜」，雖然他們經常在口頭上應和巴特勒戒律。他們聲稱不可依照人類的外形製造機器，但實際上，他們早已背叛這個原則，所有行為都顯示出他們更喜歡機器而不是人類，更喜歡統計數字而不是個體，更喜歡疏離且概括的觀點，而不喜歡親密的人際接觸，因為這種接觸需要想像力和主動精神。

保羅走上大樓另一側的坡道時，厄莉婭神殿晚禱儀式的鐘聲剛剛響起。鐘聲給人奇異的永恆感。

神殿在擁擠的廣場對面，已修繕一新。宗教儀式也是最近設計的。神殿位於厄拉欽恩邊緣的沙漠地帶，風沙已經開始侵蝕神殿的石頭和防火石膏，周圍建築的布局似乎很隨意。這一切都形成了一種印象：這是相當古老的地方，充滿傳統和神祕事物。他走下去，來到擁擠的人群中間。安全部門能找到的唯一一個嚮導堅持要這麼做。保羅同意了，他的安全官以為不妥，史帝加也不贊同。荃妮當然反對得最厲害。

周圍擠滿了人，但即使人們摩肩擦踵，對他視而不見，從他身邊匆匆走過，他也能自在移動。他知道，他們就是這樣默默對待弗瑞曼人。此時的他是一個住在沙漠深處、脾氣暴烈的男人。

他隨著快速移動的人流走上神殿臺階，人群更加擁擠了。周圍的人被迫推擠著他，他發現人人都在下意識向他道歉：「請原諒，大人。我也不想這麼粗魯。」「失禮了，老爺，實在擠得太厲害了。」「真不好意思，聖民。有個蠢貨撞到我。」

如此這般幾次後，保羅開始對這些道歉充耳不聞。這些話裡其實沒什麼歉意，只有下意識的畏懼。他不再想周圍的人群，卻回憶起從卡樂丹城堡少年時代以來的這趟漫漫長途。他究竟是從何處出發，離開卡樂丹踏上這顆星球，途經這座擁擠的廣場，踏上腳下的這條路？他真的踏上了嗎？他其實不能說自己曾在生命中某個時刻為了特定理由做過什麼事。他的動機和衝突都太複雜了，可能比人類歷史上的任何驅力都複雜得多。他一廂情願地認為，自己仍然可以避開前方道路上他看得一清二楚的宿命。但洶湧的人潮擁著他向前走，恍惚中，他感到迷失了方向，無法主宰自己的生命。

人群擁著他走上臺階，站在神殿的門廊。眾人安靜下來，空氣中有濃烈的酸臭味及汗味——那是敬畏的氣息。

侍僧已經開始在殿內禮拜，簡樸的吟唱蓋過了所有聲音——低語聲、長袍的窸窣聲、沙沙的腳步聲、咳嗽聲。聖歌講述著某個遠方的故事，女祭司在靈魂出竅時曾到過那裡。

她乘上太空的沙蟲！
前往微風吹拂的陸地游蕩，
在滿天風暴中引航。
在毒蛇的巢穴我們酣然入睡，
因為有她守護我們的靈魂在夢中徜徉。
她把我們藏在陰涼的洞穴，
避開沙漠的烈陽。
她潔白的牙齒瑩瑩發亮，
讓我們在黑夜裡有了方向。
她那美麗的髮辮，
把我們蕩上天堂！
只要有她，

到處是花兒的甜美芬芳。

巴拉卡！保羅想到一個弗瑞曼詞彙。看！她也可能充滿狂暴的激情。

神殿的門廊密布又高又細的燈管，模擬蠟燭的火焰。燭光搖曳，保羅彷彿回到古代。他知道這正是設計者追求的效果。整個場景都是在重現古代生活，有些造作，但效果絕佳。這其中也有他的手筆，為此他憎恨自己。

人群推著他經過幾道高大的金屬門，進入巨大的中殿。這裡光線昏暗，閃爍的亮光從遠遠的高處投下，中殿盡頭是燈火輝煌的祭壇。祭壇後方看似簡樸的黑木上刻著弗瑞曼神話中的沙地圖案。隱藏的燈光照在警戒門的能量場上，形成七彩極光。吟唱的侍僧在那面光幕下列成七排，形成一幅妖異的畫面：黑袍、白臉，嘴巴和諧地一開一闔。

保羅觀察著身邊的朝聖者，突然間十分羡慕他們的專注，他們那種聆聽真理的虔誠。他聽不到什麼真理。他們似乎在這裡得到某種自己無法得到的東西，某種具有神奇療癒力的東西。

他想慢慢朝祭壇走去，但一隻手抓住了他的手臂，他不得不停下。保羅四下看了看，發現一位弗瑞曼長者探詢的目光——藍中帶藍的眼睛、濃密的眉毛，似曾相識。一個名字在保羅的腦海裡閃過：拉西爾，一名穴地時代的夥伴。

保羅知道，在擁擠的人群中，拉西爾一動武，自己完全束手無策。

老人靠近了些，一隻手放在暗淡的沙色長袍下，無疑正緊握著晶刃匕的刀柄。保羅選了一個最適合反擊的位置。老人把頭靠近保羅的耳朵，悄聲說：「我們和其他人一起走。」

這句暗語確認了他的嚮導身分。保羅點點頭。

拉西爾退了回去，面朝祭壇。

「她來自東方，」侍僧唱道，「太陽在她身後光芒萬丈。在光明的照耀下，一切都無法躲藏，無論是光明，還是魍魎。」

如訴如泣的拉巴巴琴聲響起，蓋過了歌聲。侍僧的吟唱戛然而止。人群像受了電擊般突然猛往前擠幾公尺，像塊肉餅般緊緊相貼，呼吸和香料味使空氣變得異常凝滯。

「在潔淨的沙地上，沙胡羅寫下聖言！」侍僧齊聲大喊。

保羅感到自己的呼吸已和身邊的人群融合無間。閃閃發光的警戒門後方的陰影中，女聲合唱開始幽幽響起：「厄莉婭……厄莉婭……厄莉婭……」聲音越來越響，之後突然鴉雀無聲。

聲音再次響起——柔和的晚禱開始了：

她平息所有風暴——

她以雙眼屠滅敵人，

對無信仰者施以懲罰。

在托諾盆地的尖頂，

在那個黎明的第一縷陽光升起，

清晨第一股清泉流下的山岬，

你能看見她。

在夏日照耀的酷暑中，
她送來了麵包和牛奶——
沁涼，香料的芬芳四灑。
她用目光消融敵人，
對壓迫者施以懲罰，
一切祕密都躲不過她的洞察。
她就是厄莉婭……厄莉婭……厄莉婭……

歌聲越來越低，漸漸消失。

保羅感到厭倦。我們都做了些什麼？他問自己。厄莉婭還只是一個小女巫，但她正在長大。他想：長大意味著更加邪惡。

神殿裡眾人一心的氣氛啃噬著他的心靈。他可以感覺到融入周圍的人群中，但他與他們的相異處構成了致命的矛盾。他淹沒在人群中，卻又因自己那永遠無法償還的罪孽而自覺格格不入。他能感受到神殿之外的宇宙，無邊無際。怎能期望單靠一個人、一套宗教儀式，就能將如此浩瀚無垠的宇宙織成一件適合每個人穿的長袍？

保羅顫抖起來。

他每走一步，就受宇宙反制。宇宙製造無數假象來迷惑他，令他無從掌握。宇宙永遠不會接受他所賦予的任何形式。

整座神殿落針可聞。

厄莉婭從虹光後方的暗處走了出來。她穿著黃色長袍，袍上鑲著綠邊，那是亞崔迪家族的顏色——黃色代表陽光，綠色代表創造生命的死亡。保羅心頭一驚，突然有股想法：厄莉婭出現在這裡，是為了他，也只為他。他的目光穿過神殿裡的人群，投向自己的妹妹。她是他的妹妹。他熟知她的習慣和她的出身，但他以前從未站在現在這個位置，和朝聖者在一起，用他們的眼光觀察她。在這裡，在這個舉行神祕儀式的地方，他目睹她和那個反制他的宇宙合而為一。

侍僧遞給她一只黃金聖杯。

厄莉婭舉起杯子。

憑著某種直覺，保羅知道聖杯裡裝著還未轉化的美藍極，一種微妙的毒藥，為她帶來神諭的聖餐。

厄莉婭盯著聖杯，開始說話，聲音拂過耳際，似鮮花綻放，宛轉如樂音。

「起初，我們是一片空無。」她說。

「對一切茫然臣服。」唱詩班吟唱道。

「我們不知道神力駐留於萬物。」厄莉婭說。

「不分早午。」唱詩班吟唱道。

「神力在此。」厄莉婭說，輕輕舉起聖杯。

「帶給我們祝福。」唱詩班吟唱。

也帶給我們痛苦，保羅想。

「神力喚醒了靈魂。」厄莉婭說。

「驅散了一切迷霧。」唱詩班吟唱。

「在塵世中，我們消逝。」厄莉婭說。

「在神力裡，我們挺住。」唱詩班吟唱。

厄莉婭將聖杯舉到唇邊，喝了一口。

保羅愕然發現，自己竟然和人群中最普通的朝聖者一樣屏住呼吸。儘管他比誰都清楚厄莉婭這時最細微的一切感受，他還是陷入了精神合一的網。劇毒在他體內奔流的經過在他記憶中復蘇：在時間凝結的那一刻，意識化為一粒微塵，轉化了毒藥。他再次經歷永恆的覺醒，時間不復存在，一切都有可能發生。他以為他了解厄莉婭此刻的經歷，但現在他看出來了，他其實並不了解。有神祕事物蒙住了他的眼睛。

厄莉婭顫抖著，跪了下去。

保羅和如癡如狂的朝聖者一起吐氣。他點點頭，部分光幕開始從他身上飛升。他沉醉在預象帶來的極樂中，完全忘記了其他預象正步步逼近，仍有可能成為現實。在厄莉婭的這個預象中，人類在黑暗中穿梭，無法區分真正的現實和幻想出來的偶發事件。人們渴求一種永遠不可能出現的絕對性。

在渴望中，人們喪失了現在。

香料轉化帶來的迷醉令厄莉婭輕輕晃動。

保羅感到某個超自然的存在正對自己說：「看！看那裡！看你都忽略了些什麼？」剎那間，他感到自己借助另一雙眼，看到了任何畫家和詩人都無法描述的畫面和韻律，生氣勃勃且優美，像耀眼的燈，令一切渴望權力的欲望現形……包括他自己的貪欲。

厄莉婭說話了，增強的聲量在大廳中隆隆回蕩。

「光明的夜晚！」她呼喊道。

一陣呻吟像洶湧的波濤滾過朝聖者。

「在這樣的夜晚，一切都無所逃離！」厄莉婭說，「這樣的黑暗是燦爛的！令你無法逼視，也沒有感官可以捕獲，沒有語言能夠提及。」她的聲音低了下來，「深淵還未消亡，還孕育著未來萬物。啊，這樣激烈的力量是多麼詩意！」

保羅發現他期待妹妹給自己打一些暗號。可能是任何動作或言詞、某種巫術及祕法，或者像弩箭扣在弓上那樣適合他的意識流動。這一刻在他意識內動盪不止，像滾動的水銀。

「未來會有傷痛。」厄莉婭吟道，「我提醒你們，一切都只是開始，永遠都只是開始。世界等著人去征服。我話音中的某些聲音將含有尊貴的天命。你們會嘲笑過去，忘記我現在告訴你們的話：所有差異都蘊含一致。」

厄莉婭低下頭。保羅差點失望地叫出來——她沒有說出他期待的東西。他感到自己的身體像一具空殼，像沙漠昆蟲蛻下的外殼。

別人一定也有類似的感覺，他想。他感到身邊的人群騷動起來。突然間，一名站在保羅左方中殿遠處的女人哭號了起來，一聲無言的痛苦叫喊。

厄莉婭抬起頭，保羅一陣暈眩。兩人間的距離崩塌了，他直直看著厄莉婭玻璃般無機的眼睛，彷彿離她只有幾寸遠。

「誰在呼喚我？」厄莉婭問。

「是我，」女人喊道，「是我，厄莉婭。哦，厄莉婭，幫幫我。他們說我的兒子在莫利坦星上被殺死了。他真的走了嗎？我再也見不到我的兒子了……永遠見不到了？」

「妳在沙地裡往回走過嗎？」厄莉婭吟道，「沒有東西會消失。一切都會在稍後回來，只是改變了形式，而妳可能會認不出來。」

「厄莉婭，我不明白！」女人嗚咽道。

「妳生活在空氣中，但妳看不見空氣。」厄莉婭嚴厲地說道，「難道妳是沒有大腦的蜥蜴嗎？妳說話帶著弗瑞曼口音。弗瑞曼人會試圖讓死人復活嗎？除了他的水，我們不需要死者的任何東西。」

中殿的正中央，一名穿披深紅斗篷的男人舉起雙手，袖子滑落下來，露出白皙的手臂。「厄莉婭，」他大叫，「有人給我一件策劃提案。我應不應該接受？」

「你像個乞丐一樣來到這裡，」厄莉婭說，「你想尋找金碗，但只會找到匕首。」

「有人請我殺一個人！」一聲吼叫從右邊響起，低沉，帶著穴地的腔調，「我應不應該接受？如果接受的話，會不會成功？」

「開始和結束是同一件事。」厄莉婭厲聲說，「我沒有告訴過你們嗎？你們不是來這裡提出問題。你有什麼不能相信的，以至於非得跑到這裡來呼喊你的懷疑？」

「她今晚脾氣很壞。」保羅身旁的一個婦女喃喃道，「你以前見過她這麼憤怒嗎？」

她知道我來了，保羅想，難道她在預象中看到了什麼使她惱怒的東西？她是在生我的氣嗎？

「厄莉婭，」保羅前面的一個男人叫道，「告訴那些商人和膽小鬼，妳兄長的統治還能維持多久！」

「你應該用腦袋好好想一想，」厄莉婭咆哮著，「你的話帶著偏見！正因為我兄長駕馭著混沌之蟲，你們才有房屋和水！」

厄莉婭一把抓住長袍，猛地轉過身，大踏步穿過閃爍的光幕，消失在後面的黑暗之中。

侍僧立即唱起收場的聖歌，但節奏失去往常的水準。很明顯，儀式突然結束讓他們措手不及。人群中四處傳出低語。保羅感到身邊的人們騷動起來，煩躁又不滿。

「全怪那個提出愚蠢商業問題的傻瓜。」保羅身邊的女人喃喃地說，「那個虛偽的傢伙！」

厄莉婭看到了什麼？發現了什麼未來的軌跡？

今晚這裡一定發生了什麼事，使神諭儀式變了味。平常，人們都會大聲懇求厄莉婭回答他們那些可憐的問題。是的，他們像乞丐一樣來到這裡祈求神諭。他以前也來這裡聽了很多次，藏在祭壇後方的黑暗裡。是什麼使今晚如此不同？

那個老弗瑞曼人扯了扯保羅的衣袖，朝出口處點點頭。人群開始朝那裡湧去。保羅被迫跟著一起移動，嚮導的手一直抓住他的衣袖。此時此刻，他感到自己的身體化身為某種他無法控制的力量。他成了軀殼，無聲無息，會自行移動。而他本人便寄生在這具軀殼的內部，被別人領著走上街道，穿過他自己的城市，這路線是如此熟悉，他在許多預象中看見過。他的心臟因悲痛而凍結了。

我本該知道厄莉婭看到了什麼，他想，因為我自己見過許多次。但她沒有怒吼反抗……她同時還看到了其他的可能性。

18

在我的帝國，生產的增長和收入的提高不能脫節。這是我命令的要旨。帝國各勢力範圍之間將不會有收支無法平衡的問題，原因是，我已經下達命令，不允許這種狀況。我要強調，我是這個帝國無上的力量吞噬者，無論活著還是死去，都將持續吞噬力量。我的政府就是經濟。

——保羅－摩阿迪巴皇帝在議會上的指示

• • •

「我就走到這裡了。」老人說，手鬆開保羅的袖子。「那在右邊，盡頭那端的第二道門。跟著沙胡羅走吧，摩阿迪巴……記住您還是烏蘇爾的時候。」

保羅的嚮導迅速消失在黑暗之中。

他知道，他的安全人員正等在什麼地方，準備抓住這個嚮導詳細盤問。保羅希望這個弗瑞曼老人能夠逃脫。

星辰高掛上空。遠處，大盾壁的另一側，一號月亮也發出了亮光。但這裡不是開闊的沙漠。在沙漠裡，人們可以在星辰的指引下找出方向。而在這裡，保羅只能認出老人是將他帶到某個新興郊區。

街道上積滿了厚厚一層沙子，是從侵占了城市的沙丘上吹過來的。街道盡頭，一盞孤零零的公共懸浮燈球閃著昏暗的光，光線只夠讓人看清這是一條死巷。

回收的蒸餾器散發的味道四處瀰漫。那東西肯定沒有蓋嚴，以至於惡臭四溢。水氣散逸到夜晚的空氣中，極度浪費。保羅想著，他的人民已經變得多麼滿不在乎了。他們都是水的百萬富翁，忘了過去這顆星球上的人會不惜為了水殺人，即使只能分到屍體內八分之一的水。

我為何猶豫？保羅尋思道，這就是盡頭數過來的第二道門，一看就知道。但這件事必須演得分毫不差，所以……我猶豫了。

保羅左方的角落裡突然響起一陣爭吵。一個女人正在厲聲斥罵什麼人。「新修的側屋漏灰，以為水會從天上掉下來嗎？如果灰塵可以漏進來，水就可以跑出去。」

畢竟還有人記得節水，保羅想。

他沿著街道走下去，爭吵聲漸漸消失在他身後。

水從天上掉下來！保羅想。

一些弗瑞曼人在異星球見過那樣的奇觀。他本人也見過，還下令要讓厄拉科斯也出現降雨。現在想來，這些記憶彷彿屬於另一個人，與自己毫無關係。雨，他們這樣稱呼那種奇觀。剎那間，他想起自己出生的星球曾有過的暴風雨。在卡樂丹，烏雲密布，雷閃雷鳴，空氣潮濕，大滴大滴的雨點擂鼓般打在天窗上，像溪水一樣從屋簷上流下。排水溝把這些雨水排進河裡。渾濁暴漲的河水從皇家果園流過……光禿禿的樹枝因淋濕而閃閃發光。

保羅在街上走著，雙腳陷在淺淺的沙子裡。一時間，沾在鞋上的彷彿是他童年時代的泥巴，但下一秒，他又回到沙地，置身於布滿沙塵的黑暗中，耳邊所聞，唯有風聲。未來懸在他面前，發出嘲笑。他能感受到了無生意的生活包圍著他，像在控訴他。這一切都是你做出來的！你讓這個文明變得沒血沒淚，人們忙著監視、告密，用權勢解決一切問題……更高的權勢……沒完沒了的權勢。

腳下是粗糙的沙石。他在預象中見過這一幕。右邊出現一道深色的長方門，黑黢黢的。那是奧辛的房子，命運選中的房子。和周圍別的房子完全一樣，但時間擲下了骰子，選中了它，它便頓時不同於其他房子了。這是一個奇異的地方，將在歷史上留下一筆。

他敲開屋門，門縫透出中庭暗淡的綠光。一名侏儒探出頭來望了望，孩童的身軀上有張蒼老的臉，是一道從未出現在預象中的幽靈。

「您來了。」幽靈開口了，朝旁邊讓開一步，神態中沒有絲毫敬畏，只有一絲淡淡的笑意：「進來！進來！」

保羅頓了頓。預象中沒有侏儒，但除此之外，所有東西都完全吻合。預象可能包含這樣的微偏差，但仍會忠於原本的路徑，投向永恆。正是這些偏差給了他勇氣，使他心存希望。他看了一眼身後的街道上空。他的月亮正從重重陰影中露了出來，像一顆閃亮的乳白色珍珠。那是他的心魔——月亮為何會隕落？

「進來。」侏儒再次邀請。

保羅進去了，只聽身後的屋門「砰」的一聲密合了，封住屋內的水氣。侏儒的大腳板啪啪嗒踩在地板上，走到他前方帶路，打開一道精巧的格柵門，走進覆有屋頂的中庭，手一指：「他們等著您呢，陛下。」

陛下，保羅想，他知道我是誰。

沒等保羅多想，侏儒已經從一條側廊悄悄走掉。希望像蘇菲教派的旋舞，在保羅心中不停轉動。他走過院子。這地方晦暗陰沉，有一股噁心的氣味，氣氛令人退避三舍。選擇較輕微的罪也是一種失敗嗎？他自問。他在這條路上已經走了多遠？

光線從院牆另一端的窄門灑落。有人在暗中觀察著他，他忽視被人窺視的感覺，不理會那股不祥的味道，走進門廊，來到一個小房間。以弗瑞曼人的標準，這地方簡直毫無裝飾，只在兩面牆上掛著幕帳。一名男子面朝門坐在洋紅色坐墊上，左方光禿禿的牆上有道門，門後的暗處有個女子的身影。

預象攫住了保羅。未來正是沿著這條道路發展的。但預象中為什麼沒有出現那個侏儒？為什麼會出現這種偏差？

短短一瞥，感官已掌握房間的情況。這地方雖然陳設簡單，卻收拾得相當精心。一面牆上的掛鉤和桿子表明那裡曾有壁掛。保羅知道朝聖者願意高價收購真正的弗瑞曼手工藝品。富有的朝聖者把沙漠掛毯視為珍寶，作為朝聖的紀念。

禿牆上新刷上的石膏彷彿在指控他。剩下兩面牆壁披著破舊的壁掛，令他更加愧疚。

他右側的牆邊放著狹窄的架子，上面擺了一排肖像，大多是留著鬍子的弗瑞曼人，有的穿著蒸餾服，掛著集水管；有的穿著帝國軍服，背景是奇異的外星世界。最常見的景色是大海。

坐墊上的弗瑞曼人清了清喉嚨，保羅回過頭來看著他。這人就是奧辛，和他在預象中看到的一模一樣：精瘦的脖子細長如鳥頸，顯得過分虛弱，難以支撐那碩大的頭顱。毀了容的臉極不對稱

——左臉頰上有橫七豎八的疤痕，一顆眼睛下垂而濕潤，另一邊臉上的皮膚卻完好無損，弗瑞曼人全藍的眼睛直直盯著他。一管瘦長的鼻子將臉分成了兩半。

奧辛的坐墊放在褐色地毯中央。地毯已經很舊了，露出許多褐紫色和金色的線頭。坐墊上布滿磨損和補丁，但墊子周圍的每一小塊金屬都擦得鋥亮——畫框、架子的邊框和支架、右方矮几的基座等，無不如此。

保羅朝奧辛完好的那半邊臉點點頭：「很高興見到你，還有你的住所。」這是老友及穴地夥伴見面時的問候語。

「又見到你了，烏蘇爾。」

叫喚保羅部落名的嗓門帶著老年人的顫音。毀容的半邊臉上，呆滯下垂的眼睛從羊皮紙般乾澀的皮膚和疤痕中抬起來。這半邊臉殘留著灰色鬍渣，下巴掛著粗糙的皮屑，說話的時候嘴巴扭動著，露出嘴裡銀色的金屬假牙。

「摩阿迪巴永遠會回應弗瑞曼敢死隊員的呼喚。」保羅說。

藏在房門陰影裡的女人動了一下，說道：「史帝加是這麼誇口的。」

她走到光線下。她的長相與那個幻臉人偽裝過的莉綺娜十分相像，只是老了些。保羅想起來了：奧辛娶了一對姊妹。她一頭灰髮，巫婆般尖瘦的鼻子，食指和拇指像織布工人一樣結滿老繭。在穴地的日子，弗瑞曼女人會非常驕傲地展示手上的勞動痕跡，但現在當她發現保羅盯著自己的手時，卻很快將手縮進淡藍長袍下。

保羅記起了她的名字——杜麗。但讓他吃驚的是，他記起的是孩提時的她，而不是出現在他預象中的此時的她。這是因為她聲音裡那股怨天尤人，保羅告訴自己，還是孩童時，她就喜歡抱怨。

「你們在這裡見到了我。」保羅說，「如果史帝加不同意，我能來這裡嗎？」他轉身對著奧辛：「我身上有你的水債，奧辛。下指令給我吧。」

這是穴地中弗瑞曼弟兄間的直來直往。

奧辛虛弱地點點頭，他細瘦的脖子幾乎無法承受這動作。他抬起滄桑的左手，指著自己毀容的那半邊臉，「我在塔拉黑西星染上了裂皮病，烏蘇爾。」他喘息著說，「就在勝利之後，當我們所有……」一陣劇烈的咳嗽使他停了下來。

「部族的人很快就要來收他身體裡的水了。」杜麗說。她走近奧辛，把枕頭塞在他身後，扶住他的肩頭，直到他咳完。保羅發現，她還不是很老，但唇邊有一圈頹喪的皺紋，眼中飽含哀淒。

「我會傳召醫生過來。」保羅說。

杜麗回過頭，單手叉腰。「我們有醫生，和您的醫生一樣好。」她下意識朝左邊光禿禿的牆上瞥了一眼。

醫生是非常昂貴的，保羅想。

他心神不寧，被預象緊緊困住，但仍然意識到現實與預象悄悄出現了細微的偏差。他該如何利用這些偏差？未來盤根錯節，總帶著微妙的變化，但背景的結構不變。他心知肚明，如果他試圖打破此時這個封閉的模式，將會醞釀出可怕的暴力。這個覺悟令他心驚肉跳。時間看似緩緩向前開展，卻挾著萬鈞之力，壓迫著他。

「說吧，你要我做什麼？」他大聲說。

「在這種時刻，奧辛不能要求朋友站在他的身邊嗎？」杜麗問，「弗瑞曼敢死隊員非得把遺體交給陌生人不可嗎？」

我們是泰布穴地的戰友，保羅提醒自己，她有權斥責我表現出來的冷漠無情。

「我會盡我所能。」保羅說。

奧辛又爆出一陣咳嗽。平息後，他喘著氣說：「有人背叛你，烏蘇爾。弗瑞曼人陰謀推翻你。」然後，他嘴巴大張，卻發不出任何聲音，嘴角湧出陣陣白沫。杜麗用長袍的一角擦拭他的嘴。保羅看出她臉上的惱怒：這些水分都被浪費掉了。

保羅心頭一股排山倒海的憤慨。奧辛竟落得如此下場！弗瑞曼敢死隊員理應受到更好的照顧。但現在別無選擇，無論是敢死隊員或他的皇帝，都別無選擇。屋內正在上演奧坎的剃刀[5]。稍有偏差便會使恐怖加倍——不僅僅是針對他們，還針對全人類，甚至包括一心想摧毀他們的人。

保羅力持鎮定，望著杜麗。她凝視著奧辛，一臉痛不欲生的心疼令保羅心頭一緊。絕不能讓荃妮用這種眼神看我，他告訴自己。

「莉綺娜提到一則消息。」保羅說。

「我那個侏儒，」奧辛喘息著，「我買了他，在……在……在一顆星球上……我記不得他的名字了。他是人類密波傳信器，一件被忒萊素人丟棄的東西。他身上記錄了所有名字……反叛者的……」

奧辛停下來，渾身打顫。

「你提到莉綺娜，」杜麗說，「你一到這裡，我們就知道她已經平安到達你那裡。如果你認為你虧欠了奧辛，那麼莉綺娜就是彌補這筆虧欠的全部金額。這是一筆公平交易，烏蘇爾，帶上那個侏儒，走吧。」

保羅勉強壓下顫抖，閉上雙眼。莉綺娜！那個真正的女兒已經在沙漠中風乾，遭塞木塔毒害，被遺棄在風沙之中。

保羅睜開眼，說：「你們隨時都可以來找我，無論什麼事……」

「奧辛離你遠遠的，這樣一來，別人或許會以為他很恨你，烏蘇爾。」杜麗說，「在我們屋子的南面，巷子的盡頭，就是你的敵人聚會的地方。所以我們才選擇住在這間簡陋的屋子。」

「那麼叫上那個侏儒，我們一起走，馬上離開。」保羅說。

「看來你沒有聽明白我的意思。」杜麗說。

「你必須把侏儒帶到安全的地方。」奧辛說，聲音裡突然爆發出一股奇異的力量，「他身上帶著反叛者的記錄，世上只有這一份。沒人猜到他還有這樣的作用。他們以為我留著他只是好玩。」

「我們不能走，」杜麗說，「只有你和這個侏儒可以走。大家都知道……我們是多麼窮。我們已經放出風聲說要賣掉侏儒。他們會把你看成買家。這是你唯一的機會。」

保羅檢視著自己記憶中的預象：在預象中，他帶著反叛者名單離開了這裡，但他始終看不到這名單記錄在什麼東西上。很明顯，有某種預知力在保護這個侏儒，使他無法看到。保羅想，所有生物一定都背負某種天命，但種種力量、修練、性格，都在壓抑這種天命。從聖戰選擇了他的那一刻開始，他就感到自己被一股群眾的力量給圍住，他們心志堅定，控制著他前進的方向。他誤以為自

5 奧坎的剃刀：當兩個理論的解釋力相當時，簡單的那個較好，也就是應剔除理論中龐雜、非必要的假定及預設。——編注

己還擁有自由意志，但那不過是囚徒在無望地搖晃牢籠的鐵欄。他所受的詛咒就是，他看到了這個牢籠。他看到了！

他側耳傾聽屋內的動靜。只有四個人——杜麗、奧辛、侏儒，還有他自己。他吸入了同伴的恐懼和緊張，意識到監看者的存在——遠遠地盤旋在空中的撲翼機……還有別的人……就在隔壁。

我錯了，我不該懷抱希望，保羅想。但對希望的想像給他帶來扭曲的希望感。他覺得自己或許還能抓住機會。

「叫那個侏儒來。」他說。

「彼加茲！」杜麗叫道。

「妳叫我？」侏儒從後院走了進來，一臉擔憂警惕。

「你有了新主人，彼加茲。」杜麗說，她盯著保羅，「你可以叫他……烏蘇爾。」

「烏蘇爾，柱子的底部。」彼加茲翻譯道，「烏蘇爾怎麼可能是底部呢？我才是生命的最底層。」

「他總是這樣說話。」奧辛帶著歉意說。

「我不說話。」彼加茲說，「我只是操縱一部名叫語言的機器。這部機器雖然吱嘎作響，但總是我自己的機器。」

忒萊素人的玩具，卻博學又機警，保羅想，忒萊素人從不丟棄這麼貴重的東西。他轉過身，琢磨著這名侏儒，對方那雙圓滾滾的美藍極眼睛回視著他。

「你還有什麼才能，彼加茲？」保羅問。

「我知道我們應該在什麼時候離開。」彼加茲說，「很少有人具備這種才能。任何事情都有結束的時候——知道才能帶來好的開場。讓我們開始吧，該上路了，烏蘇爾。」保羅檢視自己記憶中的預象：沒有侏儒，但這小個子的話很明智。

「剛才在門口，你叫我陛下。」保羅說，「也就是說，你知道我是誰？」

「您早已登基，陛下。」彼加茲說著，咧嘴笑了，「您不只是基座烏蘇爾。您是亞崔迪皇帝，保羅－摩阿迪巴。而且，您還是我的手指。」他伸出右手的食指。

「彼加茲！」杜麗厲聲說，「不要玩命。」

「我只是在玩我的手指頭啊。」彼加茲抗議，聲音尖利。他指著烏蘇爾道：「我指著烏蘇爾。我的手指難道不是烏蘇爾本人嗎？或者，它代表某種比基座更低的東西？」帶著嘲弄的笑意，他把手指伸到眼前細細查看，先看一面，再看另一面：「啊哈，原來它只不過是手指而已。」

「他常這樣瘋瘋癲癲。」杜麗說，聲音裡帶著憂慮，「我想，就是因為這樣，忒萊素人才會丟棄他。」

「我不用別人庇護我，」彼加茲說，「但我現在卻有了新主人。這根手指真是妙用無窮。」他瞟了瞟杜麗和奧辛，眼睛奇異地炯炯發亮，「脆弱的黏合劑將我們黏在一起。幾滴眼淚，我們就分開了。」侏儒轉向正後方，面朝保羅，大腳板踩得地板吱嘎作響。「啊，我的主人！我走過多麼漫長的道路，總算找到您了。」

保羅點點頭。

「您會很仁慈嗎，烏蘇爾？」彼加茲問，「我是人，您也知道，人的模樣、塊頭各不相同，而我不過是其中之一。我的肌肉不發達，但嘴巴很厲害。我不挑食，但食量很大。隨您的意使喚我吧，我肚子裡的東西比創造我的人放進去的還多。」

「我們沒時間聽你那些莫名其妙的蠢話。」杜麗厲聲說，「你們該離開了。」

「我的話都是啞謎，」彼加茲說，「而且也不完全是愚蠢的。『離開』，烏蘇爾，就是成為過去。是嗎？那就讓過去成為過去吧。杜麗說出了真相，而我正好有聽出真相的才能。」

「這麼說，你有真言感應力？」保羅問。他決心要等到預象中自己動身的那一刻。無論做什麼，都比打破時間線、製造新結局還要好。在他的預象中，奧辛還有話要說，除非時間線已經改變，鑽進更可怕的隧道。

「我能感知現在。」彼加茲說。

保羅注意到侏儒變得更加緊張。難道這小個子知道接下來會發生什麼事？彼加茲會不會也有預知力，他才因此沒有出現在自己的預象中？

「妳問過莉綺娜的情況嗎？」奧辛突然問，用他的一只好眼睛注視著杜麗。

「莉綺娜很安全。」杜麗說。

保羅低頭隱藏自己的表情，以免兩人看出自己在撒謊。安全！莉綺娜已經變成灰，埋在祕密墓穴裡。

「那就好。」奧辛說，誤將保羅的低頭看成了附和，「這麼多罪孽中，總算有件好事，烏蘇爾。我不喜歡我們創造的這個世界，你知道嗎？我們住在沙漠孤立無援的時候還比現在好，那時我們的敵人只有哈肯能家族。」

「朋友和敵人，只有一線之隔。」彼加茲說，「線一畫好，就沒有什麼開始，也沒有什麼結束了。

就讓我們在這裡結束吧，我的友人。」他走到保羅旁邊，兩隻腳緊張地挪動著。

「你剛才說你能感知現在，那是什麼意思？」保羅問。他想盡量拖延時間，刺激這個侏儒。

「現在！」彼加茲顫抖著說，「現在！現在！」他拉著保羅的長袍，「我們現在就走吧！」

「他總是吵吵鬧鬧，不過沒什麼惡意。」奧辛說，聲音中充滿憐憫，那只好眼睛凝視著彼加茲。

「就算吵鬧也能發出啟程的信號，」彼加茲說，「眼淚也行。趁現在還有時間，我們出發吧。」

「彼加茲，你在害怕什麼？」保羅問。

「我害怕正在搜尋我的幽靈。」彼加茲喃喃道，前額滲出汗水，臉頰扭曲著，「我害怕那個什麼都不想、誰都不要，卻一心只想要抓我的東西——那東西又縮回去了！我害怕我看得見的東西，也害怕我看不見的東西。」

這個侏儒確實擁有預知力，保羅想。彼加茲和他一樣，也看到駭人的未來。他的命運也和自己一樣嗎？這個侏儒的預知力是強是弱？是和那些玩沙丘塔羅牌的人一樣半吊子？或者更強大？他看到了多少？

「你們最好趕緊走。」杜麗說，「彼加茲是對的。」

「我們逗留的每一分鐘，」彼加茲說，「都是在拖延……在拖延現在！」

但每拖延一分鐘，就能延後我的罪，保羅想。他想起許久以前的往事：沙蟲呼出陣陣毒氣，沙子從蟲牙上落下。他的鼻端又嗅到了記憶中的氣息：又辛辣又苦澀。命中註定的那隻沙蟲正等著他，他能感應到，感應到那所謂的「沙漠中的葬身之處」。

「艱難的時代啊。」他說，以此向奧辛致意，他剛說過，這個時代有太多罪孽。

「弗瑞曼人知道在艱難的時代該做什麼。」杜麗說。

奧辛無力地點點頭，表示贊同。

保羅瞥了一眼杜麗。他並不期待世人感恩戴德，他的負擔已經夠重，無法再承受感激。但是，奧辛的沉痛和杜麗眼中的憤慨動搖了他的決心。有任何事值得付出這麼大的代價去完成嗎？

「拖延沒有意義。」杜麗說。

「做你必須做的事吧，烏蘇爾。」奧辛喘著氣說道。

保羅嘆了口氣。在他的預象中，這些話出現過。「一切總歸會有個了結。」他說完結語，轉過身，大步走出房間，只聽彼加茲劈啪劈啪的腳步聲跟在身後。

「讓過去成為過去。」彼加茲邊走邊咕噥，「就讓一切塵埃落定吧。這一天真夠糟糕的。」

19

信奉律法的人所用的迂迴修辭，是為了向我們自己掩飾我們想對彼此施加的暴力。剝奪某人一小時生命，和剝奪他的整個生命，只有程度上的差別。無論哪一種，你都是在對他施暴，將他的力量占為己有。精妙而委婉的說辭或許能隱藏你殺人的意圖，但以力逼人的背後都有個終極想法：「我要吞食你的力量。」

——保羅－摩阿迪巴皇帝議會命令的附錄

• • •

保羅走出死巷子時，一號月亮正高掛天際。屏蔽場已經啟動，在他周身隱隱閃爍。山丘那邊吹颳來一陣狂風，挾帶著沙子和灰塵掠過狹窄的街道。彼加茲眨了眨眼，雙手擋在眼前。

「我們要快。」侏儒咕噥著，「快！快！」

「你感應到危險了？」保羅問，想知道究竟。

「我知道危險！」

危險立即來臨。一道門中突然閃出一個人影，來到兩人面前。

彼加茲往下一蹲，發出一聲哽咽。

但那只是史帝加，他像戰爭機器一樣快步走來，腦袋向前探，雙腳重重踩在街道上。

保羅把侏儒交給史帝加，用幾句話讓他知道這小個子的價值。在預象中，此時的事態變化相當快。史帝加帶著彼加茲迅速離開，護衛隊圍到保羅身旁，保羅下令要隊員沿著巷道趕到奧辛家旁邊的那座房子。隊員急忙遵命，一時間人影晃動。

更多犧牲者，保羅想。

「抓活的。」一個衛隊軍官悄聲吩咐。

這聲音聽在保羅耳中，就像預象的回音。預象與現實疊在一起，分毫不差。撲翼機從月亮前飛掠而過。

這個夜晚，帝國軍隊四處出擊。

一陣輕微的嘶聲在各種聲響中冒出，越來越激烈，最後變成陣陣轟鳴，但仍能聽出其中的摩擦音。天邊燃起暗橙色的火光，遮蔽了星辰，吞沒了月亮。

保羅在最早的噩夢中恍惚經歷過這樣的聲音和火焰。他有一種奇異的感覺：一切終於實現了。一切都按照應有的態勢在進行。

「燃岩彈！」有人驚呼。

「燃岩彈！」喊聲四起。「燃岩彈……燃岩彈……」

保羅順勢伸出手臂遮住自己的臉，撲倒在路邊。太遲了，當然。

奧辛的房子所在處現在是一根火柱，令人目眩的火焰轟隆隆噴向天空，散發出黃濁亮光，照在打鬥、逃竄的眾人身上，一具具身影清晰如同浮雕，動作纖毫畢露，彷彿上演芭蕾舞劇。傾斜後退的撲翼機同樣暴露無遺。

對瘋狂逃竄的人群來說，一切都來不及了。

保羅身下的地面變得滾燙。他聽到跑動的聲音停止了，人們在他周圍撲倒。現在，所有人都明白過來，奔逃是沒有用的。一切都完了，只能等待燃岩彈能量燒盡。這種武器發出的輻射已經穿透了他們的皮膚，開始在他們身上發揮作用，沒有人能逃過。至於燃岩彈還會不會造成別種傷害，就端看不惜違反大公約禁核武協定的使用者有什麼打算了。

「神哪……燃岩彈。」有人哀號，「我……不……想……成……為……瞎子……」

「這是誰幹的？」遠處一個士兵嘶喊道。

「忒萊素人又可以賣出很多眼睛了。」某個站在保羅身邊的人發出怒吼，「好了，都閉嘴，等著！」

他們全都等待著。

保羅一聲不吭，想著這種武器代表什麼。燃岩彈的燃料若太多，威力甚至可以直達星球地核。沙丘星的融熔層位於極深處，但越是這樣，危險就越大。壓力一旦不受控制釋放出來，可能轟開整顆星球，將毫無生氣的碎片撒滿太空。

「爆炸好像小了一點。」有人說。

「只是往地下炸得更深了。」保羅警告他們，「所有人待在原地不動。史帝加會來增援的。」

「史帝加躲過了爆炸？」

「對。」

「地面好燙。」有人抱怨。

「他們竟敢用原子武器！」保羅附近的隊員憤慨道。

「爆炸聲減弱了。」街那邊一個人說。

保羅聽而不聞，全神感受抵著地面的指尖。他能感覺到某種東西在隆隆翻滾——很深……很深……

「我的眼睛！」有人哭喊，「我看不見了！」

他比我更接近爆炸中心，保羅想。抬起頭時，雖然隔著一層濃霧，他仍然可以看到死巷的盡頭。奧辛的家和相鄰的房子都成了一片黃紅火光，相鄰的幾幢建築漸漸塌入火海，形成一道道黑色圖形。

保羅爬了起來。燃岩彈似乎已經燒完，腳下的大地平靜了。緊貼著蒸餾服滑溜內襯的身體汗水淋漓——汗流太多，蒸餾服竟來不及回收。吸進肺裡的空氣帶著爆炸的灼熱和刺鼻的硫黃味。

他望著身邊的士兵一個接一個站起來，就在此時，保羅眼中濃霧漸漸化為黑暗。他喚出這些時刻的預象，然後轉身朝時間為他開拓的路線大步走去，一步步毫無偏差，讓預象無從逃逸。他感到自己越來越能感知周圍的一切。現實和預象結合起來了，嚴絲合縫。

周圍的士兵發出痛苦的呻吟和哭號，他們發現自己什麼也看不見了。

「堅持！」保羅喊道，「援兵就要到了！」但哀鳴聲依然不絕於耳。他說：「我是摩阿迪巴！我命令你們堅持住！援兵快到了！」

鴉雀無聲。

然後，恰如預象所示，身邊的一名衛兵說：「真的是皇帝嗎？你們誰能看見？告訴我！」

「我們都沒有了眼睛。」保羅說，「他們同樣取走了我的眼睛，但沒有取走我的預象。我能看見你站在那裡，左手一伸，就可以摸到一道骯髒的牆。挺住，在這裡等著。史帝加會帶著隊友過來的。」附近撲翼機的噗噗聲越來越響，還有急促的腳步聲。保羅看見他的朋友們來了，聲音完全吻合他的預象。

「史帝加！」保羅大喊，揮舞著一隻手臂，「在這裡！」

「感謝沙胡羅。」史帝加叫道，朝保羅衝過來，「您沒有……」他突然沉默了。保羅的預象向他顯示出，史帝加正一臉痛苦地盯著他的皇帝、他的朋友那雙被毀的眼睛，「哦，陛下。」史帝加哀號著，「烏蘇爾……烏蘇爾……烏蘇爾……」

「燃岩彈的情況怎麼樣？」一個新來的人吼道。

「能量已經燒完了。」保羅抬高聲音說，手一指，「快去那裡，援救靠近爆炸中心的人。豎起路障。趕快行動！」他回過頭，對著史帝加。

「您看見我了，陛下？」史帝加迷惑地問道，「您怎麼能看見呢？」

作為回答，保羅伸出一根手指，碰了碰史帝加蒸餾服嘴罩上方的臉頰，感覺到上面的淚水，「你不必把這些水給我，老朋友。」保羅說，「我還沒死。」

「但您的眼睛！」

「他們可以毀掉我的眼睛，但毀不掉我的預象。」保羅說，「啊，史帝加。我活在世界末日的夢境中。我走過的每一步都和這個夢完全一致，我最擔心的是我會感到厭倦，因為生活只是夢境的重演。」

「烏蘇爾，我不，我不……」

「用不著試圖理解，只要接受。我生活在這個世界以外的另一個世界。對我來說，這兩個世界完全一樣。我不需要別人為我指路，我能看見周圍的每一個動作，我能看見你臉上的每一個表情。我沒有眼睛，但我看得見。」

史帝加使勁搖搖頭：「陛下，我們必須隱瞞您的不幸……」

「我們不必向任何人隱瞞。」保羅說。

「但律法……」

「我們還在實施亞崔迪家族的律法，史帝加。弗瑞曼人的律法規定要將瞎子遺棄在沙漠裡，但這只適用於瞎子。我不是瞎子。我活在善惡決戰的循環中。現在正是時代交替的轉捩點，我們都有自己的任務。」

史帝加一言不發。在這突如其來的沉默中，保羅只聽到一個傷患被人扶著從自己身邊走過。「太可怕了。」傷患呻吟著，「那麼猛烈的火焰，鋪天蓋地。」

「不要把這些人遺棄在沙漠裡。」保羅說，「你聽到了嗎，史帝加？」

「聽到了，陛下。」

「給他們全部裝上新眼睛，費用我來付。」

「是，陛下。」

保羅聽出史帝加聲音裡的敬畏，這才接著說：「我到撲翼機的指揮艙去。這裡你來負責。」

「是，陛下。」

保羅繞過史帝加，大步走下街道。他的預象告訴他周圍的所有動靜、腳下的每一道凸凹不平、他遇到的每一張臉。他邊走邊發出命令，指著他的隨從，叫出他們的名字，召見政府機要。他能感覺到人們的恐懼和害怕的低語。

「他的眼睛！」

「但他直直看著你，還叫出你的名字！」

在指揮艙裡，他關閉了自己的屏蔽場，走進駕駛艙，從目瞪口呆的通信官手中拿過話筒，迅速發布一連串命令，然後又將話筒塞給通信官。保羅召來一名武器專家，此人是積極有為、相當優秀的新生代，這批人對穴地只有隱隱約約的記憶。

「他們用了一顆燃岩彈。」保羅說。

短暫的沉默後，這人說：「我已經知道了，陛下。」

「你自然知道那意味著什麼。」

「燃岩彈的能量只可能是原子。」

保羅點點頭，這人的大腦一定正在飛速運轉。原子武器，大公約明令禁用這類武器，違禁者將遭到大氏族的聯合懲罰。大家將拋棄世仇，共同對付核武引發的恐怖和威脅。

「製造這種東西不可能不留下任何蛛絲馬跡。」保羅說，「你帶齊適當的裝備，找到燃岩彈的製造地點。」

「我馬上去，陛下。」這人用驚恐的眼神看了保羅一眼，趕緊離開。

「陛下，」通信官在他後面怯怯地說，「您的眼睛……」

保羅轉頭望入艙內，將通信裝置調到自己的頻段，「把荃妮找來，」他命令道，「告訴她……告訴她，我還活著，馬上就會和她見面。」

現在，各方勢力量都到齊了，保羅想。他在周圍濃重的汗味中聞到了恐懼。

20

他離開了厄莉婭，
天國的源頭！
聖潔至善！
火與沙結盟
對抗我們的主。
沒有眼睛，
他仍能看見！
惡靈降下了災禍！
聖潔至善！
為了殉難，
他解開了。
此一等式！

——《摩阿迪巴之歌：月亮的隕落》

‧‧‧

經歷了七天的狂亂之後，堡壘迎來不合常理的平靜。早晨，人們踮著腳悄悄走動，聚在一起竊竊私語。也有人匆匆來去，鬼鬼祟祟的樣子相當古怪。一支警衛隊從前院走進來，大家面面相覷，皺起眉頭看著這些新來者踩著重重的步伐扛來成堆的武器。但沒多久，新到的人也感染了堡壘內的氣氛，開始輕手輕腳起來。

燃岩彈仍然是人們議論不休的話題。

「他說，那種火焰是藍綠色的，還帶著地獄的氣味。」

「艾爾帕是傻瓜！他說寧願自殺也不要忒萊素人的眼睛。」

「我不想談論眼睛的事。」

「摩阿迪巴從我身邊走過的時候叫出了我的名字！」

「沒有眼睛，他是怎麼看見的？」

「大家正打算離開這裡，你聽說了嗎？大家都很怕。耐巴們說要去梅克布穴地召開大會。」

「他們對那個頌詞家做了什麼？」

「我看見他被帶進耐巴開會的房間。想想看，柯巴居然成了囚犯！」

荃妮一大早就被堡壘的寂靜驚醒。她發現保羅正坐在自己身旁，失去眼球的眼窩盯著臥室牆壁的某個地方。燃岩彈對眼睛組織的傷害尤其大，只能挖去所有受損的肌肉。注射劑和藥膏挽救了眼窩周圍較強健的肌肉，但她覺得輻射已經入侵更深的部位。

她坐了起來，感到飢腸轆轆，開始狼吞虎嚥床邊的香料麵包和一大塊乳酪。

保羅指指食物：「親愛的，不會讓妳沒東西吃的，相信我。」

直到現在，那雙空空的眼窩對著荃妮的時候，她還是禁不住驚嚇。她已經不期望他的解釋了。他那些話太古怪：「我在沙漠上受洗，代價就是再也無法信神。現在誰還做信仰這種生意？誰會買，誰又敢賣？」

這些話是什麼意思？

他慷慨地為所有和他同遭不幸的士兵買了忒萊素人的眼睛，但他自己不用，甚至想都不想。

荃妮吃飽了，從床上滑下來，瞥了一眼身後的保羅。他看起來很疲憊，嘴唇緊抿，深色的頭髮立起，凌亂不堪，顯然沒睡好覺，表情陰鬱而冷淡。來回踱步和睡眠顯然也無法令他放鬆。她強迫自己將臉別開，低聲說：「親愛的……親愛的……」

他彎下腰，將她拉回床上，吻著她的臉頰。「快了，就要回到我們的沙漠了。」他悄聲說，「只要辦完這裡的幾件事就行了。」

他話裡的堅決令她戰慄。

他把她緊緊抱在懷裡，呢喃著：「不要怕我，我的希哈娅。忘掉種種神祕，接受我的愛吧。愛不神祕，它來自生活。妳沒有感覺到嗎？」

「我感覺到了。」

她一隻手掌按在他的胸脯上，數著他的心跳。他的愛呼喚著她體內的弗瑞曼靈魂，猛烈、洶湧、不羈的靈魂。她心蕩神馳。

「我答應妳一件事，親愛的，」他說，「我們的孩子將統治一個偉大的帝國，相形之下，我的帝國也會黯然失色。那樣的生活水平，那樣的藝術成就，那麼雄偉的——」

「但我們只能擁有現在！」她反駁道，竭力壓下無淚的嗚咽，「還有……我覺得我們的時間不多了。」

「我們永遠在一起，我們擁有永恆，親愛的。」

「你或許會擁有永恆，但我只有現在。」

「現在就是永遠。」他撫了撫她的前額。

她緊緊依偎著他，嘴唇吻著他的脖子。母親的壓力驚動了子宮裡的胎兒。她感受到孩子在踢她。

保羅也感受到了。他把手放在她的腹上：「啊哈，宇宙的小統治者，再耐心等等，你的時代就要到了。但現在是屬於我的。」

提起她肚中的孩子時，他為什麼總用單數？醫生沒有告訴他嗎？她努力回想，驚奇地發現兩人還沒談過這件事。但他一定知道她懷的是雙胞胎。她猶豫著，想提出這個問題。他一定知道，他什麼都知道，他知道她的一切。他的手，他的嘴……他渾身上下都知道她。

隔了一會，她說：「是的，親愛的，現在就是永遠……現在是真實的。」她緊緊閉上眼睛，以免看到他那對空洞的黑眼窩，那會將她的靈魂從天堂拉到地獄。無論有多少神奇事蹟神化兩人的生活，他的肌膚都是真實的，他的愛撫也是真實的。

起床穿衣，迎接新的一天時，她說：「要是人民知道你心中的愛……」

但他的心境已經變了。「政治不能以愛為基礎。」他說，「人民不關心愛。愛缺乏秩序，他們更喜歡專制。太多的自由會滋生混亂。我們不能混亂，對嗎？而你是無法把專制變得可親可愛的。」

「但你不是專制君主！」她一邊抗議，一邊繫上頭巾，「你的律法是公正的。」

「啊，律法。」他說。他走到窗前，拉開帷幔，好像能看見外面似的，「什麼是律法？控制嗎？律法過濾了混亂，濾出的又是什麼？祥和？律法既是我們的最高理想，又是我們最根本的天性。律法禁不起細看，認真琢磨的話，你會發現律法只不過是一套合理化的闡釋、合法的詭辯、一些方便的慣例。對，還有祥和，但那不過是死亡的代名詞。」

荃妮的嘴抿成一條線。她不否認他的智慧和博學，但他的語氣令她驚恐。他在攻擊他自己，她能感受到他內心的衝突。他彷彿正將一句弗瑞曼格言用到自己身上：永不饒恕——永不遺忘。

她走到他身邊，視線越過他朝外望去。熱能正在積蓄，將北風從高緯度地區吸過來。風在虛幻的天空畫滿赭色羽毛和一條條水晶，以飛湧的金色和紅色設計出怪誕的圖案。寒冷的高處，狂風挾著一股股沙塵，鞭打著大盾壁。

保羅感受到身旁荃妮的熱氣。他在心中暫時拉下一道遺忘的簾子，隔斷預象。他可以就這樣站著，閉上眼睛，但時間卻不會因他而停止。他吸了一口黑暗——沒有星星，也沒有眼淚。聲音壓縮了他的整個宇宙。他憑藉僅有的聽覺感知周邊的一切，只有觸摸到物體時，世界才重新回到他的身邊——帷幔，還有荃妮的手……他發現自己正側耳聆聽荃妮的呼吸。

當一件事僅僅只是可能發生時，這件事情的危險性是從何而來？他問自己。他的大腦保存了太多支離破碎的記憶，每個現實的瞬間都有無數的投影，那是註定了永遠不會實現的事件。他身體內部無形的自我記住了這些虛妄的過去，那些沉重負荷不時威脅著要顛覆現在。

荃妮倚著他的手臂。

她的撫觸使他感受到自己的身體：一具在時間的旋渦中沉浮的行屍走肉，體內充滿無數一窺永恆的記憶。窺見永恆，就是暴露在永恆的反覆無常之下，被無數維度擠壓著。預知似乎能讓人超凡入聖，但那有其代價：過去和未來變成了同一刻。

預象再次從黑暗的深淵中冒出來，緊攫著他不放。預象是他的眼睛，驅使著他的肌肉，指引他進入下一瞬間、下一小時、下一天……直到他覺得自己將一直都在未來！

「我們該出去了。」荃妮說，「議會……」

「厄莉婭會代替我出席。」

「她知道該怎麼做嗎？」

「她知道。」

一隊衛兵湧入厄莉婭住所下方的閱兵場，由此開啟她新的一天。她朝下俯瞰，那是一幅瘋狂混亂的景象：人們在大喊大叫，不停恫嚇。她最後終於明白他們在幹什麼，因為她認出了那個囚犯：柯巴，那個頌詞家。

她開始洗漱，不時走到窗邊瞧瞧事態的發展。她的視線不斷落到柯巴身上，竭力將此時的這個人與第三次厄拉欽恩戰爭中那位滿臉大鬍子的剽悍指揮官連結起來。那太難了。柯巴早已變成外表光鮮的紈褲，身上一襲剪裁精緻的帕拉圖絲質長袍，一路敞到腰間，露出一塵不染的毛領和綴著綠寶石的刺繡上衣，腰間繫有紫腰帶，長袍的衣袖以深綠色及黑色天鵝絨裁成，精心縫出一道道褶襉。

幾位耐巴前來監視他們的弗瑞曼同胞是否受到公正對待，抵達時引起一陣喧譁。柯巴情緒激動，高喊自己是無辜的。厄莉婭的目光掃視著一張張弗瑞曼面孔，試圖回想這些人過去的模樣。但那實在太難，這些人都忙著享受大多數人難以想像的種種歡愉，只剩一張張縱情聲色的臉。

她發現，這些人經常心緒不定地望著一扇門，門內就是他們即將召開會議的地方。他們不停想著摩阿迪巴失明了，而那只是再次顯示他的神祕力量。根據他們的律法，他們應該將盲人遺棄在沙漠裡，讓沙胡羅取走他體內的水分。可是，失去眼睛的摩阿迪巴卻能看見他們。另外，他們也不喜歡屋子，覺得蓋在地面上的建築毫無保護作用。合適的岩洞才能讓他們放鬆。不論是堡壘，或等在裡面的那位新摩阿迪巴，都令他們惶惶不安。

她轉身朝下面走，準備參加會議。就在此時，她看到自己放在門邊桌上的一封信：母親最近的一封來信。儘管卡樂丹星球作為保羅的出生地一直享有崇高地位，潔西嘉女士仍然拒絕信徒前往朝聖。

「無疑，我的兒子代表歷史的新紀元，」她寫道，「但我無法坐視此事成為無知人士入侵的藉口。」

厄莉婭摸了摸這封信，油然生出一種奇特的感受，彷彿在與母親交流。這張紙曾經放在母親的手中。信箋，過時的通信形式，卻有任何錄製品無法取代的私密感。這封信是以亞崔迪家族的戰時密碼寫成，保密性幾乎萬無一失。

和以往一樣，一想到母親，厄莉婭的內心便一片恍惚。香料的轉化力將母親和女兒的靈魂融為一體，難分你我，以至她不時會將保羅想成自己分娩生出的兒子，把父親想成自己的愛侶。無數幽靈幻影在她的大腦中躍動，她一邊走下坡道，一邊回想這封信的內容。保護她的女戰士正在接待室裡等著她。

「你們製造了一個致命的悖論。」潔西嘉寫道，「政府不能既是宗教，又獨斷專行。宗教體驗必須是自發的，而律法勢必會壓制這種自發。但沒有律法，政府就無法統治。你們的律法最終註定會取代道德、良知，甚至取代你們認為可以用於統治的宗教。宗教儀式必須源於對神的讚美和對至善的嚮往，而這兩者能鍾煉出道德感。另一方面，政府是一種文化有機體，對疑慮、問題和爭執情有獨鍾。我相信儀式總有一天會取代信仰，符號也會取代道德。」

接待室傳來香料咖啡的味道。見她進來，四名身穿綠色衛兵長袍的女戰士轉身立正敬禮。她們跟在她身後，離她一步遠，堅定的步伐透出青春的大膽無畏，眼神警惕，臉上狂熱的表情不因敬畏而有稍減。她們渾身散發弗瑞曼人的好鬥特質，殺人絕不手軟。

在這方面，我是異類，厄莉婭想，即使手上沒沾血，亞崔迪家族也以血腥聞名。

她下樓的消息已經傳出去，等她走進下面的走廊時，一個等在那裡的侍從飛奔出去，召集外面的所有侍衛隊。走廊沒有窗戶，非常幽暗，僅靠幾盞朦朧的燈球照明。走廊遠處，通往閱兵場的門猛地打開，一束耀眼的日光射了進來。陽光中，一隊士兵押著柯巴走進視野。

「史帝加在哪裡？」厄莉婭問。

「已經在裡面了。」一名女戰士說。

厄莉婭領頭走進議事廳。這是堡壘內幾間較為華麗張揚的開會場所之一。一側是高高的樓座，放著一排排軟椅。樓座對面是橙紅帷幔遮住的落地長窗。明亮的陽光從一處帶有花園及噴泉的開放空間射入。她右側快到議事廳盡頭的地方立著一座講臺，上面孤零零放著一張大型座椅。

厄莉婭朝椅子走去，眼睛來回掃視，看到樓座上擠滿了耐巴。

樓座下的空地上擠滿皇室衛兵，史帝加在他們中間走來走去，不時到這裡輕聲低語、到那裡發布命令，似乎沒有看見厄莉婭走進來。

柯巴已被領來，坐在講臺下方的一張矮几邊，一旁的地板上放著靠墊。儘管衣飾華麗，頌詞家現在卻只是陰沉、倦怠的老人，蜷縮在長袍中抵禦屋外寒氣。兩個押解衛兵站在他身後。

厄莉婭坐下，史帝加也來到講臺邊。

「摩阿迪巴在哪裡？」他問。

「我兄長委派我以聖母的身分主持會議。」厄莉婭說。

聽到這話，樓座裡的耐巴開始高聲抗議。

「安靜！」厄莉婭命令道。在突如其來的寂靜中，她說：「當討論涉及生死的問題時，可以由聖母主持會議。弗瑞曼律法難道不是這樣說的嗎？」

她的聲明鎮住全場，眾耐巴閉上了嘴。但厄莉婭仍舊怒視著那一排排臉龐。她在心裡默默記下他們的名字，準備在議會上談談這些人——霍巴斯、拉吉非里、泰斯敏、薩吉德、尤布、雷格……這些名字都跟沙丘星的某個地方有關：尤布穴地、泰斯敏凹地、霍巴斯隘口……

她將視線轉向柯巴。

柯巴發現她望著自己，於是抬起頭說：「我抗議，我是無辜的。」

「史帝加，宣讀起訴書。」厄莉婭說。

史帝加取出一只褐色的香料紙卷軸，向前跨出一步，開始宣讀，聲音鄭重莊嚴，彷彿刻意壓下語調起伏，讓起訴的字句顯得斬釘截鐵、清晰、公正：

「……你與反叛者密謀推翻吾等之皇帝暨領主，祕密會見帝國境內多股反叛勢力……」

柯巴不斷搖頭，一臉悲憤。

厄莉婭邊聽邊沉思，下巴支在左拳頭上，頭向左傾，另一隻手臂搭在椅子扶手上。心中的憂慮已經讓她開始對瑣碎的正式程序感到不耐。

「……珍貴的傳統……支撐著軍團和各處的弗瑞曼人……根據律法，以暴制暴……帝國子民凜然不可犯……剝奪你的一切權利……」

這是廢話，她想。廢話！一切都是──廢話……廢話……廢話……

史帝加開始結尾：「因此提交該案，以供裁決。」

接下來是一片沉默，然後，柯巴向前傾身，雙手緊握膝蓋，青筋暴綻的脖子直挺，像正準備向前一躍。他開始說話，從牙齒間能看到他舌頭的輕彈。

「沒有隻字片語和事實證明我背叛了我的弗瑞曼誓約！我要求與我的原告對質！」

簡單而有力的反駁，厄莉婭想。

她看得出來，這句話對耐巴產生了很大影響。他們了解柯巴，他是他們中的一員。為了成為耐巴，他早已證明自己兼具弗瑞曼人的勇氣和謹慎。柯巴，不是最傑出的，但是可靠；缺乏指揮作戰的能力，但足以勝任後勤職務；無法振臂一呼，卻擁有古老的弗瑞曼美德，將部族的利益置於一切之上。

厄莉婭腦海中閃過保羅轉述的奧辛生前遺言，字字泣血。她掃視樓座。這些人每一個都可能設身處地將自己想像成窮途末路的柯巴──其中有些人確實罪有應得。即使是完全清白的耐巴，也和不那麼清白的耐巴同樣危險。

柯巴也感覺到眾耐巴的情緒。「誰指控我？」他質問道，「我是弗瑞曼人，有權知道我的原告是誰。」

「也許是你指控你自己。」厄莉婭說。

柯巴一時來不及掩飾，臉上霎時露出對神祕事物的驚恐。每個人都看清了他的表情：身懷神力的厄莉婭竟然親自出面譴責他，聲稱她從形象界，那個陰幽地域中帶回了證據。

「有弗瑞曼人投入我們的敵營。」厄莉婭繼續說，「捕水器遭破壞，地下水渠被炸毀，作物毒死，低地蓄水也被掠劫了……」

「現在——他們還從沙漠中偷走沙蟲，帶到另一顆星球！」

在場的人十分熟悉這個突如其來的聲音——摩阿迪巴。保羅從大廳門口走了進來，侍衛兵紛紛讓開。他走到厄莉婭身旁。荃妮陪著他，但只是旁觀。

「陛下。」史帝加不忍心看保羅的臉。

保羅空空的眼窩對準樓座方向，然後轉向柯巴：「怎麼了，柯巴？不說點頌詞？」

樓座裡一陣交頭接耳，聲音越來越響，能聽出一些隻言片語：「……對瞎子的律法……弗瑞曼傳統……遺棄在沙漠裡……誰破壞……」

「誰說我是瞎子？」保羅問道，將臉轉向樓座，「你，拉吉非里？我看見你今天穿了件金色長袍，裡面是藍色的襯衣，還沾有街上的灰塵。你總是不修邊幅。」

拉吉非里伸出三根手指，做了個抵擋邪魔的手勢。

「把那幾根手指頭對準自己吧！」保羅喝道，「我們知道邪惡在哪裡！」他又轉向柯巴：「你臉上寫著罪咎，柯巴。」

「不是我的罪！我也許和罪案有關，但沒有……」聲音突然中斷，他恐懼地朝樓座方向望去。

在保羅的暗示下，厄莉婭站起身來，從講臺走了下來，走到柯巴桌邊，離他不足一公尺，默默地逼視著他。

柯巴在眼神的重壓下退縮了，開始坐立不安，朝樓座投去焦慮的一瞥。

「你在找誰？」保羅問。

「你看不見！」柯巴脫口而出。

保羅強忍住那瞬間對柯巴的悲憫。這個人已經陷入預象的羅網，跟現場的所有人一樣動彈不得。而他在其中也扮演了一個角色，僅此而已。

「我不用眼睛也能看見你。」保羅說。他開始描述柯巴，描述他的每一個動作、每一陣痙攣，投向樓座的每一個驚恐、懇求的眼神。

柯巴絕望了。

厄莉婭觀察著他，知道他隨時可能崩潰。樓座裡的某個人一定同樣知道他是多麼接近崩潰邊緣，她想。是誰？她一個個琢磨著那些耐巴的臉，在這些虛偽的臉上搜尋蛛絲馬跡：憤怒……恐懼……半信半疑……心虛。

保羅不說話了。

柯巴徒勞無功地裝出傲慢的神情，抗辯道：「誰指控我？」

「奧辛指控你。」厄莉婭說。

「奧辛已經死了！」柯巴抗議道。

「你怎麼知道？」保羅問，「通過你的密探系統嗎？哦，是的！我們知道你的密探和情報員，我們也知道把燃岩彈從塔拉黑酉星帶到這裡的人是誰。」

「那是為了保護祁紮銳！」柯巴脫口而出。

「那怎麼會落入反叛者手中？」保羅問。

「被偷了，而且我們……」柯巴沉默了，咽下想說的話，目光飄忽不定，「人人都知道，我一直是向摩阿迪巴表達敬愛的聲音。」他瞪著樓座，「死人怎能指控一個弗瑞曼人？」

「奧辛的聲音並沒有死。」厄莉婭說，在保羅碰了碰她的手臂時閉上了嘴巴。

「奧辛把他的聲音交給了我們。」保羅說，「它指出了名字、通敵的行動，還有會面的地點和時間。柯巴，你發現耐巴委員會裡少了幾張熟悉的臉，對嗎？梅柯爾和費許在哪裡？跛腳柯克今天不在。還有泰金，他在哪裡？」

柯巴連連搖頭。

「他們已經帶著偷到的沙蟲從厄拉科斯逃走了。」保羅說，「就算我放了你，沙胡羅也會因為你參與這件事而懲罰你，取走你身上的水。我還是乾脆放了你吧，柯巴，如何？想想那些失去眼睛的戰士。他們不像我，沒有眼睛也能看見世界。他們有家人，有朋友。柯巴，你躲得過他們嗎？」

「那是意外。」柯巴爭辯，「再說，他們會從忒萊素人那裡……」他又一次頹然坐下。

「誰知道那些金屬眼睛會不會反而控制了他們？」保羅問。

樓座上的耐巴開始互換眼色，捂著嘴竊竊私語。現在他們盯著柯巴的眼神已經變得冰冷。

「保護祁紮銳。」保羅喃喃道，回到柯巴的辯解上，「這麼一種或者會毀掉行星，或者會製造J射線造成失明的武器，柯巴，這種威力，你居然會以為可以當作防禦武器？祁紮銳非得將所有人的眼睛都弄瞎，才能感到安全嗎？」

「那是一種古老珍品，陛下。」柯巴辯解道，「我們知道古老的律法規定只有各大氏族才能擁有原子能，但祁紮銳服從……服從……」

「服從你。」保羅說，「一種古老珍品？哼！」

「即使是原告的聲音，您也必須讓我親耳聽到！」柯巴說，「這是弗瑞曼人的權利。」

「他說的是事實，陛下。」史帝加說。

厄莉婭向史帝加投去嚴厲的一眼。

「律法就是律法。」史帝加說。他察覺了厄莉婭的不滿，於是開始引述弗瑞曼律法，不時針對適用性加入自己的評論。

厄莉婭有一種怪異的感受——史帝加每講一句話，她就能猜到下一句。他怎麼會如此容易上當？史帝加從來沒有像現在這麼愛打官腔、保守，也從沒這麼拘泥於沙丘法典。只見他下巴凸出，一臉激昂，嘴唇激動地蠕動著。他就只剩令人反感的自負了嗎？

「柯巴是弗瑞曼人，因此，必須根據弗瑞曼律法進行判決。」史帝加總結說。

厄莉婭轉身望著窗外，花園上空的雲朵將陰影投到室內牆壁上。沮喪壓倒了她。早上已過了一半，他們為這件事情耗了這麼久，結果如何？柯巴已經放鬆下來，一副受到不公正指控的模樣，似乎他做的每一件事都是為了表達對摩阿迪巴的敬愛。她瞥了一眼柯巴，意外看到他臉上掠過一抹詭祕的自大。

他幾乎確信了一件事，她想。他就像聽到了朋友在叫喊：「挺住！援兵就要到了！」有那麼一刻，他們確實掌控了這件事——侏儒提供的資訊、還有別人參與密謀的線索、告密者的名字，這些全在他們手中。但他們讓最關鍵的一刻溜了。一定不是史帝加。她轉過身，瞪著這位弗瑞曼長者。

史帝加毫不露怯地迎著她的目光。

「謝謝你提醒我們注意律法，史帝加。」保羅說。

史帝加低頭致敬。他靠近了些，用只有保羅和厄莉婭才能看見的口形說：我先榨乾他，再處理這件事。

保羅點點頭，朝柯巴後面的衛兵打了個手勢。

「把柯巴帶到看守最嚴密的牢房去。」保羅說，「除了律法顧問，不許其他人探視。我指派史帝加做你的顧問。」

「我要自己選擇顧問！」柯巴大叫。

保羅猛地轉過身來：「你否認史帝加的公正和判斷力？」

「哦，不，陛下，可是……」

「把他帶走！」保羅喝道。

衛兵將柯巴從坐墊上拉起，押著他出去了。

耐巴又是一陣竊竊私語，然後開始離開樓座。侍衛也從樓座下方走到窗戶邊，拉下橙紅的帷幔，廳內頓時染上幽暗的橙紅。

「保羅。」厄莉婭說。

「不要急著激化事態，」保羅說，「除非我們有全然把握。謝謝你，史帝加，你的戲演得很好。厄莉婭，我已經確定哪些耐巴是柯巴的同夥。他們按捺不住，已經露出了馬腳。」

「你和史帝加事先套好的？」厄莉婭問道。

「即使我宣布處死柯巴，所有耐巴也都能理解。」保羅說，「不過，像這樣就沒有嚴格遵循弗瑞曼律法的處置……他們會覺得自己的權利受到了威脅。有哪些耐巴支援他，厄莉婭？」

「肯定有拉吉非里。」她說，聲音壓得很低，「還有薩吉德，可是……」

「將完整名單交給史帝加。」保羅說。

厄莉婭只覺得喉嚨發乾，不由得咽了口唾沫。此時，她和其他人一樣，對保羅產生了畏懼。保羅沒有眼睛，卻活動自如，她當然知道他是如何做到，但高明到這種程度仍令她不寒而慄。保羅在自己的預象中感覺到他們的身形舉止！她覺得自己的人也在恆星時間中為他的預象閃現微光，而他的一言一行都決定了預象中的人是否按照現實的軌跡走。他用預象牢牢掌握了現場所有人！

「您的晨間接見時間早就到了，陛下。」史帝加說，「許多人——……感到好奇……害怕……」

「你害怕嗎，史帝加？」

聲音很低，幾乎無法聽清：「是的。」

「你是我的朋友，無需害怕。」保羅說。

史帝加咽了口唾沫：「是的，陛下。」

「厄莉婭，開始晨間接見。」保羅說，「史帝加，傳召吧。」

史帝加遵令行事。

大門口頓時一片騷亂。人群往後擠，讓出一條通道給官員。那一瞬間，場面像炸了鍋：皇家衛兵用手肘頂住並推開千方百計想擠進來的陳情者，而身穿華麗長袍的陳情者或叫嚷或咒罵，手裡晃動著他們的召見書。衛兵清出的通道上，晨會書記大踏步走在官員的前方。他手裡拿著優先名單，上面列出哪些人可以接近皇帝。他名叫泰克魯布，是精瘦的弗瑞曼人，一臉不耐煩的譏誚，頂著光頭和濃密的鬍鬚沿途招搖。

厄莉婭上前擋住他，讓保羅有時間帶著荃妮從高臺後方的私人通道迅速離開。泰克魯布窺探著保羅的背影，表情令厄莉婭頓時起了疑心。

「今天由我代表我兄長。」她說，「一次放一個陳情者進來。」

「是，女士。」他轉身安排。

「我記得妳從前絕不會誤解妳哥哥的意思。」史帝加說。

「我當時分心了。」她說，「但你不是也變了嗎，史帝加？而且是戲劇性的變化。」

史帝加心頭一凜，挺直了身體。人難免會改變，但戲劇性？他自己從來沒想過。戲劇是不可靠的東西，品德和忠誠都相當可疑的外星球表演者才有戲劇性。帝國的敵人才會用戲劇來煽動浮躁的百姓。還有柯巴，背棄了弗瑞曼品德，把戲劇那一套用在祁紮銳上。他將為此丟掉性命。

「妳有些反常。」史帝加說，「妳不信任我了嗎？」

他聲音裡的辛酸使她神色一緩，但語調沒變：「你也知道，我不是不信任你。我哥哥向來認為，任何事只要交給史帝加，我們都可以放心。這一點，我向來同意。」

「那妳為什麼說我……變了？」

「你準備違抗我哥哥的命令。」她說，「我看得出來。我只希望那不會毀了你們兩個人。」

第一批哀求者、陳情者來了。不等史帝加回答，她已經轉過身去。她看到了他的表情，也知道他的感受。從母親的信上，她讀到了同樣的感受——用律法取代道德和良知。

「你們製造了致命的悖論。」

21

帝瓦納是蘇格拉底基督教哲學的辯護者，很可能是安布斯四號星上的原住民，生活在柯瑞諾之前的八到九世紀之間，達拉瑪克皇朝的第二代統治。他的著作只有部分留存下來，包括這句話：「每個人的心都棲息在同樣的荒野。」

——伊若琅《沙丘論》

• • •

「你就是彼加茲吧。」甦亡人說，踏入侏儒那間有衛兵看守的小房間，「我叫海特。」和海特一起進來的還有一隊換崗值夜班的皇家衛兵。穿過外面的院子時，傍晚暴風捲起沙塵，打在他們臉頰上，扎得他們眼睛直眨，加快了腳步。外面通道裡互相取玩笑的聲音、換崗的動靜一一傳入房內。

「你不是海特，」侏儒說，「你是鄧肯．艾德侯。他們把你的屍體放進氣槽的時候，我正好在那裡。他們把屍體抬出來復活、準備訓練的時候，我也在那裡。」

甦亡人突然一陣口乾舌燥，咽了口唾沫。燈球明亮的黃光投在屋內的綠色帳幔上，顏色減了幾分。燈光照亮了侏儒前額的汗水，讓彼加茲看上去十分古怪，像胡亂拼湊起來的生物，忒萊素人製造他的意圖似乎就要穿透他的皮膚迸射出來。怯懦、輕浮的外表下，這個侏儒藏著某種力量。

「摩阿迪巴派我來問你，忒萊素人把你送到這裡來的目的是什麼？」海特說。

「忒萊素人，忒萊素人。」彼加茲念叨著，「我就是忒萊素人，你這個笨蛋！說到這個，你不也是忒萊素人嗎？」

海特瞪著侏儒。這個彼加茲散發一股超凡的機警，讓人不禁想起古代的精神偶像。

「你有聽見外面的衛兵嗎？」海特問，「只要我一下令，他們會立即絞死你。」

「嘿！嘿！」彼加茲叫道，「你可真是的，變成了這麼一個麻木不仁的傢伙。絞死我？你不是剛說你來是為了找出真相嗎？」

海特發現自己不喜歡侏儒臉上那種神祕的安詳。「也許我只想知道未來會怎麼樣。」他說。

「說得真妙。」彼加茲說，「現在我們互相認識了。兩個賊碰面時不需要自我介紹，各自心照不宣。」

「這麼說，我們都是賊。」海特說，「我們偷什麼東西？」

「不是賊，是骰子。」彼加茲說，「你來這裡，是想瞧瞧我的點數。反過來，我也想瞧瞧你的。但你卻戴上了面具。瞧啊！這人有兩張臉！」

「你真的親眼看見我被放進忒萊素人的箱子裡？」海特問，其實他非常不願意問這個問題。

「我不是說過了嗎？」侏儒跳了起來，「我們當時很是費了一番力。你的肉體不想活過來。」

海特突然感到自己彷彿活在夢境中，受控於別人的意識，而他可能會暫時忘掉這一點，迷失在那人的意識迴旋中。

彼加茲狡黠地側著頭，圍著甦亡人踱步，不時抬頭看看他。「激動會激發你體內的古老模式。」彼加茲說，「你呀，你是一個不想知道自己在追捕什麼的追捕者。」

「而你是一具瞄準摩阿迪巴的武器，對嗎？」海特說，隨著侏儒轉動身體，「你到底想幹什麼？」

「什麼也不幹！」彼加茲說著，停了下來，「你隨便問，我就隨便回答。」

「這麼說，你是衝著厄莉婭來的。」海特說，「她是你的目標嗎？」

「在外星球，他們管她叫魚妖。」彼加茲說，「為什麼一說起她，我就聽到你的血液在翻騰？」

「唔，他們叫她魚妖。」甦亡人說，同時琢磨著彼加茲的表情，想知道他究竟有什麼意圖。侏儒的回應很怪異。

「她是處女，也是娼婦。」彼加茲說，「她粗俗，但機智，博學到令人心驚膽戰，在最仁慈的時候給人殘酷一擊；在思考時放空內心，在想要建立什麼東西的時候，破壞力大得像風暴。」

「原來你到這裡來，是為了痛斥厄莉婭。」海特說。

「痛斥厄莉婭？」彼加茲一屁股坐到牆邊的墊子上，「我來這裡，是因為我被她的美貌迷住了。」他咧開嘴笑，那張大鼻子大嘴的臉上，表情活像蜥蜴。

「攻擊厄莉婭，相當於攻擊她兄長。」海特說。

「這一點很明顯，明顯到人人視而不見。」彼加茲說，「實際上，皇帝和他妹妹就是背對背的同一人，半男半女的人類。」

「這種話我們聽過，最深的沙漠有些弗瑞曼人就這麼說。」海特說，「就是這夥人重啟了活人血祭沙胡羅的儀式。你怎麼會跟他們一樣胡言亂語？」

「你竟敢說這是胡言亂語？」彼加茲問，「就憑你，一個半死不活的東西？啊哈，我忘了，骰子看不到自己的點數，而你的困惑更比其他人多了一倍，因為你為亞崔迪家族那個雙身人效力。其實你的大腦已經快找到答案了，但你的意識卻拒絕接受。」

「你在向看守宣揚這一套謬論，對嗎？」海特低聲問。他覺得自己的思緒已被侏儒的話打亂。

「是他們向我宣揚！」彼加茲說，「他們還禱告神明保佑。為什麼不呢？我們大家都該好好禱告。畢竟，我們活在宇宙史上最危險的人物的陰影下。」

「最危險的人物？」

「連他們的母親都拒絕和他們生活在同一顆星球上！」

「為什麼你不直接回答我的問題？」海特問，「要知道，我們大可以用別的方式拷問你。我們會得到答案的……不管用什麼手段。」

「但我已經回答了！我不是已經告訴你，傳說是真的？我是挾帶死亡的風暴嗎？不！我只是話語！我的話像劃破沙漠上空陰沉天幕的閃電。我已經告訴你：『把燈吹滅，白晝來了！』你卻不斷說：『給我一盞燈，讓我能找到白晝。』」

「你在跟我玩危險的把戲。」海特說，「你是不是以為我理解不了這些禪遜尼觀念？其實，你留下的線索很明顯，就像鳥在泥地留下的走跡。」

彼加茲笑了起來。

「你笑什麼？」海特問。

「我笑自己有牙齒卻又希望沒有。」彼加茲好不容易邊笑邊吐出這句話，「沒有牙齒的話，我就不會氣得咬牙切齒了。」

「現在我已經知道你的目標，」海特說，「你是針對我。」

「而且我已經正中靶心！」彼加茲說，「你把自己弄成這麼大一個活靶，想射不中都難。」他自顧自地點點頭，「現在，我要為你唱首歌。」他開始哼唱，那是哀痛悲泣的單調旋律，一遍遍重複著。

海特僵住了，體內一股奇異的痛苦沿著背脊往上竄。他瞪著侏儒，在那張衰老的臉龐上看到一雙年輕的眼睛，密密麻麻的淺色紋路從眼睛一路延伸到兩處太陽穴。多麼巨大的腦袋！那張大臉上的五官彷彿都匯聚到正嗚嗚發出單調聲音的突起嘴唇上。聲音使海特想到古老儀式、民間記憶、舊時的話語和習俗、佚失的呢喃中半湮沒的意義。一場跨越時空的思想對決正血淋淋展開。亙古思維在侏儒的歌聲中繚繞，像遠處一點璀璨亮光，越來越近，照亮了沿途數百年的生命。

「你在對我做什麼？」海特喘著氣說。

「你是一部樂器，而我則是被訓練來彈奏你。」彼加茲說，「我正在彈奏你。我把耐巴中另外一些反叛者的名字告訴你吧。他們是拜克諾斯和卡胡伊特，還有柯巴的祕書狄傑迪達，班奈吉的副手阿布莫堅迪斯。就在這一刻，他們之中的某個人或許正把尖刀刺入你那位摩阿迪巴的胸膛。」

海特搖著頭，發現自己說不出話來。

「我們就像兄弟，」彼加茲又一次中斷那單調的哼唱，「我們在同一個再生箱長大。我最早，然後是你。」

突然間，海特的金屬眼睛傳來一陣燒灼的疼痛，眼前所見，無不蒙上閃爍的紅色薄霧。他只覺得自己的感官都喪失了切身感受，只剩這股疼痛。他可以感受到外物，但感官與外物之間彷彿隔著輕飄飄的薄紗。外界的一切都成了偶發，是無生命物質的偶然介入，就連他自己的意志也只是某種難以捉摸、不停變幻的東西，缺乏生氣，只有作為內在靈光時才能為人所見。

一股清明從絕望中生出。感官中僅存的視力穿透這層薄紗，凝聚的心神像一束熾烈的亮光，由下往上照亮彼加茲。海特感到自己的目光一層層切穿了侏儒：起初，他是聽命於人的智能生命，這一層之下是被貪婪困住的生物，欲望全寫在那雙眼睛上——外殼一層層剝離，最後是受某種符號操縱的實體。

「我們是在戰場上。」彼加茲說，「說出你的想法。」這個命令讓他找回自己的聲音。

海特說：「你不能強迫我殺害摩阿迪巴。」

「我聽過貝尼．潔瑟睿德的名言。」彼加茲說，「宇宙中沒有什麼是牢固的、平衡的、持久的——沒有任何東西能維持自身的形態。每一天，有時是每小時，都在變化。」

海特搖搖頭，一言不發。

「你以為那個糊塗的皇帝就是我們追求的獎賞，」彼加茲說，「你太不了解我們的主人忒萊素了。宇航公會和貝尼．潔瑟睿德認為我們創造的是加工品，但實際上，我們創造的是工具和服務。任何東西都可以成為工具——貧窮、戰爭。戰爭很有用，能影響許多領域。戰爭會刺激新陳代謝、強化政府、分散基因血緣。宇宙間沒有任何東西的生命力比得上戰爭。只有看出且實現戰爭價值的人，才能做到真正的自決。」

海特用溫和到顯得古怪的聲音說：「你這麼奇特的思想，幾乎使我相信宇宙是邪惡的，存在某種復仇的天意。為了創造你，他們付出了什麼樣的代價？你的經歷一定是非常精彩的故事，無疑還會有更加精彩的結局。」

「太棒了！」彼加茲得意地大笑起來，「你在反擊——這就是說，你還有意志力，正在實現自決。」

「你想喚醒我體內的暴力。」海特喘著氣說。

彼加茲搖頭否認道：「喚醒，是的；暴力，不對。你自己也說過，你接受的訓練使你成為意識的信徒。而我的意識則是喚醒你體內的那個人，鄧肯．艾德侯。」

「我是海特！」

「你是鄧肯．艾德侯，頂尖的殺手，無數女人的情人，劍客，亞崔迪家族戰場上的戰士。鄧肯．艾德侯。」

「過去不可能被喚醒。」

「不可能？」

「從來沒有人成功過！」

「不錯。但我們的主人不認為世上有什麼是不可能的。他們會一直尋找合適的工具、正確的施力方法，以及適切的服務……」

「你言不由衷！講得天花亂墜，但都是空話！」

「你體內有一個鄧肯．艾德侯。」彼加茲說，「他是會受制於感情，還是冷靜的審視？新的意識終究壓抑不住，會從緊追著你不放的黑暗過去中冒出。即使是現在，那股意識也在阻擋你的同時刺激你。你體內的那個東西，必定會吸聚所有意識，也必定會收服你。」

「忒萊素人以為我還是他們的奴隸，但我——」

「安靜，奴隸！」彼加茲用哼哼唧唧的語調說道。

海特不由自主閉口了。

「接下來就是最重要的事了。」彼加茲說，「我想你自己也感覺到了。接下來就是用來操縱你的口令……我想應該足以扭轉全局。」

海特感到汗珠從臉頰上一滴滴流下，胸部和手臂顫抖著，卻無法移動。

「有一天，」彼加茲說，「皇帝會來找你。他會說：『她走了。』他會一臉生不如死。他會將水獻給死者，也就是這裡的人所說的流淚。而你會用我的聲音說：『主人！哦，主人！』」

海特的下頷和喉嚨因繃得太緊而開始發痛，只能極其輕微地搖頭。

「你會說：『我從彼加茲那裡帶來了一則訊息。』」侏儒做了個鬼臉，「可憐的彼加茲，他沒有思想……可憐的彼加茲，一只塞滿資訊的圓桶，專供別人使用的東西……敲彼加茲一下，他就會發出聲音……」

他又做了個鬼臉：「你認為我惺惺作態，鄧肯．艾德侯。我不是！我也會悲傷。但是，時間到了，該用利劍代替言辭了。」

海特打了個嗝。

彼加茲咯咯笑起來：「啊，謝謝你，鄧肯，謝謝你。你的生理反應省了我們一堆時間。就像皇帝去不掉他血管中的哈肯能血脈，他也無法不聽命於我們。他會變成吐話的機器，用動聽的聲音向主人提出難以抗拒的誘惑。」

海特眨眨眼，心中想著這侏儒看起來多麼像居心不良的鬼機靈。亞崔迪人身上流著哈肯能人的血？

「一想到『野獸拉班』，那個邪惡的哈肯能人，你的眼中便噴出了怒火。」彼加茲說，「在這點上，你很像弗瑞曼人。好啊，言辭不管用時，手邊也總是會有利劍，是吧？想想哈肯能人對你家人的折磨。告訴你，你捧在手心的那位保羅也是哈肯能人，那血緣是他母親傳給他的！殺一個哈肯能人，並不會太難，對不對？」

甦亡人心裡一陣冷意。這是憤怒嗎？可自己為什麼會憤怒？

「噢，」彼加茲說，「啊，哈！卡嗒卡嗒。還有更多訊息要讓你轉達。忒萊素願意和你捧在手心的保羅．亞崔迪做筆交易：我們的主人可以復活他心愛的情人。你會有個妹妹——另一個甦亡人。」

海特突然覺得全世界只剩自己的心跳。

「一個甦亡人。」彼加茲說，「將擁有他愛人的肉體。她將替他生孩子，她將只愛他一人。如果他想，我們甚至可以改良原身。讓一個人重新獲得失去的東西，這機會可不多。這是一樁他求之不得的交易。」

彼加茲點點頭，眼睛下垂，像是厭倦了。然後他說：「他會心動……趁他分心的時候，你將接近他，出其不意地給他狠狠一擊！兩個甦亡人，而不是一個！這就是主人要我們做的事！」侏儒清了清喉嚨，再次點點頭：「說吧。」

「我不會做的。」海特說。

「但鄧肯．艾德侯會。」彼加茲說，「別忘了，對那個哈肯能後裔來講，這將是他最脆弱的一刻。你還會建議改良他愛人的身體，也許是永遠不停止跳動的心臟，或者更溫柔一些。當你接近他的時候，你還要提出給他一個庇護所，一顆他選擇的星球，在遠離帝國的某個地方。想想吧！他愛的人又回來了，不再有眼淚，還有寧靜的地方度過餘生。」

「整箱的珍寶。」海特追問道，「他會問價格的。」

「告訴他，他必須宣布放棄自己的神格，走下神壇，同時詆毀祁紮銳。他必須詆毀自己，還有他妹妹。」

「就這些？」海特問，發出一聲冷笑。

「他還必須放棄鉅貿聯會的股份，這是當然。」

「這是當然。」

「如果你離他不夠近，無法出手，你可以先聊聊忒萊素人是多麼敬重他，他讓他們領會宗教的種種可能。你告訴他，忒萊素人有個宗教工程部，能針對特定需求設計宗教。」

「多麼高明。」海特說。

「你覺得自己可以隨意譏諷我，違抗我的命令。」彼加茲說，他再一次狡黠地歪著頭，「用不著否認……」

「他們把你製造得很好，小動物。」海特說。

「你也不錯。」侏儒說，「你還要告訴他動作得快。肉體會腐爛，必須低溫保存。」

海特感到自己在掙扎，周圍全是他不認識的東西。侏儒看起來是那麼有把握！忒萊素人的邏輯一定有缺陷。他們在製造甦亡人時做了特殊設定，讓他聽命於彼加茲的聲音。但……是什麼設定……邏輯／母體／受體，清晰的推理是多麼容易被誤認為正確的推理！忒萊素人的邏輯扭曲了嗎？

彼加茲面露微笑，彷彿在傾聽某種隱祕的聲音。「現在，你將忘記。」他說，「時機一到，才會記起。他將說：『她走了。』到那時，鄧肯．艾德侯將會覺醒。」

侏儒拍手。

海特嗯了一聲，覺得自己似乎在想著什麼，但思路卻被打斷了……也許是一個句子被打斷了。是什麼句子呢？關於什麼……目標？

「你想迷惑我，從而操縱我。」他說。

「你說什麼呀？」彼加茲問。

「我就是你的目標，你無法否認。」海特說。

「我並不想否認。」

「你想對我做什麼？」

「向你示好，」彼加茲說，「僅此而已。」

22

除非在極為特殊的情形下，否則預知力無法長期顯示事件實際發生時的連續性。先知抓住的只是歷史鏈中的片段，而事物永遠在變動，這一點會干擾先知及求神問卜的人。就讓摩阿迪巴的臣民懷疑他的至高權威和預象，就讓他們否認他的神力。

——《沙丘福音書》

• • •

海特看見厄莉婭走出神殿，穿過露天廣場。衛兵彼此離得很近，臉上凶殘的表情掩蓋了平日的養尊處優及目中無人。

撲翼機翼上的日照計在下午明亮的陽光下閃閃發亮，機身上隱約可見皇家衛隊的摩阿迪巴之拳標誌。

海特把目光轉向厄莉婭。她看上去與這個城市格格不入，他想，她應該在沙漠，那個廣闊而自由的地方。看著她走過來，他突然想，厄莉婭只有面露微笑時才像在沉思。全是因為那雙眼睛。他想起一件歷歷在目的往事，那時她出面招待宇航大使，四周都是音樂、閒聊，賓客都穿上華麗的禮服及軍裝，而厄莉婭穿的是象徵貞潔的白長袍，白得耀眼。他從窗戶俯瞰，凝視她走在內庭花園上，穿過幾何水池、噴泉、一叢叢隨風搖曳的蒲葦，還有一座白色的觀景樓。

全錯了……一切都錯了。她屬於沙漠。

海特粗喘一口氣。和上次一樣，厄莉婭離開了他的視線。他等著，拳頭捏緊又鬆開。上次和彼加茲會面後，他一直感到煩躁不安。

他聽到厄莉婭的隨從越過了自己所在的屋子，她則走進民宅區。他努力專注回想她為何令他煩憂。走在露天廣場上的姿態？是的。她的步伐像一隻被追蹤的獵物，想逃離凶猛的掠食者。他從屋子出來，在露臺上走在遮陽幕後方，在陰影的盡頭停下腳步。厄莉婭正站在護欄邊，下方就是她的神殿。

他將目光投向城市，朝她看的地方望去，看到了矩形屋子、一塊塊顏色，以及喧囂熙攘的居民。建築物在酷暑中晃動、發亮，熱氣盤旋著從屋頂升起。一個男孩正在死巷的牆邊踢球，那條巷道正對著一座山丘，剛好在神殿的轉角。球來回彈跳。

厄莉婭也看著那顆球，難以自抑地想著自己也正如那顆球，來回彈跳……在時間的巷道來回彈跳。

離開神殿前，她喝下了最大劑量的美藍極。她以前從未服用這麼多，遠遠超量了。沒等美藍極藥力發作，那劑量就嚇到了她。

為什麼我要這樣做？她問自己。

「人在危險中作出抉擇。」是這樣嗎？只有這樣，才能穿透那些該死的沙丘塔羅牌在未來布下的重重迷霧。一道屏障矗立在那裡，必須打破。她只能這麼做。她必須看到未來，必須知道她失去眼睛的哥哥正闊步走向何處。

熟悉的美藍極出神狀態開始了。她深深吸了口氣，漸漸進入平和、靜止、忘我的境界。

擁有第二視野很容易使人成為宿命論者，她想。不幸的是，世上沒有演算法可以推算未來，探知未來的預象沒有數學公式可套。先知只冒著失去生命和健全心智的風險，親身踏入未來。

相鄰露臺的陰影中有動靜，是道人影。那個甦亡人！厄莉婭用自己大幅強化的感知力注視著他。生氣勃勃的深色面龐上，最引人注目的就是那雙閃爍的金屬眼睛。他身上融合了幾種極端的特質——是影子，也是熾烈的光，製造他的過程復活了他死去的肉身……也復活了某種極度純粹的東西……純真。

他體內的純真正受到重重圍困！

「你在那裡很久了嗎，鄧肯？」她問。

「所以我現在是鄧肯了。」他說，「為什麼？」

「不要質疑我。」她說。

她看著他，心想：忒萊素人做的甦亡人真是完美無缺。

「只有神才敢創造完美。」她說。「對人來說，完美是危險的。」

「鄧肯死了。」他說，不希望她這麼稱呼他，「我是海特。」

她打量他那雙人造眼睛，揣測他都看到了什麼。細看之下，會發現閃亮的金屬表面上有許多小小的黑色凹痕，像閃亮金屬上的幽深小井。複眼！周圍的世界忽然一亮，搖晃起來。她一隻手抓住曬熱的欄杆，竭力穩住自己。啊，美藍極的藥力好猛烈。

「妳不舒服嗎？」海特問。他靠近了些，金屬眼睛睜得大大的，注視著她。

是誰在說話？她疑惑了。是鄧肯．艾德侯？是晶算師甦亡人或禪遜尼哲學家？或是比任何公會的領航員都更加危險的忒萊素爪牙？她兄長知道。

她再次打量甦亡人。他體內有某種蟄伏的東西。他正蓄勢待發，蘊藏的力量遠遠超越尋常生命。

「因為我母親的緣故，我很像貝尼．潔瑟睿德。」她說，「你知道嗎？」

「我知道。」

「我有她們的力量，我像她們一樣思考。我體內的某個部分了解育種計畫的莊嚴及緊迫……也了解這個計畫的成品。」

她的眼睛眨了一下，感到自己的部分意識開始在時間中自由流動。

「據說貝尼．潔瑟睿德永遠不會鬆手。」他說。他緊緊盯著她，留意到她抓著露臺邊緣的手指異常蒼白。

「我絆倒了嗎？」她問。

他注意到她的呼吸是多麼深，每個動作都緊張不安，眼神開始呆滯了。

「要絆倒的時候，」他說，「妳可以跳過絆住妳的東西，重新恢復平衡。」

「貝尼．潔瑟睿德絆倒了，」她說，「她們現在就想跳過我哥哥，重新恢復平衡。她們想要荃妮的孩子……或者我的。」

「妳有孩子了？」

她竭力調整，將自己調整到與這個問題對應的時空中。有孩子？什麼時候？在哪裡？

「我看見了……我的孩子。」她悄聲說。

她離開露臺欄杆，轉身看著甦亡人。他一臉謹慎，眼神悲傷。當他隨著她轉身時，那兩片金屬閃爍了一下。

「你用這樣的眼睛能看見……什麼？」她低聲問道。

「別的眼睛能看見的所有東西。」他說。

他的聲音在她耳中迴盪，延伸了她的意識。她感覺自己像在跨越宇宙。不停延伸……向外……向外。無數時空糾纏著她。

「妳服用了美藍極，劑量非常大。」他說。

「為什麼我看不到他？」她喃喃道。宇宙萬物的子宮困住了她，「告訴我，鄧肯，為什麼我看不到他？」

「妳看不見誰？」

「我看不見孩子的父親，我迷失在塔羅牌的霧中了。幫幫我。」

他運用晶算師的能力算出最有可能的答案，然後說：「貝尼．潔瑟睿德想讓妳和妳哥哥交配，這樣就可以留下基因……」

她哀鳴一聲，「體內的卵」。她粗喘一口氣，一陣寒戰竄過全身，接著全身滾燙。那場在她最隱祕的夢境中的交配，那個預知力都無法揭露的人——真的會發生嗎？

「妳是不是冒險服用了大劑量的香料？」他問，同時竭力壓制內心湧現的極度恐懼：某個亞崔迪女人可能會死去，保羅有可能被迫面對某位皇室女子離他而去的事實。

「你不知道搜索未來意味著什麼。」她說，「有時候，我也能瞥見未來的自己……但我自己的預知力干擾了我。我無法看清自己的未來。」她低下頭，來回搖著頭。

「妳服用了多少香料？」他問。

「大自然憎惡預知。」她抬起頭，「你知道嗎，鄧肯？」

他像對小孩子說話般循循善誘：「告訴我，妳服用了多少。」他伸出左手，攬住她的肩膀。

「言語這種手段太簡陋了，太原始，而且模稜兩可。」她掙開他的手。

「妳必須告訴我。」他說。

「看看大盾壁吧。」她吩咐道，手指前方，目光也朝相同方向去。預象翻天覆地湧向她，大地崩裂了，像被無形的潮水沖毀的沙堡。她渾身一顫，轉頭望著甦亡人，被甦亡人臉上的表情嚇呆了。他的五官皺在一起，變得蒼老，然後又變年輕……變老……變年輕。他成了生命本身，堅定、連續不斷……她轉身想逃，但他一把抓住她的左手。

「我去叫醫生。」他說。

「不！你必須讓我看清這預象！我必須知道！」

「妳已經看到了。」他說。

她低下頭，盯著他的手。肌膚相觸處有股電流，令她既迷醉又驚恐。她猛地甩開他，喘著粗氣：

「人是抓不住旋流的！」

「妳需要醫生！」他厲聲說。

「你還不明白？」她質問道，「我的預象不完整，只有一些碎片。我必須記住這個未來。你不懂嗎？」

「要是妳因此送命，未來又在哪裡？」他問，輕輕把她推進臥室。

「言語……言語。」她喃喃道，「我無法解釋。一件事引發了另一件事，卻並沒有因……也沒有果。我們不能這樣放任世界萬物。我們再怎麼努力，都還是有缺口。」

「把意識延伸過來。」他命令著。

他多麼遲鈍！她想。

沁涼的陰影包裹了她。她感到自己的肌肉蠕動著，像沙蟲的運動。身下是一張穩固的床，但她知道，床不具實質。只有空間是永恆的，此外沒有任何事物具有實質。床跟著許多身體一起飄浮，都是她自己的身體。時間成了一種複合感受，難以負荷，並同時引發多重反應留待她去提取。這就是時間，無時無刻不在動。整個宇宙都在向後、向前、向兩側滑動。

「那道缺口不像其他物體。」她解釋說，「你無法從下面過去，也不可能繞過。沒有地方能讓你找到支撐點。」

有一群激動的人圍繞著她，許多人握住她的左手。她看著自己移動的身體，目光隨著那隻摟著人的手臂，看到了那張不斷變幻面容的臉：鄧肯．艾德侯！他的眼睛……不對勁，但這的確是鄧肯是孩子—成人—青少年—孩子—成人—青少年……他臉上的每根線條都流露出對她的擔心。

「鄧肯，別害怕。」她耳語道。

他握緊她的手，點點頭。「躺著別動。」他說。

他想：她不會死！她不能死！不能讓任何亞崔迪女人死去！他猛烈搖頭。這樣的想法有違晶算師邏輯。死亡是必然，唯有如此，生命才能延續。

這個甦亡人愛我，厄莉婭想。

這個想法成了一塊基岩，她終於有了依靠。這是一張熟悉的臉，臉後方是一間確實的屋子。這是保羅居室的一個房間。

有道固定不變的人影正用一根管子在她的喉嚨裡動作，她一陣作嘔。

「幸好搶救及時。」一個聲音說，她聽出是皇家醫生，「你應該早一點叫我的。」醫生聽上去像是起了疑心。她感到管子從喉嚨裡滑了出來——一條蛇，一條閃亮的線。

「這一針會讓她入睡的。」醫生說，「我叫她的隨從去——」

「我守著她。」甦亡人說。

「不行！」醫生斷然拒絕。

「留下來……鄧肯。」厄莉婭低聲道。

他撫著她的手，讓她明白他聽到了她的話。

「小姐，」醫生說，「最好……」

「不用告訴我什麼最好。」她喘著粗氣，每發出一個音節，喉嚨都疼痛不已。

「小姐，」醫生說，聲音裡帶著責備，「妳知道服用過多美藍極會有危險。我只能假定是某人給了妳美藍極，沒有經過——」

「你真是傻瓜。」她用嘶啞的嗓音說，「你不想讓我看到預象，是嗎？我知道自己服用了什麼，還有為什麼服用。」她一隻手放到喉嚨上，「退下。馬上！」

醫生退出她的視線，說：「我會向妳的兄長稟報此事。」

她憑感覺知道他離開了，將注意力轉向甦亡人。現在，她意識裡的預象更清晰了，此時此地的現實正從預象這片培養基向外生長。她感受到甦亡人在變幻的時間中移動，但身形已在清晰的背景中固定下來，不再影影幢幢。

他是對我們的嚴峻考驗，她想，他是危險，也是拯救。

她打了個寒顫，知道自己看到了兄長看過的預象。眼眶發熱，流下不爭氣的淚水。她猛地搖搖頭。不要流淚！流淚不僅浪費水分，更糟糕的是會進一步擾亂險惡的預象之流。一定要阻止保羅！哪怕只有一次，就這一次。她越過了時間，將自己的聲音放在他的必經之路上。但壓力和變化頻生，那聲音未必能留在原地。時間之網越過了她兄長，就像光穿透了鏡頭。他很清楚，自己正站在焦點上。他已經將所有時間線都拉到自己身上，不允許未來逃離他的掌握或發生絲毫改變。

「為什麼？」她喃喃道，「是因為仇恨？時間傷害了他，所以他想打擊時間？這是……仇恨嗎？」

甦亡人以為她在叫他：「小姐？」

「我為什麼不能將體內的東西燒毀！」她哭叫道，「我不想與眾不同。」

「厄莉婭，厄莉婭。」他在她耳道哄道，「睡吧。」

「我希望自己能夠放聲大笑。」她喃喃道，眼淚從雙頰簌簌落下，「可我是皇帝的妹妹，一位被尊為神祇的皇帝。人們怕我，但我從來不想成為別人害怕的對象。」

他拭去她臉上的淚水。

「我不想成為歷史的一部分。」她低語著，「我只想被愛……愛人。」

「大家都愛妳。」他說。

「哈，忠心耿耿，忠心耿耿的鄧肯。」她說。

「別，別這麼說。」他懇求道。

「但你確實忠心耿耿。」她說，「忠誠是價值連城的商品。可以出售……但無法買，只能賣。」

「我不喜歡妳這樣質疑一切。」他說。

「你該死的邏輯！我說的是真的！」

「睡吧。」他說。

「你愛我嗎，鄧肯？」她問。

「我愛妳。」

「又是一句謊言？」她問，「一個比真相更容易讓人相信的謊言？我害怕相信你，為什麼？」

「妳害怕我的與眾不同，就像妳害怕自己與眾不同。」

「做一個男人吧，別總是拿出晶算師那一套！」她吼道。

「我是晶算師，也是男人。」

「你會讓我做你的女人嗎？」

「我會做愛所要求的一切。」

「愛，還有忠誠？」

「還有忠誠。」

「而這正是你的危險之處。」她說。

她的話使他不安。他的臉沒有流露絲毫憂慮，肌肉沒有抽動，但她知道，她記下的預象清楚顯示了他的不安。然而，她覺得自己忘了部分預象，一些她應該要記住的事——她在未來中察覺了什麼，不完全是透過感官意識，而是和預知力一樣無端出現在她的腦海。但那卻被時間的陰影遮住了——無邊的痛楚。

情感！沒錯——情感！預象中出現了情感。不是直接出現，而是某種東西的產物，而她其實能夠猜出那東西背後躲著什麼。她被情感困住了——一種由恐懼、悲傷和愛形成的網羅。這一切就在她的預象中結合成瘟疫的實體，既原始，又所向披靡。

「鄧肯，不要離開我。」她悄聲說。

「睡吧，」他說，「別硬撐。」

「我必須……我必須。他被當成餌，放在為他而設的陷阱裡。他是權力和恐懼的奴隸。暴力……神壇是囚禁他的牢籠。他將失去……一切。他會被撕成碎片。」

「妳是說保羅嗎？」

「他們揮打鞭子，逼他摧毀自己。」她喘息著弓起後背，「太多壓力，太多不幸。他們引誘他遠離了愛。」她躺到床上，「他們在創造一個他絕不容許自己活在裡面的宇宙。」

「誰在做這些事？」

「是他！啊，你真是遲鈍。他是這個模式的一部分。一切都太晚了……太晚了……太晚了……」

她說著說著，感到自己的意識在下降，一層又一層，最後降在肚臍正後方。身體和意識已經分離，融入無數預象碎片之中——移動，移動……她聽到了一聲胎兒的心跳，一個未來的孩子。美藍極的藥力仍在，她繼續在時間中漂流。她知道自己已經感受到孩子的生命，一個尚未懷上的孩子。

而她確定，這個孩子將經歷她所經歷的痛苦——和她一樣在子宮中覺醒。不等出生，就將是有意識、能思考的生命。

23

力有其極限，即使最有權力的人，也無法免於力的攻擊。政府的統治藝術就是判斷極限在哪裡。濫用權力是致命之罪。律法不能是復仇的工具。威嚇任何人，都必須承受後果。

——由史帝加作注的《摩阿迪巴論律法》

• • •

荃妮透過泰布穴地低處的裂口遠眺清晨的沙漠。她沒有穿蒸餾服，這讓她在沙漠中缺乏安全感。穴地的入口隱藏在她身後高聳的峭壁中。

沙漠……沙漠……無論走到哪裡，她心心念念的都是沙漠。回到沙漠與其說是回家，不如說是轉了個身，看見始終在那裡的東西。

一陣疼痛從腹中傳來。分娩在即。她忍住疼痛，想獨自和自己的沙漠分享這一刻。

正是黎明時分，大地一片靜謐。雲影在沙丘和大盾壁臺地間飛掠。陽光從高聳的斷崖上瀉下，將她的目光引向如洗碧空下一望無盡的荒涼沙漠。這片風景正切合保羅瞎眼後她心頭揮之不去的入骨憤恨。

為什麼我們要來這裡？她心想。

這不是哈伊拉，探尋之旅。除了為她找到生子之所，保羅在這裡無所追求。這次遠行還有一些奇怪的旅伴：彼加茲，那個忒萊素侏儒；甦亡人，海特，也可能是死後復生的鄧肯．艾德侯；艾德瑞克，公會的領航員、大使；凱亞斯．海倫．莫哈亞，他顯然很憎恨的貝尼．潔瑟睿德聖母；莉綺娜，奧辛那奇怪的女兒，在衛兵的監視下無法自由走動；史帝加，她的耐巴舅父，還有他最受寵的妻子赫若……以及伊若琅……厄莉婭……

風聲隨著她的思緒穿過岩石。沙漠上的白天，天地的顏色都變得更濃烈，黃的更黃、褐的更褐、灰的更灰。

為何要有這麼奇特的同伴組合？

「我們已經忘了『同伴』一詞的原意，」保羅解釋道，「同伴原本是指『旅行之伴』。我們是一體的。」

「但他們有什麼價值？」

「妳瞧！」他那雙可怕的眼窩對著她，「我們已經失去清晰單純的生活。任何東西只要不能裝入瓶子中，不能擊打、刺戳或者儲存，我們就覺得沒有任何價值。」

她委屈地說：「那不是我的意思。」

「啊，我最親愛的。」他安撫著她，「我們在金錢上是如此富裕，生活上卻非常貧乏。我真是個邪惡、固執而愚蠢的……」

「你不是！」

「我是，但妳這話同樣是真的。我的雙手已被時間染髒了，我想……我試圖創造生命，卻不知道生命已經被創造出來了。」

然後，他輕撫她的孕肚，感受腹中的生命。

她邊回想，邊將雙手放到肚子上，顫抖著。她後悔懇求保羅帶自己到這裡來。

沙漠狂風攪起一股惡劣的氣味，是斷崖底部的固沙植物發出來的。弗瑞曼人的迷信攫住了她：惡劣的氣味，不祥的時刻。她面朝狂風，發現固沙植物的外側冒出了一條沙蟲，就像幽靈船的船首從沙丘間竄出，一路拍打著沙礫，接著牠聞到了致命的水氣，於是一頭鑽入沙下，拱出一道道隆起。

沙蟲對水的畏懼勾起她對水的憤恨。水曾經是厄拉科斯星的精魄，現在卻變成了毒藥。水帶來了瘟疫。只有沙漠是乾淨的。

下方來了一隊弗瑞曼工人。他們往上爬，走進穴地的中門，腳上沾著泥漿。

腳上沾著泥漿的弗瑞曼人！

穴地的孩子開始朝著她上方的朝陽唱起晨歌，歌聲從高處的入口往下送，令她想起歲月的流逝有多像率風遠颺的鷹，不由得渾身一顫。

憑他不需要眼睛的視力，保羅看到了什麼風暴？

她感受到他身上那股凶狠的瘋狂，一個厭倦了歌聲及口舌之爭的人。

她發現天空已經變成透明的灰色，布滿光潔雪白的光束。狂風挾帶沙粒劃過天際，鏤刻出一道道奇異的圖案。南面有一線灼亮的白引起了她的注意，她頓時警覺了起來：南方天空的白，沙胡羅的嘴。那是風暴的前兆，巨大的風暴。不祥的微風揚起沙塵打上她的臉頰。風中有股死亡的氣息，那是地下水渠、潮濕的沙地、燧石的氣味。水！沙胡羅正是因為水，才會送出這陣信風。

鷹也飛進她所在的岩縫躲避風沙，身上的褐色和岩石幾無二致，翅膀則是深紅色。她嚮往眼前的鷹——牠們有地方可躲，而她卻沒有。

「女士，風沙來了！」

她轉過身，發現甦亡人站在穴地高處入口的外側叫喚她，心裡湧起弗瑞曼人的恐懼。死得乾淨俐落能把肉體的水留給部族，這她可以理解。可是……死而復活的東西……

風沙抽打著她，她的臉龐一片胭紅。轉頭一看，只見可怕的沙塵直衝天際。風沙肆虐下的沙漠變成了黃褐色，沙丘一副躁動不安的模樣，像保羅向她形容的大海浪濤。

對她而言，眼前的風暴也已變成平凡的事物。以有限與永恆相比，哪怕沙浪在懸崖上拍得再響，也不過像一口煮開的小鍋。

但對她來說，沙暴已經充斥整個宇宙。動物全躲著沙暴……沙漠上沒有任何東西，只剩沙漠的私語：風捲起的沙礫刮擦著岩石、洶湧的呼嘯、巨石突然從丘頂滾落——然後，從某個看不見的地方，一條沙蟲翻覆了，一路發出砰砰巨響，連翻帶爬逃回自己乾燥的地底深處。

那不過是短短的一刻，就像在時間長河中她命如蜉蝣。但就在這一刻，她覺得這顆星球都快被狂風吹走了，變成宇宙的塵埃，融入其他波動中。

「我們必須快點。」甦亡人來到她身邊。

她覺察到他的驚慌——他擔心她的安危。「沙暴會把妳的肉從骨頭上撕下來的。」他說，彷彿需要向她解釋什麼是沙暴。

他的關切驅散了她對他的畏懼。荃妮讓甦亡人扶著自己一步步跨上岩階，進入穴地，穿過曲曲折折的屏障，隨從打開封閉水氣的密封罩，兩人進去後，密封門立刻闔上。

穴地的臭氣撲鼻而來。這裡混合了各種氣味，人群的體味、蒸餾服的酸敗味，還有熟悉的食物香氣，以及機器運轉時的燃燒味……最濃烈的則是無處不在的香料味——到處都是美藍極。

她深深吸了口氣：家。

甦亡人鬆開拽住她手臂的手，站在一旁，變得溫順，幾乎像是關掉了開關暫停運轉的機器。只不過……他仍然全神戒備。

荃妮在門口頓了頓，這裡有某種東西讓她感到說不出的迷惑。這裡確實曾是自己的家。她還是孩子的時候就點著燈球在這裡捉蠍子。儘管如此，有些東西卻變了……

「您不想進屋嗎，女士？」甦亡人問。

她感到腹內一波波緊縮，像是被他的話驚醒了。她竭力掩飾，不露出異狀。

「女士？」甦亡人說。

「為什麼保羅擔心我懷上我們自己的孩子？」她問。

「他憂慮您的安危，這很自然。」甦亡人說。

她一隻手摸了摸自己發紅的臉頰：「他就不憂慮孩子的安危嗎？」

「女士，他一想到孩子，就會想起薩督卡殺死的長子。」

她打量著甦亡人——扁平的臉，晦澀難解的機器眼。他真的是鄧肯．艾德侯嗎，這個生物？他對所有人都這麼友善嗎？他說的是真話嗎？

「您應該有醫生陪伴。」甦亡人說。

她再一次從他的話中聽出他對她的擔憂。她突然覺得自己的思想彷彿全無防備，隨時可能被人洞悉。

「海特，我很害怕。」她低聲說，「我的烏蘇爾在哪裡？」

「他在處理國家事務，暫時脫不開身。」甦亡人說。

她點點頭。政府各部門也搭乘撲翼機浩浩蕩蕩來到這裡。她突然明白穴地有什麼東西讓她迷惑：異世界的氣味。那是從職員和副手身上發出的香水味，還有食物和衣物、外星球的化妝品，瀰漫了整個穴地，構成了氣味的暗流。

荃妮搖搖頭，克制住冷笑的衝動。只要摩阿迪巴在場，連氣味都會變得不同！

「有些緊迫的事需要他處理。」甦亡人說，他誤解了她的遲疑。

「是……是，我懂。我和那群人一起來的。」

她回想從厄拉欽恩出發的航程，現在她承認，當時她並不指望自己能活下來。保羅堅持親自駕駛撲翼機，失去眼睛的他居然能開到這裡。她知道，此後無論他做出什麼事，她都不會再感到驚訝。

又一陣疼痛從腹部擴散開來。

甦亡人發現她呼吸急促、臉頰繃緊，問道：「您要生了？」

「我……是的，是的。」

「快，不能耽誤了。」他說，拉著她的手臂，催促她往下方的大廳走去。

她發現他很驚慌，說道：「還有時間。」

他彷彿沒聽見。「禪遜尼派生孩子的方法，」他說，扶著她走得更快了，「就是在緊張的狀況下無所求地等待。不論發生什麼事，都不要對抗。對抗就得等著失敗。不要一心想著要完成什麼。只有忘記目標，才能完成一切。」

說話時，兩人已經走到臥室門口。他扶著她穿過帷幔，大喊：「赫若！赫若！荃妮要生了。快去叫醫生！」

他一喊，侍從立即動了起來。在匆匆奔走的眾人間，荃妮覺得自己像平靜的孤島……直到另一輪疼痛向她襲來。

海特退到外面的走道，鎮定下來之後，他才有時間思索自己剛才的所作所為。他對某些時刻難以釋懷，一切真相在那些時刻都只是暫時的。他知道自己驚慌了。不僅因為荃妮可能死去，還因為荃妮死後，保羅會來到他身邊……撕心裂肺……他心愛的人走了……走了……走了……

無中不可能生有，甦亡人告訴自己，那麼，這恐慌是從哪裡來的？

他覺得自己的晶算師技能變遲鈍了。他顫抖著，長長吐了口氣。一道精神幽影從他身上掠過，他發現自己正在情感的死蔭之地等待某種清晰明確的聲音——叢林中樹枝斷裂的劈啪聲。

一聲嘆息傳來，他渾身一震。危險過去了，沒有爆發。

他緩緩蓄力，一點點擺脫壓制，沉入晶算師的意識中。他勉強進入了，雖不是最佳狀態，卻必須這麼做。他不再是人，而是在自己腦中移動的幽靈。他是轉運中心，一一分派他所拿到的每筆資料。他體內棲息著眾多代表機遇的產物，正依次而過，等著他比較、判斷。

汗珠在他的前額迸出。

許多模糊的想法輕輕飄入黑暗中——未知。無限的系統！晶算師必須明白，他是在無限的系統中運作。確定的資料無法概括無限。有限的視野容不下所有地方，因此，他必須化為無限，即便只是暫時。

一陣抽搐，他做到了，看見彼加茲坐在面前，像團火光，被體內火焰照亮。

彼加茲！

那個侏儒對他做了什麼！

海特覺得自己正在致命的深淵邊緣搖搖欲墜。他將晶算師的運算放映出來，計算自己的行為會有什麼影響。

「強烈衝動！」他喘息道，「有人在操縱我，在我體內植入強烈的衝動！」

海特說話的時候，一個身著藍色長袍的信使從他身邊走過，遲疑地問：「你在說什麼嗎，先生？」

甦亡人並不看他，點點頭說：「我說出了一切。」

24

曾有一個英明的人，
掉進了大沙坑。
兩隻眼睛都燒掉了，
只是咬牙吞忍。
他召出未來的畫面，
終於成了聖人。

——童謠，《摩阿迪巴史》

‧‧‧

保羅站在穴地外的暗處。先知的視野告訴他此時是夜晚，告訴他月光正照出他左側岩壁上方聖壇的輪廓。這裡充滿回憶，是他的第一個穴地，他和荃妮……

我不能想荃妮，他告訴自己。

他稀薄的預象告訴他周圍的變化：右側遠處有一叢仙人掌，還有井渠的一條銀黑色水流正潺潺淌過早上風暴堆起來的沙丘。

在沙漠流動的水！他想起了另一種水，他的出生地卡樂丹星球的河水。那時他還沒意識到這樣的水流是何等珍貴，即使是流過沙漠盆地的濁水也是珍寶。

一名副手輕咳一聲，從後面走了出來。

保羅伸出雙手，取過吸附著一張金屬紙的磁板，動作緩慢一如井渠的水流。預象向前流動，但他發現自己越來越不願意跟著前進了。

「打擾了，陛下。」副官說，「塞布利條約……需要您簽署。」

「我看得見！」保羅斥喝道。他在簽名處潦草寫上「亞崔迪皇帝」，將磁板朝副官手中一塞，看到了副官臉上的驚恐。

副官快步離開了。

保羅轉過身。險惡、貧瘠的大地！他想像陽光燒燙的大地，燠熱難當，四處是流沙及黑壓壓的沙坑，風魔沿著岩石席捲無數小沙丘，腹中吸飽赭色岩晶。但這裡又是富庶的地方。在沙暴肆虐的不毛之地上、絕壁斷崖和嶙峋山脊的夾縫間，巨大的希望正在迸發。

這一切都需要水……以及愛。

生命會將狂暴的荒地變得優雅、活躍，他想，這就是沙漠傳達的訊息。他很想轉身朝那群擠在穴地入口的副手叫喊：如果你們一定要崇拜某種東西，就崇拜生命吧——所有生命，哪怕最低賤的生命！我們全都屬於這個美麗的整體！

他們不會明白。在沙漠上，他們是無邊無際的沙子。勃發的生命不會為他們獻上綠色之舞。

他握緊拳頭，試圖阻止預象。他想逃離自己的意識。那是吞噬他的怪獸！他的意識躺在他體內，像海綿吸飽了周邊一切生命，濕淋淋、沉甸甸。

保羅在絕望中拚命將思緒向外擠。

星辰！

意識飄向群星，無垠的星河。只有近乎瘋狂的人才敢想像自己有能力統治其中哪怕最微小的一撮。自己的帝國有多少臣民，他甚至不敢想。

臣民？更準確地說，應該是崇拜者和敵人。他們之中是否有人見識過教義之外的思想？有沒有人擺脫了狹隘的偏見？沒有，甚至皇帝也擺脫不了。他的生活就是「奪取一切」，試圖按照自己的形象創造世界。然而，這個歡騰的宇宙終究以無聲的波濤沖刷過他。

把唾沫啐在沙丘上吧！他想，把我的水分給沙丘吧！

是自己用錯綜複雜的變動和想像，用月光和愛，用比亞當還古老的禱詞，用灰色的岩石、緋紅的影子、悲傷、無數的殉道者，鑄造了這個神話——神話最終的結局會如何？波浪消退時，時間的河岸將一片潔白，除了璀璨的記憶結晶，幾乎空無一物。這就是人類興起的全盛時代？

砂粒擦過岩石聲音告訴他，甦亡人來了。

「你今天一直在回避我，鄧肯。」保羅說。

「您這樣稱呼我很危險。」甦亡人說。

「我知道。」

「我……來是想提醒您，陛下。」

「我知道。」

甦亡人全盤托出彼加茲在他身上做了什麼手腳。

「那種強烈的衝動是什麼，你知道嗎？」保羅問。

「暴力。」

保羅覺得自己終於來到一開始便在召喚他的地方。他一動也不動。聖戰已經控制住他，把他固定在一條滑道上，讓他永遠擺脫不掉未來那股駭人的重力。

「不會有任何來自鄧肯的暴力。」保羅喃喃道。

「可是，陛下……」

「告訴我，你在我們身邊看到了什麼。」保羅說。

「陛下？」

「沙漠——今晚的沙漠如何？」

「您看不見？」

「我沒有眼睛，鄧肯。」

「可是……」

「我只有預象。」保羅說，「但我希望自己沒有。預知正逐漸榨乾我，你知道嗎，鄧肯？」

「也許……您擔憂的事不會發生。」甦亡人說。

「什麼？否定自己的預知嗎？我看到預知成真已有幾千次，要如何否定。人們稱這種力量為神力、天賦。但實際上，那是種折磨！我從此再不能有自己的生活！」

「陛下，」甦亡人喃喃地說，「我……那不是……少爺，你不要……我……」他沉默了。

保羅察覺了甦亡人的迷茫：「你叫我什麼，鄧肯？」

「什麼？我怎麼……等等……」

「你剛才叫我『少爺』。」

「我叫了，是的。」

「鄧肯過去一直是這麼叫我的。」保羅伸出雙手，輕撫甦亡人的臉，「這也是忒萊素訓練的一部分？」

「不是。」

保羅把手放下來：「那麼，那是什麼？」

「那來自……我。」

「你侍奉兩個主人？」

「也許。」

「將自己從甦亡人中釋放出來，鄧肯。」

「怎麼釋放？」

「你是人。做人該做的事。」

「我是甦亡人！」

「但你的肉體是人類。鄧肯就在那裡面。」

「『某種東西』在那裡面。」

「我不在意你怎麼做。」保羅說，「但你必須做。」

「你看到了？」

「見鬼的看到了！」保羅轉過身。他的預象開始向前衝了，中間還有許多缺口，但那擋不住預象。

「陛下，如果你已經……」

「安靜！」保羅舉起一隻手，「你聽到了嗎？」

「聽到什麼，陛下？」

保羅搖搖頭。鄧肯沒聽見。難道那只是他的幻聽？有人在沙漠那邊叫喚他的部落名——從遙遠的地方，「烏……蘇爾爾爾。」

「陛下，那是什麼？」

保羅搖搖頭。他覺得有人在注視這裡，在漆黑的暗處，有什麼東西知道他在這裡。什麼東西？不——是人。

「最美好的，」他喃喃道，「妳是這世上最美好的。」

「您說什麼，陛下？」

「那是未來。」

那邊，那道形狀不定的人形猛地一躍，隨著他的預象變幻著，擊出最強烈的音符，回聲久久不絕。

「我不明白，陛下。」甦亡人說。

「弗瑞曼人離開沙漠太久就會死去，」保羅說，「那有個名稱，叫『水病』。這不是很古怪嗎？」

「非常古怪。」

保羅竭力搜索自己的記憶，試圖想起夜裡荃妮依偎在他身側的呼吸。哪裡還有慰藉？他懷疑。他只記起一件事：出發前往沙漠的那一天，荃妮坐在早餐桌旁，焦躁又不安。

「你為什麼要穿那件舊外衣？」她問道，眼睛盯著他穿在弗瑞曼長袍下的那件黑色軍服，軍服上別著紅鷹家徽，「你是皇帝！」

「就算是皇帝，也有特別鍾愛的衣物。」他說。

這句話居然讓荃妮流出了淚水，他想不出其中緣由。這是她一生中第二次落淚。

如今，在黑暗中，保羅擦了擦自己的臉頰，那上面已經濕成一片。是誰把水給了死者？他想。但這是他自己的臉呀，但又好像不是。風吹過濕漉漉的皮膚，帶來一陣沁涼。一場飄忽的夢出現了，又破滅了。胸口為什麼發脹？是吃了什麼東西嗎？是他的另一個悲痛的自我把水給了死者嗎？暴風挾帶沙塵四處呼嘯，皮膚被吹乾了，那是他自己的皮膚。但那股久久不去的戰慄又是誰的？

然後，一陣哀號傳來，遠遠的，在穴地深處。聲音越來越大……越來越響……

燈光突然亮起，甦亡人猛地轉身，雙眼大睜。有人拉開了入口的密封罩。燈光下，他看到一張落拓不羈的笑臉——不！不是笑臉，是哀慟的哭臉！這是一個名叫譚迪斯的弗瑞曼敢死隊軍官，身後跟著黑壓壓的一大群人，見到摩阿迪巴以後，所有人都沉默了。

「荃妮……」譚迪斯說。

「死了。」保羅低聲說，「我聽見了。」

他轉身朝向穴地。他熟悉這裡，知道他在這裡無處可躲。洶湧的預象讓他看到了所有弗瑞曼民眾。他看到了譚迪斯，感受到這個弗瑞曼敢死隊員的悲傷、恐懼和憤怒。

「她走了。」保羅說。

甦亡人聽到了，這句話彷彿從熾熱的燭火中傳出，灼燒著他的胸膛、背脊和金屬眼窩。他感到自己的右手慢慢移向腰帶上的晶刃匕。他的思維變得非常陌生，已經不屬於自己。他成了一具木偶，由那道可怕的燭火垂下的絲線操控，隨著另一人的命令、另一人的意志而動。絲線猛地牽動他的雙臂、雙腿，以及下頜。某種聲音從他嘴裡冒出來，一種駭人、重複的叫喊——

「赫拉克！赫拉克！赫拉克！」

晶刃匕就要揮出。就在那一瞬，他奪回了自己的聲音，嘶喊道：「快逃！少爺，快逃！」

「我們不會逃。」保羅說，「我們保持尊嚴，做必須做的事。」

甦亡人肌肉緊繃，渾身顫抖，搖搖欲倒。

「……必須做的事！」這句話在他腦中翻湧，像在水面撲騰的巨魚。「必須做的事！」啊，這話聽上去像老公爵，保羅的祖父。少爺遺傳了老公爵，「……必須做的事！」

這幾個字讓甦亡人豁然開朗。他漸漸意識到，自己體內同時有兩個生命：海特／艾德侯／海特／艾德侯……過去的記憶如洪水般湧現，他一一記下，得到新的認知，開始整合全新的意識。新人格暫時獨斷一切，而這雄渾的意識隨時可能崩潰。但事態迫使他緊急調整：少爺需要他。

接著，完成了。他知道自己是鄧肯・艾德侯。他仍然記得海特的一切，但燭火消失了。他終於擺脫了忒萊素人的指令。

「到我身邊來，鄧肯。」保羅說，「我有許多事需要你做。」見艾德侯仍恍恍惚惚地站在那裡，又說：「鄧肯！」

「是，我是鄧肯。」

「當然是！你終於清醒了。我們進去吧。」

艾德侯走在保羅身後。一切彷彿回到過去，但又和過去不一樣。掙脫忒萊素的控制之後，他開始適當評價他們灌輸給他的能力：禪遜尼的修練使他得以面對事件的衝擊，晶算師的造詣又形成一股平衡。他擺脫了所有恐懼，超然物外，全副意識都從一個永遠好奇、求知的角度向外觀看。他曾經死了，可仍然活著。

「陛下，」他們走過去時，弗瑞曼敢死隊員譚迪斯說，「那個女人，莉綺娜，說她必須見您。我叫她等一等。」

「謝謝你。」保羅說，「孩子……」

「我問了醫生，」譚迪斯跟在保羅身後，「他們說您有兩個孩子，都活著，很健康。」

「兩個？」保羅腳下一絆，伸手抓住艾德侯的手臂。

「一個男孩和一個女孩。」譚迪斯說，「我看過了，都是漂亮的弗瑞曼孩子。」

「怎麼……怎麼死的？」保羅低聲說。

「陛下？」譚迪斯彎身靠近。

「荃妮。」保羅說。

「是因為分娩，陛下。」譚迪斯啞著嗓子說，「他們說孩子長得太快，她的身體被耗盡了。我不明白這是什麼意思，但他們就是這麼說的。」

「帶我去看看她。」保羅輕輕說。

「陛下？」

「帶我去！」

「我們正在朝那裡走，陛下。」譚迪斯湊近保羅，悄聲說，「您的甦亡人為什麼把刀握在手裡？」

「鄧肯，收起刀子。」保羅說，「風暴過去了。」

說話時，保羅覺得自己的聲音就在耳畔，發出聲音的身體卻離自己很遠很遠。兩個孩子！預象中只有一個。但這一切很快就過去了，只留下一個滿懷悲傷和憤怒的人，另一個不是他的人。他的意識不斷原地踏地，再三重演自己的一生。

兩個孩子？

他再次踉蹌。荃妮，荃妮，他想，沒有別的辦法。荃妮，我的愛，相信我，對妳來說，這樣的死更快……更慈悲。若非如此，他們或許已經挾持了我們的孩子，將妳關入牢房和奴隸營，怪罪妳，要妳為我的死負責。現在這條路……這條路摧毀了他們的陰謀，救了我們的孩子

孩子？

他腳下再次不穩。

我默許這一切，他想，我有罪。

前方的岩洞人聲嘈雜，聲音越來越大，和他記憶中的預象一模一樣。是的，就是這個模式，這種毫不留情的模式，甚至對兩個孩子也同樣狠心。

荃妮死了，他告訴自己。

在遙遠過去的某個時刻，這個未來就已經向他伸出魔手，追逐著他，將他趕入岩縫，而且兩側

岩壁越來越窄。他能感覺到岩縫正在他身後轟然閉合。預象中，一切就是這樣發生的。

荃妮死了。我應該允許自己心碎。

但預象之中，他並沒有這麼做。

「通知厄莉婭了嗎？」他問。

「她和荃妮的朋友在一起。」譚迪斯說。

他感到人群在後退，為他讓道。他們的沉默像浪潮湧到他眼前。嘈雜開始消退。穴地一片壓抑。

他想將這些人從預象中驅逐，卻發現他無法辦到。每張臉都帶著特殊的印痕轉向他，緊緊尾隨。這些面孔都帶著赤裸裸的好奇。他們也感到悲傷，沒錯，但他知道他們骨子裡的殘忍。他們會眼睜睜看著口齒伶俐的人變成啞巴，聰明人變成傻子。對殘忍的人來說，出醜難道不總是有無窮的吸引力嗎？

與其說這是守靈，不如說是在看守死囚。

保羅發現自己的靈魂在乞求喘息，但預象仍推著他前進。不遠了，他告訴自己。黑暗，沒有預象的黑暗就在前方等著他。就在前方，悲傷和罪疚將撕裂預象。前方就是他的月亮隕落的地方。

他跌跌撞撞走進了這片黑暗。如果不是艾德侯緊緊抓住他的手臂，他一定會跌倒。這個可靠的人知道如何默默分攤他的悲痛。

「就是這裡。」譚迪斯說。

「小心腳下，陛下。」艾德侯說，扶著他走進入口。帳幔拂上保羅的臉。艾德侯扶著他站定。

保羅透過臉頰和耳朵接收的反射，感覺到前方就是房間。房間的四壁都是岩石，牆上掛著帳幔。

「荃妮在哪裡？」保羅輕聲問道。

赫若的聲音回答說：「她就在這裡，烏蘇爾。」

保羅顫抖著，吐出一口氣。他擔心她的遺體已經被轉移到蒸餾器去。弗瑞曼人用這種東西回收屍體的水分，留給部族用。預象是這樣的嗎？他感到自己被遺棄在黑暗之中。

「孩子呢？」保羅問。

「也在這裡，陛下。」艾德侯說。

「您有一對漂亮的雙胞胎，烏蘇爾。」赫若說，「一個男孩和一個女孩。看見了嗎？我們把孩子放在嬰兒床。」

兩個孩子？保羅大惑不解。預象中只有一個女兒。他推開艾德侯攙扶的手臂，朝赫若說話的方向走去，絆在一道堅硬的表面上。他用手摸索，是嬰兒床的超晶玻璃外緣。

有人拉住他的左手。「烏蘇爾？」是赫若。她把他的手放到嬰兒床上。他摸索到又細又軟的肌膚。如此溫暖！還有小小的肋骨，在一上一下地呼吸。

「這是您的兒子。」赫若低聲說。她牽著他的手，「這是您的女兒。」她的手緊緊抓住他，「烏蘇爾，您現在真的瞎了嗎？」

他知道她在想什麼。必須將瞎子遺棄在沙漠。弗瑞曼部族不會帶著累贅。

「帶我去看荃妮。」保羅說，並不回答她的問題。

赫若讓他轉過身，領著他朝左方走去。

現在，保羅感到自己終於接受了荃妮死去的事實。他在宇宙中有自己的角色，雖然他不想要這個宇宙，不想要這具不適合自己的肉身，每一道呼吸都是一次心碎。兩個孩子！他懷疑自己走上了一條預象永遠無法返回的道路。不過這似乎也不重要了。

「我哥哥在哪裡？」

厄莉婭的聲音在後面響起。他聽出她衝了進來，急切地從赫若手裡接過他的手臂。

「我必須和你談談。」厄莉婭低聲說。

「等一下。」保羅說。

「就現在！關於莉綺娜。」

「我知道。」保羅說，「等一下。」

「你沒有一下可以等了！」

「我還有許多。」

「但荃妮沒有！」

「安靜！」他命令道，「荃妮死了。」她想反駁，他把一隻手按到她的嘴唇上，「我命令妳安靜！」

他感到她平靜下來，於是放開手，「說說妳看見了什麼。」他說。

「保羅！」聲音帶著受挫的哭腔。

「不用擔心。」他說，同時竭力保持內心平靜。就在這時，預象的眼睛睜開了。是的，預象還在。一圈燈光下，荃妮的身體躺在板子上，有人將她身上的白色長袍拉直、撫平，試圖遮掩分娩的血跡。他無法強迫自己的意識別開，不看預象中的那張臉：那張平和安寧的臉，像鏡子般映射出永恆！

他轉過身，但預象仍然追隨著他。她走了……永遠不回來了。這空氣，這宇宙，卻是空的——

每個地方都是空的。這就是對他的懲罰嗎？他想流淚，卻沒有眼淚。他以弗瑞曼人的身分活得太久了嗎？眼前的死者需要他的水。

不遠處，一個嬰兒嚎啕大哭，但馬上被哄得安靜下來。這聲音在他的預象中拉下一片簾幕。保羅喜歡黑暗。*這是另一個世界*，他想，*兩個孩子*。

保羅從迷茫的預知恍惚狀態中醒來，試圖重新抓住美藍極帶來的心智擴張，但意識力有未逮。未來並沒有衝入這片新意識。他感到自己在排拒未來，一切未來。

「再見了，我的希哈婭。」他悄聲說。

厄莉婭的聲音在他身後某處響起，嚴厲而緊迫：「我把莉綺娜帶來了！」

保羅轉過身。「那不是莉綺娜。」他說，「那是幻臉人。莉綺娜死了。」

「你可以聽聽她怎麼說。」厄莉婭說。

保羅慢慢朝妹妹聲音的方向走去。

「你還活著，我並不驚訝，亞崔迪。」聲音像莉綺娜，但仍然有細微差別。說話的人使用了莉綺娜的聲帶，但不再刻意控制發音。奇異的是，這個聲音裡透著真誠，保羅相當意外。

「你不驚訝？」保羅問。

「我叫司凱特利，是忒萊素幻臉人。在我們開始交易之前，我想知道一件事。你身後的那個人是甦亡人，還是鄧肯．艾德侯？」

「是鄧肯．艾德侯。」保羅說，「我不想和你交易。」

「我想你會的。」司凱特利說。

「鄧肯，」保羅說，聲音越過肩膀傳過去，「如果我要求你，你會殺死這個弒萊素人嗎？」

「我會的，陛下。」鄧肯的聲音裡有一股竭力壓制的狂怒。

「等等！」厄莉婭說，「你還不知道你要拒絕的是什麼。」

「但我確實知道。」保羅說。

「那麼，它真的變成亞崔迪家族的鄧肯・艾德侯。」司凱特利說，「我們找到關鍵了！一個能夠重拾過去的甦亡人。」保羅聽到腳步聲，有人從他左側擦身而過。司凱特利的聲音現在來自他身後：「你記起了過去的什麼，鄧肯？」

「一切。從童年時代開始。我甚至記得你，他們把我從箱子裡抬出來的時候，你就站在箱子旁邊。」艾德侯說。

「太神奇了，」司凱特利吸了口氣，「非常神奇。」

保羅聽到聲音在移動。我需要預象，他想。黑暗讓他束手無策。他受過的貝尼・潔瑟睿德訓練提醒他，這個司凱特利相當陰險。但這傢伙始終只是一個聲音，一道他無法掌握的影子。

「這就是亞崔迪家的孩子嗎？」司凱特利問。

「赫若！」保羅叫道，「把這人趕離那裡！」

「別動！」司凱特利喝道，「所有人！我警告你們，幻臉人的速度比你們以為的還要快。我的刀可以在你們碰到我之前了結這兩個生命。」

保羅感到有人在拉他的右手，於是朝右側靠了靠。

「這個距離可以了，厄莉婭。」司凱特利說。

「厄莉婭，不要。」保羅說。

「都是我的錯。」厄莉婭悲痛地說，「我的錯！」

「亞崔迪，」司凱特利說，「現在我們可以交易了吧？」

保羅聽到身後傳來一聲嘶啞的咒罵。艾德侯的喉頭緊縮，嗓音充滿了強行壓抑的狂暴。艾德侯，一定要控制住！司凱特利會殺死嬰孩！

「要交易，就要拿出可賣的東西。」司凱特利說，「不是嗎，亞崔迪？你希望你的荃妮回來嗎？我們可以把她還給你。一個甦亡人，亞崔迪。一個有著所有記憶的甦亡人！不過我們必須要快。叫你的朋友帶一個冷凍箱來保護這具肉體。」

再次聽到荃妮的聲音，保羅想，再次感受到她的存在，在我身邊。啊哈，這就是他們給我艾德侯甦亡人的原因，為了讓我知道再生的人和原身有多麼相像。完美的復原……但必須答應他們的條件。這樣一來，我就會永遠成為忒萊素的工具。還有荃妮……為了保護孩子，她也會被鎖在相同的命運中，再次面臨祁紮銳的算計……

「你們打算怎麼恢復荃妮的記憶？」保羅問，盡力保持平靜，「你們要控制她來……殺掉她的一個孩子嗎？」

「用我們需要的任何方法。」司凱特利說，「你怎麼說，亞崔迪？」

「厄莉婭，」保羅說，「妳來和這東西交易。我不能和我看不見的東西談判。」

「聰明的選擇。」司凱特利滿意地說，「那麼，厄莉婭，作為妳兄長的代理人，妳準備開什麼價？」

保羅低下頭，讓自己深入平靜的內在。然後，他瞥見了什麼東西——似乎是預象，但又不是。

是一把靠近自己的刀。就在那裡！

「給我點時間想想。」厄莉婭說。

「我的刀有耐心等，」司凱特利說，「但荃妮的肉體不能等。別想太久。」

保羅感覺自己在眨眼。這不可能……可確實如此！他感覺到自己的眼睛！視角很奇怪，視線飄忽不定。那裡！那裡！那把刀飄入他的視野。保羅驚駭地屏住呼吸。他認出了這個視角，那出自他的一個孩子！那孩子正從嬰兒床上望著司凱特利的刀！閃閃發光，離孩子只有幾寸。是的，他還能看見站在房間另一側的自己——低著頭，靜靜站在那裡，沒有能力傷人，其他人都不留意。

「首先，妳可以讓出鉅貿聯會的所有股份。」司凱特利提議。

「所有股份？」厄莉婭抗議。

「所有股份。」

透過嬰兒床上的眼睛，保羅看著自己從腰帶上的刀鞘中拔出晶刃匕。這個動作使他產生一種奇特的雙重感。他估算著距離和角度。只有一次機會。他用貝尼・潔瑟睿德的方式調整好身體，像一根彈簧，把心力全放在一個動作上，所有肌肉共同形成一具平衡而精巧的機關。

晶刃匕從他的手中飛了出去，發出瑩白刀光，閃電般刺進司凱特利的右眼，再從後腦穿出。司凱特利猛地舉起雙手，一陣踉蹌，向後撞到牆上。手中的刀噹啷一聲飛向天花板，然後掉到地板上。司凱特利從牆上反彈，臉朝下倒地，沒等著地就已經斷氣了。

保羅繼續經由嬰兒床上的眼睛，看見房間裡的臉都轉了過來，盯著他這個沒有眼睛的人，目瞪口呆。隨後，厄莉婭衝到嬰兒床旁，彎下身子。他的視線被擋住了。

「啊，沒事。」厄莉婭說，「孩子都沒事。」

「陛下，」艾德侯低聲說，「那也是您預象的一部分嗎？」

「不是，」他朝艾德侯揮揮手，「就這樣了。」

「原諒我，保羅。」厄莉婭說，「但那傢伙說他們能夠……復活……」

「亞崔迪家付不起這樣的代價，」保羅說，「這妳也知道。」

「我知道，」她嘆了口氣，「但我還是受了誘惑……」

「誰能不受誘惑？」保羅問。

他轉身走開，摸索著走到牆邊，倚著牆，試著理解自己做了些什麼。怎麼做到的，那雙嬰兒床上的眼睛！他感覺驚人的真相就在前方了。

那是我的眼睛，父親。

這幾個字在他黑暗的視野中閃現微光。

「我的兒子！」保羅喃喃道，聲音低到沒有任何人能聽見，「你……有意識。」

是的，父親。看！

保羅一陣頭暈目眩，緊緊倚在牆上。他感到自己彷彿被倒吊起來風乾。自己的生命飛快從身旁掠過。他看到他的父親。他就是他的父親，還有祖父、祖父的祖父。他的意識跌跌撞撞闖入一條意識碎裂的通道，看到了他所有的男性祖先。

「怎麼會這樣？」他無聲地問。

朦朧的字句又出現了，隨即淡去，最終消失無蹤，彷彿承受了太大的壓力。保羅揩去嘴角的唾沫。他記起厄莉婭在母親的子宮中覺醒的事。但這次沒有生命之水，也沒有服用過量美藍極……或者服用了？荃妮懷孕時食量驚人，會不會就是在攝入美藍極？或許這是他的基因產物，就像凱亞斯．海倫．莫哈亞聖母所預見的那樣？

保羅感到自己就在嬰兒床上。厄莉婭在他上方嘰嘰咕咕，輕撫著他，臉龐朝他逼近，像巨大的物體籠罩著他。她將他翻了個身。他看見身旁的同胞，一名瘦可見骨的女嬰，帶著沙漠民族天生的強健，一頭紅褐色的胎髮。他盯著她看，就在這時，她睜開了眼睛。那眼睛！凝視著自己的是荃妮的眼睛……還有潔西嘉女士的眼睛。許許多多人，都從那雙眼睛裡向外凝視。

「看那裡，」厄莉婭說，「孩子在對看呢。」

「這個年紀的小嬰兒眼睛還沒辦法聚焦。」赫若說。

「我那時候就有辦法。」厄莉婭說。

慢慢地，保羅感到自己掙脫了無數人的意識，終於回到牆邊，緊緊倚著牆。艾德侯輕輕搖晃他的肩膀：「陛下？」

「我的兒子取名為雷托，為了紀念我父親。」保羅說，站直了身子。

「命名的時候，」赫若說，「我會站到你身邊，作為孩子母親的朋友，為他賜名。」

「另外，我的女兒，」保羅說，「取名為珈尼瑪。」

「烏蘇爾！」赫若反駁，「珈尼瑪這名字不吉利。」

「這個名字救了妳一命，」保羅說：「就算厄莉婭拿這名字取笑妳，又怎麼樣？我的女兒是珈尼瑪，一件戰利品。」

保羅聽到身後傳來輪子滾動的吱嘎聲，放著荃妮遺體的板子在移動。取水儀式的聖歌誦唱開始了。

「終於！」赫若說，「我得走了，我必須在最後的時刻站在我朋友身旁見證這場神聖儀式。她的水屬於整個部族。」

「她的水屬於整個部族。」保羅喃喃道。他聽見赫若離開了，開始摸索著向前，拉住艾德侯的衣袖：「帶我回房間去，鄧肯。」他進入自己的房間，完全放鬆下來。這是屬於他一個人的時間。但沒等艾德侯離開，門口就響起一陣騷動。

「主人！」是彼加茲在門口呼喊。

「鄧肯，」保羅說，「讓他向前走兩步。再近，就殺死他。」

「好的。」艾德侯說。

「是鄧肯嗎？」彼加茲說，「真的是鄧肯．艾德侯？」

「是的，」艾德侯說，「我記得所有往事。」

「那麼，司凱特利的計畫成功了！」

「司凱特利死了。」保羅說。

「但是我沒有死，計畫也沒有死。」彼加茲說，「我憑那個培育我的再生箱起誓！計畫成功了！我也將擁有自己的過去——過去的一切。只需要有合適的啟動器。」

「啟動器？」保羅問。

「就是殺死你的強烈衝動。」艾德侯說，聲音充滿憤慨，「他們發覺我把你當成我從未有過的兒子。他們知道，甦亡人不會殺死你，只會被真正的鄧肯．艾德侯取代——這才是他們的計畫。可是……這個計畫有可能會失敗。告訴我，侏儒，如果你的計畫失敗了，如果我殺死了他，會怎樣？」

「哦……那我們會和妹妹交易，救回她的兄長。但現在這種交易更好。」

保羅顫抖著吸了口氣。他能聽見悼亡者走過最後一條通道，正朝放著蒸餾器的房間走去。「還來得及，陛下。」彼加茲說，「想要您的愛人回來嗎？我們可以把她還給您。一個甦亡人，是的。而現在——我們可以提供完美的復原。您看，是不是叫僕從抬來冷凍箱，把您愛人的肉體保存起來……」

越來越難了，保羅想。他耗盡了心力去抵禦忒萊素的第一次誘惑，而現在那一切都毫無意義了！再次感受到荃妮的存在……

「讓他閉嘴。」保羅告訴艾德侯，用的是亞崔迪家族的戰時密語。他聽到艾德侯朝門口走了過去。

「主人！」彼加茲尖叫道

「如果你還敬愛我，」保羅說，仍然用戰時密語道，「幫我做一件事：在我向誘惑屈服之前殺死他！」

「不……」彼加茲慘叫道。

一聲可怕的咕嚕，聲音突然中斷。

「我讓他死得很痛快。」艾德侯說。

保羅低下頭，聽著。聽不到悼亡者的腳步聲了。他想，古老的弗瑞曼儀式此刻正在穴地展開。在遠處的亡者蒸餾器裡，部族取走了死者的水分。

「我別無選擇。」保羅說，「你懂嗎，鄧肯？」

「我懂。」

「有些事，人類是無力承受的。我干預了所有我能開創的可能未來，直到最終，未來也創造了我。」

「陛下，你不該……」

「這個宇宙中，有些問題是沒有解答的。」保羅說，「沒有，你無計可施。」說話時，保羅感到自己和預象之間的連結開始啪啪作響。無限的可能性排山倒海而來，意識畏縮了。他錯失的預象像風一般，隨意四處漫飛。

25

我們說，摩阿迪巴已經走了，踏上旅途，前往我走過卻從未留下足跡的大陸。

——《祁紮銳教義》導言

• • •

沙地旁邊有一道水渠，這是穴地植被的邊界。後方是一道岩脊，之後，在艾德侯腳下的，就是無垠的沙漠了。泰布穴地所在的高地在他的身後，聳立在夜空中。兩輪月亮的月光為穴地鑲上了銀邊。一片果園蔓延到水畔。

艾德侯在沙漠邊緣停下，回頭眺望無聲的水流和開滿鮮花的樹枝，還有月亮，加上水中的倒影，一共四輪月亮。皮膚傳來蒸餾服滑溜的觸感。潮濕的燧石味穿透過濾器撲向他鼻端。吹過果園的風像一陣陣不好懷意的冷笑。他靜靜傾聽夜的聲音：水畔草地有沙鼠棲息，鷹梟的尖嘯不停在斷崖的暗處回蕩，廣袤的流沙漠上，沙粒滑落的嘶嘶聲被風吹得斷斷續續。

艾德侯朝發聲的方向轉過身去。

月光下，沙丘上沒有任何動靜。

譚迪斯就是將保羅帶到這裡，然後折返報告他的情況。從那裡，保羅像弗瑞曼人一樣，毅然決然走入沙漠。

「他瞎了，真的瞎了。」譚迪斯說，好像在解釋什麼，「在這以前，他還有預象可以告訴我們……可是……」

他聳了聳肩。盲眼的弗瑞曼人應該被丟在沙漠裡。摩阿迪巴雖是皇帝，但也是弗瑞曼人。他已經和弗瑞曼人說好，他們會保護、養育他的孩子。他是弗瑞曼人。

艾德侯發現，這是片瘦骨嶙峋的沙漠。沙地透出一道道鍍上銀白月光的岩稜，之後就是綿延不絕的沙丘。

我不該丟下他的，一分鐘都不應該，艾德侯尋思，我知道他在想些什麼。

「他告訴我，未來已經不再需要他這個人了。」譚迪斯報告說，「他離開我的時候，回頭喊了一句：『現在我自由了。』就是這句話。」

這些人真該死！艾德侯想。

弗瑞曼人拒絕派出撲翼機或任何形式的搜救。救援有違他們的古老習俗。

「會有一條沙蟲等著摩阿迪巴。」他們說，然後開始吟唱禱詞，為被遺棄在沙漠中、準備將水交給沙胡羅的人祈禱，「沙地之母，時間之父，生命之源，讓他過去吧。」

艾德侯坐在平滑的岩石上，緊盯著沙漠。夜晚遮蔽了一切，沒有任何方法知道保羅去了哪裡。

「現在我自由了。」

艾德侯大聲說著這句話，被自己發出的聲音嚇到。有那麼一會，他任憑自己的思緒自由飄蕩。他想起他帶著兒時的保羅到卡樂丹海濱市集的那一天。太陽照在水面上，發出耀眼光芒。大海豐饒的漁獲靜靜擺在那裡出售。艾德侯還記起經常為他們彈奏巴利斯九弦琴的葛尼．哈萊克。那些歡笑，那些快樂時光。音樂的旋律在他的腦海中躍動，引領著他的意識像奴隸般走進快樂回憶的通道。

葛尼．哈萊克。葛尼一定會為這個悲劇責怪他。

記憶中的音樂漸漸遠去。

他想起保羅的話：「宇宙中，有些問題是沒有解答的。」

艾德侯開始想像，在沙漠深處，保羅會如何死去。很快被沙蟲咬死？或是慢慢死於烈日之下？穴地裡有些弗瑞曼人說摩阿迪巴永遠不會死，他已進入了神祕的形象界，那裡集合了一切可能發生的未來，說他會從此在形象界永生，即使肉體已消亡，靈魂也會在那裡徘徊不去。

他將死去，而我卻無能為力。艾德侯想。

但他漸漸意識到，不留痕跡地死去，或許是難得的禮遇——沒有屍骸，什麼都沒有，整顆星球都是他的墓地。

晶算師，解決自己的問題吧。他想。

有句話突然從記憶中冒出。那是受命保護摩阿迪巴兒女的敢死隊軍官在站崗時所說的話：「身為軍官，這是神聖的職責，負責……」

這些單調乏味、自以為是的話激怒了他。這句話誘騙了弗瑞曼人，誘騙了所有人。一個人，一個偉大的人，在那裡默默死去，但這些廢話卻在不痛不癢地說個沒完沒了……沒完沒了……

他想知道，廢話過濾之後，留下的清晰語義會有什麼作用？在某個地方，在帝國創造的某個失落之地，清晰的語義被人封住了，以防有人意外發現。他的意識以晶算師的方式搜尋解答。在那裡，知識正在微微閃爍，河中女妖的頭髮也會這樣發光。她以歌聲召喚……引誘癡迷的水手進入她的碧綠洞穴……

艾德侯猛地一驚，從意識的忘我狀態中回神。

原來如此！他想，換了我的話也會這樣。與其面對失敗，還不如讓自己消失！

剛才那幾乎墮落的一刻仍留在他的記憶裡。他仔細審視，發現自己的生命就跟宇宙一樣久遠。真實的肉體囚禁在意識那有限的碧綠洞穴裡，無限的生命卻永存不絕。

艾德侯站了起來，覺得身心都因沙漠而煥然一新。風中的沙塵子開始飛舞，劈劈啪啪擊打在身後的果樹葉上。夜晚的空氣瀰漫著一股粗糙而乾燥的塵土味，身上的長袍也隨風拍動。

艾德侯意識到，遙遠的沙漠深處，一股母親級的沙暴正在生成，帶著沙塵，捲起陣陣旋渦，發出猛烈的呼嘯。飛沙滾滾，像無比巨大的沙蟲，足以將人的皮肉從骨骼上撕去。

他就要和沙漠合而為一了，艾德侯想，沙漠將使他成就自己。

禪遜尼的思想像純淨的溪水洗刷著他的靈魂。保羅會一直前進，直到走入沙暴，他知道。亞崔迪家族的人不會全然將自己交給命運，即使徹底明白自己躲不過，也不會。

一瞬間，隱約的預象出現在艾德侯腦中，他看到未來的人用談論大海的語氣談論保羅。他一生都與塵土為伍，但水一直跟在他身後。「他的肉體沉沒了，」人們會說，「但他繼續向前游。」一個人在艾德侯身後清了清喉嚨。

艾德侯一轉身，認出了那道人影。是史帝加，他正站在水渠上方的橋上。

「沒人能找到他，」史帝加說，「但每個人終究都會找到他。」

「沙漠奪去了他的生命——又將他奉為神明。」艾德侯說，「但說到底，他仍是侵入者。他為這顆星球帶來了不屬於這裡的物質——水。」

「沙漠自有其節奏。」史帝加說，「我們歡迎他，稱他為我們的摩阿迪巴，還給了他私下的名字，柱子的基石：烏蘇爾。」

「但仍不是天生的弗瑞曼人。」

「那並不會改變事實，我們得到他……而且徹底得到他。」史帝加把一隻手搭在艾德侯肩膀上，「所有人都是侵入者，老友。」

「你很深沉，對嗎，史帝加？」

「夠深吧。我很明白我們的移民是如何將宇宙搞得亂七八糟。摩阿迪巴給我們帶來了某種秩序。至少為了這個，人們會記住他的聖戰。」

「他不會把自己遺棄在沙漠裡。」艾德侯說，「他瞎了，但不會放棄。他會守護榮譽和節操。他身上流淌著亞崔迪家族的血液。」

「他的水會灑在沙地上。」史帝加說，「來吧。」他輕輕抓住艾德侯的手臂，「厄莉婭回來了，她在找你。」

「她和你去瑪卡布穴地了？」

「是的，她幫忙整治了那些懦弱的耐巴，讓他們重新振作起來。他們聽從她的命令……我也是。」

「什麼命令？」

「處決叛徒。」

「哦。」艾德侯抬頭望向岬角，一陣頭暈目眩，「哪些叛徒？」

「宇航公會的人、聖母莫哈亞、柯巴……還有其他一些人。」

「你殺了一位聖母？」

「是的。摩阿迪巴留下話說不要殺她。」他聳聳肩，「但我違背他的話，厄莉婭知道我會殺死她。」

艾德侯再次凝視沙漠，感覺自己終於變成完整的人，能夠清楚地看見保羅所締造的模式。決斷的策略，亞崔迪家族的訓練手冊這麼形容這種模式。人民服從政府，但受統治的人也影響統治者。他懷疑受統治的人是否意識到自己在這裡也推動了什麼？

「厄莉婭……」史帝加清了清喉嚨，聲音聽上去有些尷尬，「她需要你在她身邊安慰她。」

「但她是女王。」艾德侯喃喃地說。

「攝政女王，如此而已。」

「財富碾壓一切！她父親過去經常這麼說。」艾德侯咕噥著。

「你來嗎？我們需要你回來。」史帝加困窘地說，「她……心神狂亂了。一下哭著罵自己的兄長，一下又哀悼他。」

「我馬上就去。」艾德侯答應了他。聽到史帝加離開後，他站在那裡，迎著越來越猛的狂風，任沙粒擊打在自己的蒸餾服上，發出劈啪聲。

晶算師意識將未來的走向投射出來，種種可能性使他目眩神迷。保羅推動了一道巨大的旋渦，旋渦所經之處，任何東西都無法留在原地。

貝尼・潔瑟睿德和宇航公會手伸得太長，因此損失慘重，聲名掃地。祁紮銳因為柯巴和其餘高層人員的叛變而搖搖欲墜。保羅最後自願離去，充分顯示了對弗瑞曼習俗的尊重和認同，最終贏得了弗瑞曼人對他及亞崔迪家族的忠誠。他現在已經永遠成為他們的一員。

「保羅走了！」厄莉婭哽咽了。她悄無聲息地走到艾德侯身邊。「他是傻瓜，鄧肯！」

「不要那樣說！」他呵斥道。

「在我說累之前，整個宇宙都會這麼說。」她說。

「為什麼？為了對天神的愛？」

「是對我兄長的愛，不是天神。」

禪遜尼洞察力使他的意識擴張開來。他察覺到她已經失去預知力——荃妮去世後就沒有了。「妳愛的方式很奇怪。」他說。

「愛？鄧肯，他揮揮手，就這麼離開了，哪管身後的世界會裂成碎片！他原本可以平平安安……而且有荃妮陪著他！」

「那麼……為什麼他不這麼做？」

「為了對天神的愛。」她喃喃道，然後又提高音量說：「保羅一生都在逃避聖戰，避免被神化。至少，他如願了。這是他的選擇！」

「啊，對——還有那個預象。」艾德侯迷惑地搖搖頭，「預象顯示了荃妮的死。他的月亮隕落了。」

「他生前是個傻子，對嗎，鄧肯？」

艾德侯的喉嚨因為悲哀而緊縮。

「多傻啊！」厄莉婭喘著氣，崩潰了，「他得到了永生，我們卻必須死！」

「厄莉婭，別這麼說……」

「我只是在哀悼，」她聲音很低，「只是哀悼。你知道我還得為他做什麼嗎？我要救那個伊若琅公主的命。那個人！你該去聽聽她的哀號。她號啕大哭，把水獻給死者。她發誓她是愛他的，只是自己不知道。她咒罵貝尼．潔瑟睿德，說自己要付出一生來養育保羅的孩子。」

「你相信她？」

「她聽起來很可信！」

「啊。」艾德侯輕聲說。最後的發展模式像織品的圖案在他的意識中攤開。伊若琅公主與貝尼．潔瑟睿德的決裂是最後一步，那使女修會喪失了任何對抗亞崔迪繼承人的資本。

厄莉婭開始抽泣，身子依偎著他，臉埋在他的胸前：「哦，鄧肯，鄧肯！他走了！」

艾德侯輕吻她的頭髮。「別難過。」他在她耳畔呢喃，感到她的悲哀和自己的混合在一起，像兩條小溪匯入同一座水池。

「我需要你，鄧肯。」她嗚咽著，「愛我！」

「我愛妳。」他悄聲道。

她抬起頭，月光照著他的臉龐：「我知道，鄧肯。愛能認出愛。」

他聞言渾身一震，他的舊自我中生出一股陌生的感受。他來到這裡尋找一件事，卻發現了另一件事。就好像他跌跌撞撞闖入一間都是熟人的屋子，卻太晚發現自己其實一個人都不認識。

她推開他，握住他的手：「你願意跟我一起走嗎，鄧肯？」

「無論妳去哪裡。」他說。

她領著他，穿過水渠，消失在山陵底部的黑暗之中。那裡是安全之鄉。

26

尾聲

摩阿迪巴走了，
沒有蒸餾葬禮的惡氣，
沒有喪鐘
也沒有莊嚴的儀式讓靈魂擺脫貪婪的陰影。
他是癡傻的聖人，
貴重的陌生人，永遠活在理智的邊緣。
放下戒備，他就在那裡！
從茂密的星辰叢林中走出。
神祕而危險，沒有眼睛的先知，
預言的使者，他的聲音永不消失！
沙胡羅，他在水畔等著你。

在那裡，情侶攜手相隨，含情凝視，
美好而乏味的愛。
而他闊步穿過時間的漫長地穴，
驅散夢中的愚鈍自己。

——《甦亡人讚美詩》

跋

布萊恩·赫伯特（Brian Herbert）

《沙丘：救世主》是法蘭克·赫伯特的小說中最受誤解的一本。而受到誤解的原因，就跟聲譽卓著的作者本身一樣有趣而複雜。

這是《沙丘》的第一本續集，它在一九六九年出版以前，已在科幻雜誌《銀河》（*Galaxy*）中連載過。毒舌的《國家諷刺》（*National Lampoon*）雜誌將連載的《沙丘：救世主》封為「年度失望之最」。先前，這個故事已被《類比》（*Analog*）雜誌的編輯約翰·W·坎貝爾（John W. Campbell）打了回票。他和《國家諷刺》那些人一樣，很愛《沙丘》氣勢磅礡、英勇熱血的一面，因而痛恨續集中與之相反的元素。他說，他的讀者要的是成就偉大功業的英雄故事，而不是主角有人格缺陷的故事。

這些批評者並不明白，《沙丘：救世主》是一本承先啟後的「橋梁書」，銜接《沙丘》與三部曲中尚未完成的第三集。為了把故事往那個方向帶，系列中的第二集把精心打造的保羅－摩阿迪巴的英雄神話翻轉過來，揭露在《沙丘》中看似如此輝煌的救世主現象，其實有其黑暗面。許多讀者並不想這樣認清現實；他們不能接受他們心愛的、充滿魅力的主角就此沉淪，尤其是作者已經在《沙丘》中讓兩個受歡迎的角色喪命，包括忠心的亞崔迪劍術大師鄧肯·艾德侯[1]，以及充滿理想的行星生態學家列特－凱恩斯。

但他們忽略了法蘭克．赫伯特沿路留下的重要線索。在《沙丘》裡，當列特－凱恩斯躺在沙漠裡等死，他想起他父親帕道特幾年前說的話，那些話一直被他放逐到記憶的角落：「不要讓你的人民落進某個英雄的手裡，沒有比這更可怕的浩劫。」在小說接近尾聲時，伊若琅公主在一段預示意味濃厚的題詞中，以多變而有時自相矛盾的詞彙形容勝利的摩阿迪巴，說他是「武士，也是祕教徒；既是魔鬼，也是聖人；既狡猾，也單純；既仁義，也無情；他尚未成神，卻也超越了人」。此外在《沙丘》的附錄裡，法蘭克．赫伯特寫道，對於這座沙漠星球，他是「帶來苦難的英雄」。

《沙丘》中的這些星星點點都是指標，顯示法蘭克．赫伯特盤算著什麼走向，讓一個烏托邦文明轉換成暴戾的反烏托邦。事實上，系列作第二集原本暫訂的書名是《癡傻的聖人》（*Fool Saint*），後來他又改了兩次，才終於敲定為《沙丘：救世主》。不過在出版的小說中，他是這麼形容摩阿迪巴的：

他是癡傻的聖人，
貴重的陌生人，
永遠活在理智的邊緣。
放下戒備，他就在那裡！

作者認為英雄式的領導者經常會犯錯……而因為被個人魅力征服的追隨者數量之眾，這些錯誤會被放大。爸爸於一九五〇年代是政治演說的擬稿人，曾在華盛頓特區工作，他見過領導眾人會如何讓人權欲薰心，也知道追隨充滿吸引力和魅力的政治人物有什麼隱藏危機。他在《沙丘》中埋下的另一顆有趣種子是：「據說，在沙漠擁有大量的水會使人輕忽大意，最後因而喪命。」這是引用希臘悲劇中「傲慢」概念的重要句子。極少有讀者意識到，保羅・亞崔迪的故事不光是在個人及家庭層面上類似希臘悲劇，還有另外一個更廣泛的層面，法蘭克・赫伯特想在此示警：英雄可能把整個社會都帶向毀滅。在《沙丘》和《沙丘：救世主》中，他告誡人們避免驕傲和過度自信，希臘悲劇裡的自戀情結總是會導向重大的挫敗。

在人類歷史上危險的領導者中，我父親有時候會提起喬治・巴頓將軍（General George S. Patton），提起他極具魅力的特質。不過他更常舉的例子是甘迺迪總統。甘迺迪身邊形成了一股亞瑟王和卡美洛[2]的迷思。這位年輕英俊的總統的追隨者並不會質疑他，真可謂他要帶他們去哪裡，他們就會跟到哪裡。我們當然看得出某些案例的危險，例如擁有強大吸引力的希特勒就把他的國家帶向毀滅。然而換作本身並不瘋狂或邪惡的人——例如甘迺迪，或是小說中的保羅－摩阿迪巴，就沒那麼明顯了，因為他的危險藏在圍繞他的宗教迷思結構裡，以及別人會以他的名義做出什麼事來。

我父親想傳達的最重要的訊息，包括政府會用謊言保護自己，還有他們會作出愚蠢到不可思議的決定。《沙丘》出版多年後，尼克森總統就成了充分的證明。爸爸說尼克森試圖掩蓋水門案，等於幫了美國人民一個大忙。雖然是無心插柳，但美國第三十七任總統藉由誇張的示範，教導了

1 法蘭克・赫伯特並沒有完全把讀者的意見當耳邊風。在《沙丘：救世主》中，他會以另一種形式讓鄧肯・艾德侯重生——名為海特的「甦亡人」，他是用死者的細胞複製出來的，這樣的生物並不會擁有本尊的記憶。——作者注

2 卡美洛：傳說中亞瑟王的宮殿名稱。——譯注

人民要質疑他們的領導者。法蘭克．赫伯特在全國各地的大學校園裡，藉著訪談和慷慨激昂的演說警告年輕人不要信任政府，告訴他們美國的開國元勛深諳這個道理，所以才試著在憲法中建立防護網。

從《沙丘》過渡到《沙丘：救世主》的過程中，爸爸像是變了巧妙的戲法。在續集中，作者像在《沙丘》中一樣強調英勇的保羅－摩阿迪巴的行動，不過同時也安排了大量的背景變化以及危機，因為圍繞在領導者身邊的人都各懷鬼胎。有好幾個人為了成為保羅的心腹而爭權奪位，在這過程中，他們會盡可能抓緊權力，有些人會濫用權力，導致可怕的後果。

「沙丘」系列走紅之後，許多書迷開始用特定角度看待法蘭克．赫伯特，而那既非他的本意，他也並不樂於接受。某段敘述他的文字中說他是「科幻小說的宗師」，其他人也用一些堂皇的詞彙形容他。法蘭克．赫伯特給予了回應，他用符合保羅．亞崔迪角色設定的口吻告訴訪談者，說他並不想被視為英雄，有時候他還會用能消除敵意的謙卑口氣說：「我只是個小人物。」

我父親當然不是個小人物。在我為他撰寫的傳記《沙丘的夢想家》（*Dreamer of Dune*）中，我說他是個傳奇作家，但他終其一生都努力避免這樣的標榜。法蘭克．赫伯特就像對著自己的耳朵說悄悄話，時時提醒自己他只是個凡人。要是他從政，毫無疑問他會是個正直清廉的政治人物，甚至可能是我們最了不起的美國總統之一。要是他下定決心，不管是總統大位，或任何其他崇高的目標，他都有可能實現。不過身為科幻迷，我很慶幸他選擇的是作家之路。由於他是個偉大的作家，他殷殷的告誡會流傳下來，並且有望影響身在決策者位置的人，促使他們建立防護網，避免領導者和他們的追隨者濫用權力。

在閱讀《沙丘：救世主》的時候，請盡情享受冒險情節、懸疑、美妙的角色性格和充滿異世界風情的場景描寫吧。然後回頭再讀一遍。每次翻過書頁，你都會有新發現。然後你會更了解法蘭克・赫伯特這個人。

布萊恩・赫伯特
華盛頓州西雅圖
二〇〇七年十月十六日

（譯／聞若婷）

fiction 11

沙丘：救世主

DUNE MESSIAH

作　　者　法蘭克・赫伯特（Frank Herbert）
譯　　者　蘇益群、聞若婷
校　　對　魏秋綢
責任編輯　賴淑玲
編輯協力　楊琇茹
內頁排版　黃暐鵬
行銷企畫　陳詩韻
總 編 輯　賴淑玲

出　　版　大家出版／遠足文化事業股份有限公司
發　　行　遠足文化事業股份有限公司（讀書共和國出版集團）
　　　　　231新北市新店區民權路108-2號9樓
電　　話　(02) 2218-1417
傳　　真　(02) 8667-1065
聯絡信箱　commonmaster@ymail.com
劃撥帳號　19504465　戶名・遠足文化事業股份有限公司
法律顧問　華洋法律事務所　蘇文生律師
初版一刷　2021年9月
初版12刷　2024年4月

定　　價　350元
I S B N　9789865562151　書號0CFI0011
I S B N　9789865562236（PDF）
I S B N　9789865562281（EPUB）

沙丘：救世主 / 法蘭克.赫伯特(Frank Herbert)著；蘇益群，聞若婷譯. -- 初版. -- 新北市：大家：遠足文化事業股份有限公司，2021.09
面；　公分. —(fiction；11)
譯自：Dune Messiah.
ISBN 978-986-5562-15-1（平裝）

874.57　　　　110012032